함께 읽고, 사유하고, 나누고 싶은 사람들을 위해

『혼자서는 안 읽었을 책들』 발간 1년,

우리는 여전히 매주 모여 책을 읽고 글을 캔다.

혼자서는 안 읽었을 책들

두 번째 이야기

송도글캠 서평집

휴엔스토리

<송도글캠>을 소개합니다

권은영 느지막이 책의 깊이를 서서히 알아가는 맛에 하루하루가 감사하다. 읽기만 하는 바보가 되지 않기 위해 쓰기를 하는 것이 고통스럽지만 고통 뒤에 숨어 있는 보람이 나를 더욱 기쁘게 만들기에 이 여정을 계속하고자 한다.

김소영 어느 정도는 '차분'하다고 수식할 수 있는 40대가 된, 그러나 여전히 자유로운 영혼을 꿈꾸는 K-아줌마. 말랑한 바윗돌처럼 살아가며 여름, 흥얼거림, 닮음을 좋아한다.

김지훈 새로운 것을 보면 호기심이 샘솟는다. 세상은 신문물로 가득하니 알아가고 싶다. 오랜 시간 쌓아 온 고정관념을 깬다. 고정관념이 사라진 공간을 새로운 것들로 채우며 산다.

무 영 잘 쓰고 싶어서라기보단 마음을 전하고 싶어서 쓰는데, 아무리 써도 모르겠다. 읽고, 쓰고, 고치는 시간에 미안함과 고마움을 담았는지.

문베리 동그란 눈, 코, 입과 손발을 가진 것처럼 마음도 동그래지길. 원 없이 읽고, 쓰고, 느끼고, 나누고, 사랑하는 삶이길 꿈꾼다.

박혜나 글을 써오지 않았던 나에게 글쓰기는 여전히 새로운 도전이다. 책을 읽고 글을 쓰며 생각을 정리하는 일은 이제 나에게 꼭 필요한 일이 되었다. '포기하지 않고 계획을 세워서 실천할 것', 소박하지만 단단한 다짐으로 기쁘게 도전한다.

변명숙 정년을 마치고 나의 일상을 오랫동안 소망해 온 것들로 채워 나간다. 먼 나라로 여행을 떠나고, 사진을 찍고, 책 속에 파묻힌다. 그러나 무엇보다 소중한 것은 함께하는 벗들이다. 함께 나눈 따뜻한 순간들이다.

양동신 어린 시절 파일럿을 꿈꿨지만 평생 공직에 있었다. 책으로 국경을 넘고 시공간을 가로지르며 온갖 사유를 만끽한다. 요즘은 몸과 마음의 통증에서 자유롭고 싶다.

이영미 자유롭고 싶다. 나이로부터, 돈이나 죽음으로부터, 나를 불안하게 만드는 모든 것들로부터. 그 욕망을 책으로 채운다. 그 속에 파묻혀 시공간의 장애 없이 제멋대로 여행을 떠난다.

장자은 아나운서와 기자로 일했다. 지금은 두 아이를 키우며, 독서동아리 〈읽어야 사는 여자〉와 서평동아리 〈송도글캠〉에서 이웃들과 책 읽으며 살고 있다.

전홍희 밥을 먹고 책을 맛본다. 천천히 음미하고 꼭꼭 씹는다. 맛있다. 즐겁다. 행복하다. 포도밭 갈고 키우고 거둔다. 책을 읽고 말하고 쓴다. 일이 놀이고 놀이가 일이다. 사는 내내 주경야독이다.

조상리 두 사내아이를 홈스쿨링으로 기르며 호기심 많고 배움을 사랑하던 나 자신을 되찾았다. 함께 philomath가 되기를 꿈꾸던 아이들은 이제 장성하여 각자의 길을 찾아 떠났고, 나는 문학과 예술의 또 다른 배움의 여행을 시작했다. 이제는 깊은 곳을 들여다본 눈으로 사람과 사회를 돌아보며 같이 걷고 싶다.

조소연 학생으로 15년, 회사원으로 15년 그리고 남은 생은 독서가로 살고 싶다. 돌이켜보면 요즘의 내가 가장 나답게 느껴진다. 이 시간을 천천히 오래 누릴 것이다. 읽고 쓰는 것은 내게 무용하고 아름다운 세계다. 그렇기에 소중하다.

최선혜 30년간 달고 있던 회사원 목걸이를 벗었다. 그리고 앞으로 걸고 싶은 목걸이가 생겼다. 러너와 독서가. 그래서 달리기를 하고, 책을 읽고, 글쓰기를 한다. 달리며 자신감 있는 나를 발견하고, 책을 여행하며 설레고, 새로운 나를 발견하며 살아가고 싶다.

황명덕 요즘 미니멀리즘에 빠져 있다. 집안 구석구석 군살을 빼면서 일상에 필요한 것은 IN이요, 존재감이 성긴 것은 OUT이다. 하지만, 낡고 초췌하나 오랫동안 곁을 지켜 준 것들은 망설임 끝에 다시 안으로 들인다. 필요보다는 정(情)이 먼저다. 빈 곳, 독서로 채운다.

『혼자서는 안 읽었을 책들』 두 번째 이야기를 내며

모든 것은 시간의 축적이다

강의실 밖 갈대밭 너머로 물비늘이 반짝거렸다. 바닷가 벌판 위로 흰뺨검둥오리며 겨울을 지낸 쇠기러기가 끼룩끼룩 남쪽으로 날았다. 장끼가 까투리를 찾아 울며 갈대밭 속을 뒤지는 동안 노란 벌노랑이가 지천으로 피었다. 장맛비가 한차례 쏟아진 후 청개구리는 목청을 높였고 아까시 향기는 교실로 날아들었다. 갈대를 움켜쥔 개개비의 붉은 입속이 하늘을 향해 경계음을 내는 동안에 뚝갈과 산국이 쉼 없이 피고 졌다. 시월의 이른 첫눈이 창밖으로 흰 도트무늬 커튼을 만들고 휘날렸다. 일 년여의 시간이 그렇게 흘렀다.

한때 전복(顚覆)을 꿈꾸었다. 그러나 근본적으로 자신에 대해서는 성찰을 안 하면서 타인과 세상을 바꾼다는 게 가당키나 한 일인가? 그것을 깨닫는 순간 전복은 곧 체념으로 변해 버렸다. 무기력증이 왔다. 자신을 바꾸는 일 역시 타자를 바꾸는 것만큼 어렵다는 걸 알았기 때문이다. 이제 그런 거대한 꿈은 꾸지 않는다. 다만 내 안의 소망을 자주 들여다볼 뿐이다. 변화는 내부로부터 시작되어야 함을 안다.

같은 소망을 지닌 사람들이 모였다. 붕우(朋友)다. 이익을 도모하는 사이가 아니니 만나는 기쁨이 오래간다. 일주일에 한 권의 책을 읽고 자신의 생각과 느낌을 말하고 글로 표현하고픈 소소한 희망을 지닌 이들. 지금까지는 제각기 다른 생각과 꿈을 지니고 살아온 사람들일 터. 같은 방향을 바라보고 길을 함께 간다는 건 얼마나 복된 일인가? 절차와 탁마의 노고를 공유하는 동안에도 수고로움보다는 기쁨과 뿌듯함을 함께 할 수 있었으니 이 또한 행복한 일이다. 한 잔의 커피와 함께 얼굴을 마주하고 활자의 냄새를 맡는 시간이 무엇보다 소중하고 좋았다.

『혼자서는 안 읽었을 책들』 첫 발간을 앞두고 느꼈던 설렘과 두려움이 떠오른다. '두 번째라 쉽겠지'라는 막연한 생각. 그러나 결코, 그렇지 않았다. 질적·양적으로 전작(前作)보다 나아야 한다는 강박에서 좀처럼 자유로워지지 않았다.

"세상에는 교환 아닌 것이 별로 없으므로, 좋은 글을 얻고 싶다면
이쪽에서도 가치 있는 것을 줘야 한다는 것.
그렇다고 생명을 줄 수는 없지 않은가...
생명은 '일생'이라는 시간으로 이루어져 있으니...
생명을 준다는 것은 곧 시간을 준다는 것이다.

우리의 시야가 넓지도 않고, 살아낸 깊이만큼만
쓸 수 있는 것이어서 나의 책이란 결국
나의 한계를 모아놓은 것에 불과할지라도..."
_신형철, 『슬픔을 공부하는 슬픔』(한겨레 출판)

그러니 결국 모든 건 시간의 축적이다. 시간의 무늬는 절로 아로새겨지지 않는다. 책, 꽃, 열매 등은 절로 이뤄지고 피지 않는다. 행위가 있어야 한다. 자극이 있어야 한다. 서로의 다독임과 격려 속에서 한 발 한 발을 떼고 시간을 먹고 책이라는 꽃이 서서히 피어났다.

그것은 우리의 한계일지 몰라도 틀림없는 책이다.

꽃이다. 붉은색, 노란색, 흰색 등.

'혼자 피어도 꽃이고 몰래 피어도 꽃이고 길가에 피어도 모두가 꽃'인 것이다.

이번에는 글쓴이가 두 배로 늘었고 책 페이지도 늘려 발간하게 되었다. 책 내용의 구분은 장소, 시간, 행위의 주체인 사람으로 나누었다. 역시나 글벗들이 있어 가능한 일이었다. 모두의 어깨를 감싸 안고 조용히 등을 두드려 주고 싶다. 특히나 궂은 일을 마다치 않고 도맡아 준 총무 소연님께 감사의 말을 배로 전한다. 두 번째 발걸음. 이번 걸음으로 이제는 너끈히 세 번, 네 번의 걸음이 가능하리라.

2024. 2. 4.

창밖으로 봄이 어른거리는 날

글벗들을 대신해서 이영미 씀

차례

3부 그곳에서

1부

그 시간에

『고도를 기다리며』

사뮈엘 베케트 지음, 오증자 옮김(민음사, 2000)

사뮈엘 베케트(Samuel Barclay Beckett, 1906~1989)

1906년 아일랜드 더블린에서 태어나 트리니티 칼리지에서 프랑스어와 이탈리아어를 전공했다. 2차 세계대전이 발발하자 레지스탕스 운동에 참여한 베케트는 나치를 피해 프랑스 남부에 은거한다. 이때 종전을 기다리는 상황이 본 작품을 집필하게 된 배경이다. 이 희곡은 1953년 파리에서 초연되었고 이후 전 세계적으로 성공을 거두어 장기 상연되고 있다. 1969년 노벨문학상을 수상하였다.

양동신

그가 찾아와 아는 체하네요.

'오래 기다리셨지요.

그동안 수고 많았어요.

같이 가실까요?'

나는 모르는 체하렵니다.

사람 잘못 보셨다고.

그냥 넘어가면 더 사는 거지요.

그리고 책이나 열심히 보렵니다.

1

『고도를 기다리며』

사뮈엘 베케트 지음, 오증자 옮김(민음사, 2000)

기어코 오고야 마는 고도

"어느 날 우리는 태어났고, 어느 날 우리는 죽을 거요.

어느 같은 날 같은 순간에 말이오. 그만하면 된 것 아니냐 말이오?

여자들은 무덤 위에 걸터앉아 아이를 낳는 거지.

해가 잠깐 비추다간 곧 다시 밤이 오는 거요."

『고도를 기다리며』는 2막 희곡으로 정체불명의 '고도'를 하염없이 기다리는 '블라디미르'와 '에스트라공', 폭군 '포조'와 노예 '럭키', 심부름 소년이 등장하여 의미 없는 대화와 행동을 한다는 내용이 전부이다. 전통적인 사실주의극에 반기를 든 대표적인 부조리극*으로 평가받는다.

고도는 누구/무엇인가?

독자나 관객은 '고도'의 정체가 무척 궁금하다. 정황상 사람 같은데 쉽사리 정의하기 어렵다. 작가도 고도가 누구이며 무슨 의미인가를 묻는 질문에 '내가 그걸 알았더라면 작품 속에 썼을 것'이라고 답했다. '신(神)'이 가장 그럴듯한데 베케트는 "이 작품에서 신을 찾지 말라"고 손사래를 치니 신은 아닌 모양이다. 신

* 부조리극: 현대 인간의 존재와 삶의 문제들이 무질서하고 부조리하다는 것을 소재로 삼은 연극 사조. 부조리극은 사실주의적인 전통 연극기법 대신 소위 '反연극'의 기법을 통하여 부조리한 상황을 제시한다. '반연극기법'이란 극 중에서 등장인물이 자기동일성을 잃고, 시간-공간이 현실성을 잃고, 언어가 그 전달 능력을 상실하는 등 연극 그 자체가 행위의 의미를 해체당하는 부조리를 만들어 부조리성을 강조하는 기법이다. 이를 통해 부조리극은 관객에게 "인간은 목적을 가지고 태어난 것이 아니라 목적 없이 세계를 표류하는 존재"라는 사상을 전파한다.(시사상식사전)

이 찾아오는 날은 지구 종말의 날이자 심판일이기 때문이다. 세상의 모든 즐거움은 사라지고 천국과 지옥의 갈림길에 서야 한다. 이 땅에서 계속 살아남으려면 재림이나 휴거가 벌어지는 사태는 없어야 한다. 따라서 고도가 무엇인가는 신을 제외하고 독자가 자유롭게 정하면 된다.

기다림의 대상은 무수히 많다. 대부분은 애타고 설레는 것이지만 마지못해 기다려야 하는 불청객도 있다. 고도(Godot)는 고도(高度)의 실체라고 해야 마땅한데 꼭 그런 것은 아니다. 나름대로 고도의 정체를 그려 보되 그 근거를 대라고 다그치지 않아야 예의이다. 그래서 숙명처럼 피하지 못하고 기다려야만 하는 것을 작품 속에서 추측하고 그를 '고도'라고 하자.

고도는 '죽음'일 수도 있다

다소 지나친 면이 있지만 고도를 '죽음'이라고 하겠다. 작가의 경험이나 극 중의 상황을 고려하면 부합하는 측면이 있다. 작가는 2차 세계대전 중 독일군의 비점령 지역에서 피난민들과 지냈다. 전황이 나빠지면 죽음의 그림자가 다가올 가능성도 있었다. 독일군에게 발각되면 모두 끌려 나와 한 명씩 총살당하는 장면이 그려진다. 다음 차례가 나인지 아니면 무사히 넘어갈 것인지 극한의 공포에 사로잡힌다. 피난 기간 내내 이런 상황이 오지 않기를 절실히 바랐을 것이다.

극 중 두 사람도 죽음 이야기를 자주 한다. 블라디미르는 마지막 순간을 기다리며 오고야 말 것이라고 한다. 또 갑자기 예수의 십자가형 장면을 말한다. 신약성경의 네 복음서 중 유독 누가복음에서만 두 사형수 중 하나가 구원받는다. 블라디미르와 에스트라공은 십자가 사형수 중 자신이 어느 쪽에 속하는지 궁금했다. 하나는 구원을 받았고 나머지는 저주를 퍼부었는데 블라디미르는 전자에 해당한다고 믿지 않았을까. 즉 죽더라도 구원의 약속은 받아내겠다는 의지이다. 그런데 에스트라공은 자기는 평생을 예수와 비교해 왔다고 하니 한술 더 뜬다.

더군다나 이 둘은 목매다는 이야기를 자주 했지만, 목매달 용기도 없고 준비도 되지 않았다. 함께한 지 50년이나 된 그들의 당시 나이가 육십이 족히 넘으니 죽음 또한 아주 자연스러운 주제이다. 또한 포조는 고도를 기다리지 않지만 죽음에 대해 한마디 한다. 그는 '언제'라는 시점에 짜증을 내며 '어느 날(one day)'이라는 불특정 시점을 강조한다. 어느 날 같은 순간에 죽는다고 열변을 토하면서 "여자들은 무덤 위에 걸터앉아 아이를 낳는 거지"라고 내뱉는다. 태어나자마자 무덤에 갈 준비를 한다는 말이라고 본다. 포조는 장님이 되고 럭키도 벙어리가 되었으니 그들을 저승으로 인도할 자를 기다린다는 의미인가.

그렇다면 고도의 전령사인 '양치기 소년'은 저승사자인가. 그런데 역할을 잘 못한다. 겁도 많고 미덥지 않다. 고도가 일부러 그런 친구를 고른 모양이다. 죽는 날짜가 확실하게 정해진다면 인간들은 공포와 절망에 짓눌려 살아갈 수 없다. 양치기 소년은 '이솝' 우화의 '양치기 소년'처럼 올 때마다 거짓말을 시켰다. 고도는 너무 바빠서 소환날짜를 정하지 못했으므로 사람들이 저승사자를 보고도 안도의 한숨을 돌리도록 한 것이다.

반가운 척 맞이하라

사람들은 살아가면서 많은 것을 기다린다. 희망, 자유, 꿈, 행복, 사랑, 신, 구원, 평화, 소명 등등. 나이 들어 보니 이들은 머뭇거리며 오지 않거나, 간발의 차이로 놓치거나, 한눈을 팔다 지나쳐 버린 것들이 많았다. 이제는 기다려도 다시 오지 않는다. 혹시나 해서 새치기로 앞자리를 잡아도, 앞번호를 뽑고 기다려도 올 기색은 없다. 그런데 부르지 않았어도 기다려야 하는 것들이 있다. 그중에서 죽음은 반드시 온다. 손사래 치거나 언짢은 내색을 하면 갑자기 들이닥칠 수 있다. 죽음을 항상 반갑게 맞이하는 모습을 보여 줘야 고도가 방심하고 깜박할 수 있다.

블라디미르와 에스트라공은 이를 잘 알기에 목을 매 죽지도 않고 기다리는 척 하루하루를 보내며 앓는 소리를 자주 한다. 고도가 내일 온다면 오늘을 마지막 날로 생각하고 최선을 다해 살아야 하는데 두 사람은 불안하니 자꾸 엉뚱한 말과 행동으로 마음의 평화를 얻으려 한다. 고도는 이들의 태도가 불량하니 당장 소환해야 하는데도 자비를 베풀고 그냥 넘어간다. 그래서 사람들은 고도의 두려움을 애써 잊고자 요란법석을 떨며 살아가는 모양이다.

처음에는 건성으로 훑어보았다가 나중에 몇 번씩 공들여 읽게 되는 책이다. 곳곳에 허튼소리투성이지만 읽는 중에 자신만의 고도를 찾으라는 의무감을 확인하게 된다. 끊임없이 이 주제를 고민하게 만드는 것이 이 작품의 매력이다. 어쩌면 죽음은 우리가 찾는 고도의 가장 유력한 후보일지 모른다. 고도를 꿈속에서만 만나면 다행이다. 꿈자리가 사나웠지만 깨어 보니 멀쩡하면 살날이 늘어난다. 지겹지만 살아 있어야 더 기다릴 수 있지 않은가. 다가올 고도를 대범하게 기다려야 하는데 지구에 사람이 너무 많아 내 차례가 오려면 한참 기다려야 할 것 같다.

26 ——————— 27

이영미

어느 날 보랏빛 꽃을 만나고

어느 날은 긴꼬리 새를 만나고

그리고 어느 날에 아름다운 당신을 만났습니다.

점. 점. 점. …… 우연

시간 위에 놓인 점들은 선물이었습니다.

2

『고도를 기다리며』
사뮈엘 베케트 지음, 오증자 옮김(민음사, 2000)

던져진 삶,
인생의 허무를 어찌할 것인가?

"동정심보다 무거운 것은 없다.

우리 자신의 고통조차도 상상력으로 증폭되고

수천 번 메아리치면서 깊어진 타인과 함께, 타인을 위해,

타인을 대신해 느끼는 고통만큼 무겁지 않다."

이성과 과학 문명은 인류에게 무엇을 가져다주었나?

『고도를 기다리며』는 대표적 부조리극이다. 비논리적이고 비인과적 줄거리를 본질로 하며 인간 추구의 무의미성을 내용으로 한다. 그에 비해 조리란 어떤 부분과 부분 사이에 인과적 짜임이 명확한 상태를 의미한다. 고대 그리스에서 행해졌던 연극이나 고대 문학작품들은 작가가 인위적이며 유기적으로 짜 놓은 정밀한 세계를 내용으로 한다. 주인공은 작가가 정해 놓은, 공동체가 추구하는 이상 구현을 위해 여러 어려움과 갈등을 극복해 인간 승리에 이른다. 개인은 공동체 혹은 신이 목적한 운명의 틀에서 벗어난 적이 없다. 고대사회에서 개인인 내게 초래된 결과는 당연히 내가 전에 행한 어떤 원인에 의해서 발생하는 것이다. 그러나 20세기의 관점들은 더 이상 세계를 인과적이며 논리적인 것으로 받아들이지 않는다. 인간은 어느 날 목적도 없이 이 세상에 내던져진 존재가 되었고 인간 행동의 발생과 사건은 우연성에 기인한다. 이런 20세기 관점의 변화에는 인간 이성에 대한 불신이 자리 잡고 있다.

19세기는 이성과 과학의 시대다. 과학적 진보만이 인류에게 밝은 앞날을 가져다줄 거라 믿었다. 그러나 인간의 이성과 과학의 발전은 물신주의를 양산했고 그에 따른 인간소외와 계급적 양극화 그리고 두 차례의 세계대전을 가져왔을 뿐이다. 세계대전으로 인간은 결코 이성적, 합리적 존재가 아니라는 사실이 확인되었다. 신의 질서를 아름답게 구현하는 존재는 더더욱 아니다. 신의 질서에서 벗어난 개인은 욕망을 충실히 실현하는 존재이고 실수하고 번뇌하는 존재일 뿐이다. 인류를 몇 번이고 멸망시킬 가공할 위력을 지닌 핵무기들은 지금도 인류의 미래를 불안하게 하고, 호모사피엔스에게 집단적 안정감과 가두리가 되어 주었던 신앙공동체는 무너진 지 오래였다.

이성에 의한 완전한 인간성의 추구가 사라진 시대에 인간에게 남겨진 것은 무엇일까? 그것은 바로 고독과 불안, 우울, 권태와 무기력 그리고 구토이다.

"목적이 없는 것은 부조리하다. 인간은 자신의 종교적, 형이상학적 혹은 선험적인 뿌리에서 떨어져 나가게 되면 파멸한다. 그가 하는 일은 모두 부조리하고 쓸데없다."

_이오네스코

따라서 부조리극에서는 인간 존재의 무의미성, 존재의 고독과 불안, 인간 상호 간의 소통 불가능성이 끊임없이 제기된다.

『고도를 기다리며』는 총 2막으로 된 작품으로 1952년에 출판되었다. 1953년 파리 바빌론 극장에서 초연되었는데 관객들의 폭발적인 반응과 반향을 불러일으켰다. 극의 주인공은 노숙인에 가까운 에스트라공(고고)과 블라디미르(디디)이다. 나뭇잎이 다 떨어진 나무가 한 그루 서 있는 한적한 무대가 그들의 행동 공간이고 포조와 럭키가 그들이 마주친 인물들이다. 무대 위에서 의미도 맥락도 없이 나누는 그들의 대화와 행동을 통해 원자화되고 파편화된 개인의 원형을 들여다볼 수 있다.

소통 불가능한 개인, 권태와 지루함

소명은 삶을 의미 있게 한다. 그러나 애초에 목적도 소명도 없이 단지 그냥 태어나는 거라면? 삶의 목적이 사라진 상태에서는 '왜 세상에 태어났는가?' '왜 사는가?'를 끊임없이 묻게 된다. 태어났으니 살긴 하겠지만 어떻게 살아야 할지 모르면 지루함만이 자리한다. 시간은 많고 할 일이 없으니 주어진 하루하루를 그냥 흘려보낼 뿐이다.

블라디미르 우린 기다리고 있다. 우린 지루하다.(한 손을 치켜든다.) 아니, 반대하지 말아! 지독하게 지루하다는 건 이론의 여지가 없으니까. 그런데 심심풀이로 할 일이 코앞에 나타났는데 우린 뭘 하고 있는 거지? 그냥 썩히고 있잖느냔 말이다. 자, 시작하는 거다.

지루함을 견디지 못한 디디와 고고는 허구한 날 무대 위의 황량한 나무에 목을 맬 생각을 한다. 인생의 허무를 감당키 어려운 것이다. 자살의 유혹이 끝없이 올라온다. 적어도 그들의 나이가 예순은 넘었을 거라 짐작되는데 그들이 실행에 옮기지 않은 이유는 병맛* 행동으로 하루의 시간을 때웠거나 - 구체적으로는 욕하기, 쓸데없는 질문 하고 맥락 없는 답하기, 춤추기, 운동하기 - 자살 충동의 게이지가 높아졌을 때 디디나 고고 중 한 사람이 '고도가 온다잖아' 하고 살아야 할 이유를 환기했기 때문이다.

---

* 인터넷 신조어로 '맥락 없고 형편없으며 어이없는'의 의미.

고도는 누구인가?

그들이 기다리는 고도는 누구인가? 블라디미르와 에스트라공은 간절하게 고도를 기다리지만 정작 그들이 왜 고도를 기다리는지, 고도가 어떤 존재인지는 나오지 않는다. 기다리는 고도가 내일 오는지, 고도의 전갈을 갖고 오는 소년이 어제도 왔었는지 헷갈린다. 고도가 영혼의 평안함과 육체의 편안함을 주는 완전무결한 신적 존재가 아닌 것만은 확실하다.

그러나 어느 날 고도의 전갈을 받은 소년과의 대화로 고도가 어떤 존재인지가 어렴풋이 파악된다. 왜 작가가 고도에서 신을 찾지 말라고 했는지 이유를 알 것 같다. 소년은 고도 씨 밑에서 일하는데 염소를 지킨다. 그런데 그 고도가 채찍을 사용하고 고함을 치는 모양새다. 양 떼를 지키는 형을 때리기도 하고 귀여워하지도 않고 먹을 것도 제대로 주지 않는다고 말한다. 형제가 기거하는 공간도 헛간의 마른풀 더미 속이다. 디디와 고고가 집 없는 부랑자였기에 그 정도의 공간을 제공해 주는 존재가 간절했던 것일까? 그들이 고도에게 바라는 바는 공동의 선이나 완전한 인간성에의 추구와는 거리가 멀다. 바람이 지극히 개인적이고 동물 수준의 욕망 범주에서 벗어나지 않는다.

블라디미르 가긴 어딜 가?(사이) 오늘 밤엔 그자의 집에서 자게 될지도 모르잖아. 배불리 먹고 습기 없는 따뜻한 짚을 깔고 말이야.
그러니까 기다려 볼 만하지. 안 그래?

게다가 고도의 전갈을 전하는 소년의 태도도 미적지근하다. 어제 왔었냐는 질문에 처음이라 답하고, 이 고장 사람도 아니라고 말한다. 전에도 그 두 사람을 만난 적도 없다고 한다. 전달자 자체도 믿음이 가지 않는데 그를 보낸 고도는 믿을 만한 존재인가? 그를 왜 여전히 기다려야 하는가? 소년은 내일은 고도가 온다고 말했지만 과연 올까?

두 사람에게 고도는 절대 오지 않을 것이다. 그들은 고도를 찾는 그 어떤 행동도 하지 않기 때문이다. 심심해지면, 허무감이 강해지면 단지 내일은 고도가 온댔다고 읊어댈 뿐이다. 디디와 고고는 고도에게 자신들의 삶을 절대 의탁하지 못할 것이다. 신에게서, 공동체에서 벗어나 원자화된 인간은 스스로를 구원해야 한다. 어떤 집단도, 공동체도, 누구도 구원해 주지 않을 것이다.

디디나 고고가 "내일은 고도가 온다잖아"라고 이야기하는 것은 스스로에게 하는 다짐이다. 행동이 아니라 말뿐이어서 더 문제이다. 그러나 그런 기다림조차 없다면 인간은 살아갈 희망이 전혀 없다. 기다림 자체가 희망이다. 게다가 아무리 파편화된 개인이라 하지만 뻘짓을 같이해 줄 또 한 명의 부랑자가 있다는 건 얼마나 큰 위안인가?

실존주의에서 인간은 피투(被投)된(주어진) 존재이다. 누구인들 재벌을 부모로 두고 싶지 않겠는가! 슈퍼 모델이나 아이돌 스타의 외모로 태어나고 싶지 않겠는가? 그러나 경제적 환경, 외모 등은 선택할 수 없다. 그런 것들은 이미 우리의 의사와 상관없이 주어져 있다. 그러나 인간은 기투(선택하는 것)로 살아갈 수 있는 존재이다. 태어날 때 그 어떤 것도 선택할 수 없지만 살아가며 매 순간 자유로운 선택을 통해 자신의 존재를 다른 존재로 변화시킬 수 있는 내적 가능성이 사람에게는 있다.

기투(企投)하라

『고도를 기다리며』에서는 역설적으로 인간이 기투(企投)할 수 있는 가능성을 제시함으로써 그렇지 못한 인간들이 무의미하고 지루한, 허무하고 무기력한 삶을 어떻게 살아가게 되는지를 보여 준다. 실제로 작가인 사뮈엘 베케트는 1937년 레지스탕스 활동을 한 바 있다. 행동하는 지식인으로서 자신의 삶을 의미 있게 만든 것이다. 그때 만난 인물들에게 영감을 얻어 작품을 구상했다고 한다. 아마도 특별한 상황에 부닥쳤을 때 여러 사람들이 어떤 선택으로 그 상황을 돌파하는지가 궁금했을지도 모르겠다.

요즘(2023. 12.~) 연극 〈고도를 기다리며〉가 절찬 상연 중이다. 출연진은 박근형, 신구, 박정자, 김학철 등 연극과 영화판에서 평생을 바친 노익장 배우들이다. 아흔의 나이를 바라보는 주인공들에게 묻고 싶다. 그들이 살아낸 삶이 의미가 있었는지를 말이다. 엄청나게 살 가치가 있다는 대답을 들어도 참고는 할지라도 그것이 삶의 정답이라는 생각은 하지 않을 것이다. 내 인생은 나만의 것이고 내 삶의 정답은 나의 선택으로 완성해야 할 것이므로. 그러나 완성하지 않으면 또 어떠하랴! 스치듯 사라져도 어차피 인생인 것을.

『남아 있는 나날(THE REMAINS OF THE DAY)』

가즈오 이시구로 지음, 송은경 옮김(민음사, 2021)

가즈오 이시구로(Kazuo Ishiguro, 石黑一雄, 1954~)

일본 나가사키 출생. 1960년에 해양학자인 아버지를 따라 영국으로 이주하였고 1982년 『창백한 언덕 풍경』으로 작품활동을 시작했다. 1989년에 발표한 『남아 있는 나날』로 부커상을 수상하여 세계적인 유명세를 얻었다. "소설의 위대한 정서적 힘을 통해 인간과 세계를 연결하고 그 환상적 감각 아래 묻힌 심연을 발굴해 온 작가"라는 평과 함께 2017년 노벨문학상을 수상했다. 작품으로는 『위로받지 못한 사람들』 『나를 보내지 마』 『클라라와 태양』 등이 있다.

김소영

마음속
책 한 권 없는
빈곤한 내가
서평을 쓰겠다고
말해버렸다.
스스로 발등을 찍었다.

3

『남아 있는 나날』
가즈오 이시구로 지음, 송은경 옮김(민음사, 2021)

오! 나의 스티븐스
(부제: 스티븐스를 대신하는 변명)

"나는 '믿었어요.' 나리의 지혜를, 긴 세월 그분을 모시면서
내가 뭔가 가치 있는 일을 하고 있다고 믿었지요.
나는 실수를 저질렀다는 말조차 할 수 없습니다.
여기에 정녕 무슨 품위가 있단 말인가 하고
나는 자문하지 않을 수 없어요."

주인공 스티븐스는 영국 사회에서 명망 높은 인물 달링턴의 집사였다. 그는 위대한 주인이라고 믿었던 달링턴을 35년간 섬겼다. 그러나 달링턴은 제1차 세계대전의 패전국인 나치에 협력하였다는 비판을 받고 명예를 회복하지 못한 채 사망한다. 이후 스티븐스는 달링턴 홀과 함께 일괄 거래의 한 품목으로 양도되어 미국인 새 주인 패러데이를 위한 집사로 근무한다. 오랜 세월 달링턴 홀을 지키며 이제 노인이 된 그가 패러데이의 권유로 첫 여행을 떠나게 되면서 '위대한 집사'가 되기 위하여 희생하였던 그의 삶을 회고한다.

스티븐스의 첫 여행

진정한 의미의 집사가 존재하는 곳은 영국밖에 없으며
그 외의 나라들에는 실제로 사용되는 칭호가 무엇이든
오직 하인들만이 있을 뿐이라는 말을 이따금 듣게 된다.
나는 이 이야기가 진실이라고 믿는 편이다.

스티븐스는 평생 달링턴 홀을 떠나 여행을 할 필요성을 느끼지 못했다. 그랬던 그가 여행을 결심하게 된 표면적인 이유는 달링턴 홀의 관리상 어려움을 해결할 묘안이 떠올랐기 때문이다. 그것은 바로 전 총무였던 켄턴 양을 고용하여 인력을 보강하는 것이었다. 때마침 켄턴 양이 7년 만에 보낸 편지를 읽고 그는 그녀가 현재 불행한 상황에 처해 있어 달링턴 홀에서의 생활을 그리워한다고 미루어 짐작한다. 그래서 그녀를 고용하기 위하여 그녀가 있는 콘월주를 향해 여행을 떠난다.

업무적 성격의 여행이라고 했지만, 여행은 여행이다. 일상으로부터 벗어나자 그동안 그의 마음속에 정리하지 않고 한편에 쌓아 두었던 기억의 단지들이 스멀스멀 존재감을 드러낸다. 위대한 집사가 되기 위하여 노력했던 그의 삶과 존경하는 아버지의 죽음, 사랑했지만 사랑한다고 할 수 없었던 켄턴 양과의 추억들…… 이 모든 기억을 쏟아내어 준다. 그러니 영국 남서쪽으로 향하는 그와의 여행이 재미질 것이다. 눈으로는 위대한 영국의 마을과 풍광을 보고, 귀로는 스티븐스의 이야기를 듣고 있는, 클래식한 포드 차량 조수석에 앉아 있는 당신을 상상해 보라.

위대한 집사가 도대체 어떤 의미였기에?

사람들은 경제적인 자유와 사회적인 지위를 얻기 위하여 다양한 직업을 갖는다. 그 많은 직업인 중에 자신의 직업 앞에 '위대한'이란 수식어를 붙이기 위해 노력한다는 이야기는 좀처럼 듣기 어렵다. 그런데 그렇게 드문 일을 스티븐스가 살았던 시대에 영국의 집사는 했던 모양이다.

그때는 집사에 대한 이상주의가 만연했던 시대라고 했다. 국가와 사회의 변화를 주도하는 주인이 자신의 역할을 다할 수 있도록 옆에서 보필하는 집사가 위대한 집사라고 생각했다. 주인이 이끌어 낸 결과를 통하여 부수적으로 집사 또한 세상의 중심축에 가까이 다가갈 수 있다고 믿었기 때문이다.

그는 위대한 집사가 되기 위하여 전문가적 실존을 추구하고 사적인 실존은 배제한 채 집사로서 품위를 고수하며 헌신한다. 달링턴 홀에 큰 행사가 있던 날, 아버지의 임종을 앞둔 상황에도 존경하는 아버지의 손 한번 잡아 드리지 않고 행사장으로 바삐 걸음을 재촉한다. 켄턴 양과 미묘한 감정의 흐름이 있었지만, 더 이상의 발전 없이 그녀를 떠나보내고 그녀가 있는 콘월주에 관한 여행기를 살펴보기만 할 뿐이다.

그는 왜 위대한 집사가 되기 위해 노력했던 것일까? 여기 아버지의 임종을 지키지 않고 달링턴 홀의 행사를 치르는 데에 온 힘을 쏟은 그를 보면 어느 정도 그 답이 짐작된다.

여러분이 그날 밤 내게 붙어 다닌 중압감을 고려한다면
내가 그날 마셜 씨 같은 사람의 '품위', 혹은 내 부친의 그것을
약간이나마 보여 주었다고 감히 말한다 해도
지나친 자기 착각이라고는 생각되지 않을 것이다.
사실 내가 왜 그 점을 부인해야 하는가?
지금도 그날 저녁을 생각할 때면 함께 떠오르는
가슴 아픈 기억들에도 불구하고 뿌듯한 성취감에 젖어 드는
나 자신을 발견하게 된다.

그런데 그는 왜 달링턴의 집사였다는 사실을 숨겼을까?

그는 내게 '당신이 정말 달링턴 경 밑에서 일했느냐?'고 물었고,
나는 부정 이외의 의미로는 받아들이기 힘든 대답을 주었다.
그 순간 내가 갑자기 쓸데없는 변덕에 사로잡혔는지도 모른다.
그러나 이상야릇했던 내 태도를 설명하기엔 설득력이 부족하다.

위대한 집사의 필요조건은 위대한 주인을 섬기는 것이다. 스티븐스는 달링턴이 위대한 주인이라고 굳건하게 믿고 35년간의 청춘을 바쳤다. 그런데 제2차 세계대전 후 시대 상황이 변하고 달링턴이 추진하였던 일들이 잘못된 판단이었다고 평가받는다. 달링턴은 본인의 명예를 회복하려 소송을 제기했지만 패하고 더 이상 회복할 수 없는 상태가 된다. 그는 더 이상 위대한 주인이 아니게 된 것이다. 위대한 집사의 필요조건이 부정되면, 그 또한 위대한 집사가 될 수 없으니, 그의 청춘이 통째로 헛수고가 된다. 그는 위대한 집사이기를 바랐고 그래야 했다. 그가 그의 아버지를 어떻게 떠나보냈는가? 그가 켄턴 양을 어떻게 외면했던가? 그의 청춘이 헛수고가 된다는데 이 정도의 외면은 눈감아 줄 수 있지 않은가? 달링턴의 이름이 언급될 때마다 호기심 어린 눈빛을 띠는 사람들 앞에서 달링턴과 자신의 연결고리를 숨기면 듣고 싶지 않은 이야기를 피할 수 있으니 모른 척하고자 하는 유혹을 떨쳐내기가 힘들었을 것이다.

오늘날 내 입장에서 그런 얼토당토않은 이야기를 반복해서
듣는 것보다 괴로운 것도 없기 때문이다. 나는 달링턴 경께서
그분에 대해 엉터리 소리를 해 대는 사람들 대다수를

난쟁이로 만들어 버릴 만큼 도덕적으로 대단한 거인이셨다고,
마지막 순간까지도 그러셨던 분이라고 서슴없이 단언할 수 있다.

달링턴의 집사라는 이유로 비난받아야 한단 말인가?

"잘 모른다고? 이봐요, 스티븐스, 관심도 없소?
궁금하지도 않소? 이 어리숙한 양반아, 지금 이 집에서
막중대사가 진행되고 있는데 아무 호기심도 못 느껴요?"
"저는 그런 일에 관심을 가질 위치가 못 됩니다, 도련님."

1688년 명예혁명으로 의회정치 발달의 기초를 마련하며 근대 민주주의의 발전에 이바지한 원동력은 영국의 '토론문화'일 것이다. 이는 오늘날 영국이 자랑하는 문화유산 중 하나로 다양한 계급의 구성원들이 끊임없이 타협하는 과정에서 발전해 왔다. 여전히 군주가 있고 세습 왕족과 귀족이 있으며 상류계급과 하류계급 등 다양한 계급이 공존하고 있기에 영국은 아직도 계급주의 의식이 모호하게 존재한다.*

* 김언조, 『전통과 보수의 나라 영국 3 영국 현대』, 살림출판사

달링턴 홀은 그런 계급주의 의식을 보여 주는 공간이다. 상류층을 대변하며 토론문화를 불태웠던 달링턴과 다양한 상류층의 사람들은 국가적 차원에서 중요한 의사결정을 사전에 도모한다. 이러한 과정에서 달링턴은 토론의 무용함을 토로하며 당시의 민주주의에 대하여, 토론문화에 대하여 비판한다. 무지한 일반인들과의 지지부진한 의사결정과정이 복잡다단한 세상에서 유효한 결정을 방해하여 국가 발전에 저해가 된다고 말이다. 하지만 스티븐스는 지금에서야 보면 이상할 수 있지만 당시 달링턴 어르신이 한 이야기에 어느 정도 일리가 있다고 생각한다. 그리고 더 이상 사고의 확장이 없다. 계급적인 한계에 영향을 받은 그의 직업적 소명의식은 그에게 더 이상 판단하지 말 것을 지시하는 듯하다.

여기서 우리가 분명하게 짚고 넘어가야 할 것은

집사의 의무는 훌륭하게 봉사를 하는 것이지

중대한 나랏일에 끼어드는 것이 결코 아니라는 사실이다.

그는 자신과 주인과의 사이에 두껍고 절대 넘어갈 수 없는 유리벽을 두고 자신의 역할에만 충실했을 뿐이다. 그러니 자신이 판단하지도 않은 일에 대해서까지 같이 싸잡아서 비난받아야 하는지 집사계급의 세계 속에 살고 있는 스티븐스의 머릿속으로는 도통 이해하기가 어렵다.

> 내가 그분을 모신 세월을 통틀어 증거를 저울질하고 나아갈 길을 판단한 것은 바로 그분 자신이었으며, 나는 다만 나 자신의 전문 분야에서 지극히 온당하게 움직였을 뿐이다. 그리고 가히 '일등급'이라고 인정받을 만한 수준에서 내 능력 닿는 데까지 직무를 수행한 것밖에 없다. 오늘날 나리의 삶과 업적이 안쓰러운 헛수고쯤으로 여겨진다 해도 내 탓이라고는 할 수 없다. 나에게도 응분의 가책이나 수치를 느끼라고 하는 것은 논리적으로 앞뒤가 맞지 않는다.

누군가와 다르지 않은 스티븐스의 남아 있는 나날을 응원하며

제1차 세계대전 이후 영국 유력인사 중 일부는 전쟁에서 패한 상대국 독일에 자비와 온정을 베푸는 것이 신사로서 당연히 갖추어야 할 '명예'라고 생각하였던 걸까? 나치에 온건하게 대응하고 협조하였던 일련의 선택들이 제2차 세계대전의 빌미를 제공하였던 것일지도 모른다. 이러한 일을 도모하는 데 중추적인 역할을 하였던 신사 중의 신사 달링턴을 제일 가까이에서 모시면서 단 한 번도 달링턴의 정치적인 판단에 대하여 의문을 품지 않고 온전히 그를 신뢰하였던 스티븐스가 답답하기도 하다. 자신의 직업적 역할을 제한하고 이에 맞추어 자신의 능력까지도 제한하는 스티븐스의 모습에 피로감까지 느껴진다. 그러나 그렇게 할 수밖에 없었던, 20세기 초 계급의식이 존재하였던, 영국의 집사인 그에게 연민을 느끼게 된다. 그의 삶이 어느 조직에 속해 있는 우리 중 누군가와 별반 다르지 않다는 생각이 들었다. 오히려 스티븐스가 그 누군가보다 더 순수하고 사유가 깊은 사람일지도 모른다. 그러자 스티븐스의 편이 되고 싶었다.

"나는 주어야 했던 것을 줘 버렸습니다.
달링턴 나리께 모두 줘 버렸지요."

스티븐스는 마음이 따뜻한 사람이지만 애정을 표현하는 법을 배우지 못했다. 대신 직업적인 이상을 실현하는 것이 최선이라고 믿고 살아왔을 뿐. 그러니 그에게 마지막까지 집사로서의 삶은 예견된 것이나 다름없다. 그래도 그에게 아직 남아 있는 나날이 있다.

"저녁은 하루 중 가장 좋은 때요."

그렇다. 일을 마치고 집으로 돌아가서 가족이나 친구들과 함께 밥 한 끼 나누고 도란도란 이야기하며 회포도 풀고 휴식을 취할 수 있는 그런 저녁이야말로 더할 나위 없이 좋다. 이런 저녁이 있었다면 스티븐스가 집사라는 옷을 벗고 사람들과 온기를 느낄 수 있는 날이 많았을 텐데, 그리고 그가 원하는 농담의 기술과 그에게 없는 애정표현 기술도 익힐 수 있었을 텐데 하는 아쉬움이 남는다. 늦었다고 생각할 때가 빠른 법! 이제부터라도 시작하면 되지 않겠는가? 누구보다도 이 두 가지 새로운 기술을 익히기 위해 진지하게 임할 스티븐스를 응원한다.

권은영

인간적인 따스함과 직업적인 차가움 사이
나는 길을 잃는다.
진정한 균형을 찾아 어둠 속에서 헤매고
품위와 충성 넘어, 진실한 가치를 찾아
빛 속으로 걸어간다.
나의 내면의 정신이여,
깨어나라!
인간의 온기 속에서
참된 프로페셔널을 찾아라!

4

『남아 있는 나날』
가즈오 이시구로 지음, 송은경 옮김(민음사, 2021)

프로페셔널의 딜레마

"즐기며 살아야 합니다. 저녁은 하루 중에 가장 좋은 때요. 당신은 하루의 일을 끝냈어요. 이제는 다리를 쭉 뻗고 즐길 수 있어요. 내 생각은 그래요. 아니, 누구를 잡고 물어봐도 그렇게 말할 거예요. 하루 중 가장 좋은 때는 저녁이라고."

『남아 있는 나날(The Remains of the Day)』은 일본계 영국인 작가 가즈오 이시구로의 1989년 작품이다. 이 소설은 제1차 세계대전 종전과 제2차 세계대전 사이를 배경으로, 영국 귀족의 저택에서 일하는 집사장의 시선을 통해 당대 영국의 시대적인 상황을 그린 이야기이다. 주로 1930년대 중후반의 회상 내용을 다루지만, 작중 현재 시점은 1950년대이다. 이 책은 맨부커상을 비롯한 다양한 문학상을 수상하여 세계적으로 인정받았으며, 이시구로는 2017년 노벨문학상을 수상하였다.

작품 소개

『남아 있는 나날』은 집사 스티븐스의 시선을 통해 젊은 날의 실수와 사랑에 대한 감정을 회상하며 자아와 인생에 대한 심오한 고찰을 전하는 6일 동안의 여행 기록이다. 일인칭화자 시점을 통해 자신의 속마음과 외적인 행동이 다르다는 모순을 드러낸다. 그리고 미국인 주인 패러데이의 여행 제안을 받아들이게 되면서 펼쳐지는 여행의 여정을 그린다. 이 여행은 명목상 비즈니스적인 목적이지만 켄턴 양에 대한 미련을 담고 있다. 스티븐스는 켄턴 양과 재회하지만, 현재의 삶에 충실한 그녀를 보면서 사랑의 감정을 뒤로하고 새로운 삶을 시작하기로 결심한다. 스티븐스는 아버지와의 관계를 통해 품위와 역할에 대한 신념을 가지고 있으며, 스스로 그것이 가치 있다고 믿는다.

여행을 마무리하며 스티븐스는 남은 나날을 의미 있게 보내기 위해 유머를 장착하고 제2의 인생을 시작하려는 마음가짐을 갖는다.

첫째 날: 우선순위에 대한 딜레마

『남아 있는 나날』은 프로페셔널한 존재에 대한 헌신으로써의 존엄성을 강조한다. 이는 항상 전문 의상을 착용하고 혼자일 때만 벗는 행위를 통해 상징화된다. 고급 정장과 실크 넥타이 등 외적인 표현만이 아닌 도덕적 윤리에 입각한 직무 수행이 진정한 존엄성을 형성하는지 의문을 갖게 한다. 또한, 프로페셔널에 요구되는 직업적 양심과 사회적 규범을 강조하여 직업윤리의 중요성을 탐구하고, 프로페셔널과 개인적 존재의 우선순위에 대한 딜레마를 제기했다. 프로페셔널은 직업적인 의무와 책임을 훌륭하게 이행하는 것을 포함하지만, 단순한 업무의 기술적인 면만을 가리키는 것은 아니다. 프로페셔널은 또한 윤리적 가치, 동료 및 클라이언트에 대한 존중, 그리고 직업에 대한 헌신을 포함한다. 스티븐스의 경우, 자신의 직무에 대한 신념과 헌신을 매우 높게 평가하며, 이러한 헌신은 자신의 개인적인 감정이나 가족에 대한 의무보다 우선한다고 믿는다. 이는 스티븐스가 자신의 직업적 역할 내에서 최고의 표준을 유지하려고 노력하는 것으로 볼 수 있으며, 어떤 면에서는 프로페셔널의 일부로 볼 수 있다. 하지만 스티븐스의 행동은 윤리적 측면에서 다른 중요한 프로페셔널 측면을 놓치고 있다. 진정한 프로페셔널은 개인적인 감정이나 가치를 완전히 배제하는 것이 아니라, 이들을 적절히 관리하고 조화롭게 통합하는 것이 포함된다. 그러므로 스티븐스는 그의 직무에 대한 극단적인 헌신이 오히려 중요한 인간적 가치와 윤리적 고민을 소홀히 한 것으로 볼 수 있다.

결국 직업적 충성심과 도덕적 윤리 사이에서 균형을 찾는 것은 쉽지 않다. 이 과정에서 개인의 존엄성과 자아실현의 의미를 재고해야 한다. 이 책은 이러한 균형 찾기를 위한 스티븐스의 여정을 통해 독자에게 프로페셔널한 삶과 개인적 가치 사이에서 무엇을 우선할 것인지 묻고 있다.

둘째 날 아침: 선택

아버지가 쓰러졌지만 자신의 직무에 대한 신념을 더욱 중요시하고, 이것이 아버지가 바라는 것이라며 임종을 지키지 못한다. 스티븐스는 가슴 아픈 기억이지만 뿌듯한 성취감에 젖어 드는 자신을 느끼며 지난날을 회상한다. 이는 아마도 그가 위대한 집사였던 아버지로부터 받은 가르침을 계승한 결과로 보인다.

이는 일본 문학의 시각을 반영하는데, 사적인 감정을 드러내지 않는 일본인들의 경향성을 담고 있다. 이런 가치관에서 비롯된 가족과의 부족한 소통은 가족과의 상호작용에서 비롯된 사회적 문제들을 엿보게 한다. 이를 통해 독자는 가족과의 관계를, 다른 문화에서의 가치관 차이를 생각하고 이해하게 된다.

힘든 기억을 간직하면서도 직업적 사명에 자부심을 느끼는 모습은 스티븐스가 행한 어려운 선택의 결과임을 보여 준 것이다.

또한 스티븐스는 켄턴 양에 대한 자신의 개인적인 감정을 내려놓고 미국인 주인 패러데이를 위해 유머를 장착한 집사로서의 삶을 선택하며 여행을 마친다. 독자들은 『남아 있는 나날』을 읽으며 전문적인 사명과 사적 감정 배제를 체감하며 선택의 기로에 서서 사색에 심취할 수 있다.

셋째 날 아침: 도덕적 딜레마와 책임

스티븐스는 주변 사람들이 주인의 실수를 비난하고 나치 지지자로서의 도덕적 책임을 묻는 질책에 대해 인식은 한다. 하지만 어떠한 행동과 조언도 하지 않는다. 스티븐스의 이러한 행동은 도덕적 딜레마와 책임에 대한 내적 갈등으로 보인다. 이러한 모습은 스티븐스가 자신의 전문 분야에서 최선을 다해 직무를 수행한 것이라고 스스로를 합리화한 것으로 보여진다.

주인의 행동에 대한 비난을 스티븐스가 인식하는 모습은 도덕적인 원칙을 중시하고 있다는 것이다. 이러한 인식은 주인의 행동에 대한 스티븐스의 도덕적 불만과 분노를 반영하면서도 주인의 부도덕한 행위에 대한 비판을 피할 수 없다고 생각한다. 이는 단순한 순종이 아니라 주인의 부도덕한 행동을 도덕적으로 지지하는 행위로 해석될 수도 있다.

스티븐스는 자신의 직무와 충성심을 최우선으로 여기면서도 주인의 행동에 대해 명시적인 비판을 하지 않았다. 그는 집사로서의 역할과 직무에 충실해야 한다는 강한 의무감을 가지고 있으며, 이는 그가 주인의 행동에 대한 비난을 인식하면서도 분명한 입장을 취하지 않는 이유일 수 있다. 또한 스티븐스의 도덕적 판단은 그의 개인적 가치와 사회적 책임 사이의 갈등을 드러낸 것으로 볼 수 있다. 그는 주인의 부도덕한 행동을 인식하고 내면적으로 비판하면서도, 이러한 비판을 공개적으로 표현하지 않았다. 이는 단순히 주인에 대한 충성심 때문만이 아니라, 그가 처한 사회적, 역사적 맥락과 그의 직업적 정체성 사이에서 발생하는 복잡한 갈등 때문일 수도 있다. 따라서 스티븐스의 행동은 그가 도덕적 이념과 가치에 대한 심각한 고민, 개인과 사회에 미치는 영향, 그리고 도덕적 판단에 대한 책임을 느끼는 복잡하고 다면적인 인물임을 보여 준다.

넷째 날 오후: 집사로서의 나날

1920년대 달링턴 홀에서 있었던 일을 회상한다. 스티븐스는 켄턴 양이 청혼받은 사실에 대해 감정 없이 축하한다는 말을 전한다. 그 대답을 듣고 재차 켄턴 양은 청혼에 대해 이야기하지만 스티븐스는 사무적으로 대한다. 방에서 흐느끼는 켄턴 양의 울음소리를 문밖에서 듣고 있는 스티븐스는 승리감을 느낀다.

사랑이라는 사적인 감정을 배제하고 자신이 위대한 집사로서 품위를 지켰다는 자아도취에 빠진다. 어쩌면 자신이 잘할 수 있는 게 없기에 자신이 유일하게 잘하는 일에 더 몰입할 수밖에 없다는 생각이 든다. 당시 시대적 상황을 보면 달링턴 경이 나치에게 비난받고 결국 달링턴 경 또한 인생이 나락으로 떨어지고, 영국의 패권이 미국으로 넘어가면서 스티븐스도 생각했을 것이다. 자신의 운명은 집사로서의 책무를 다하는 것이다. 이곳에서 살아남기 위해 사랑 같은 감정 따위는 필요치 않다. 이제는 오롯이 혼자가 된 자신에게 집사라는 직위만 있을 뿐이다. 아마도 '남아 있는 나날'은 집사로서의 나날들이 아닌가 싶다. 나머지 날들은 미국인 주인을 환영하며 집사로서의 운명을 받아들이고 제자리로 돌아가는 날들을 표현한 것으로 짐작된다.

스티븐스의 행동은 프로페셔널하며 자기 통제가 강한 집사의 전형을 보여 준다. 그는 개인적 감정이나 욕구를 직업적 의무와 책임감 뒤로하고 주어진 역할에 충실하려는 모습을 보인다. 이러한 태도는 직업적인 면에서 볼 때 존경받을 만하지만, 인간적인 측면에서는 안쓰럽다. 스티븐스가 켄턴 양에 대한 자신의 감정을 숨기고, 현재 상황에 감사해야 한다고 말하는 부분은 그의 깊은 자기 통제력을 드러내지만, 동시에 자신의 진정한 행복을 추구하는 데 있어서는 소극적인 태도를 보여 준다.

여섯째 날 저녁: 후회 없는 선택

스티븐스는 켄턴 양이 현재 남편보다 자신과의 삶이 더 나을 것이라는 소식에 설렘을 느낀다. 그러나 스티븐스는 진실된 감정을 감추고 우리가 주어진 것에 감사해야 한다고 말한다. 웨이머스에서 만난 노인과의 대화에서는 달링턴 경을 위해 최선을 다하였지만 더 이상 남은 것이 없다고 한탄한다. 이는 그의 충성심과 헌신이 결국 자신에게 어떠한 실질적인 이득도 가져다주지 않았음을 의미한다. 그리고 스티븐스가 자신의 직업에 대한 열정과 헌신을 통해 얻고자 했던 만족감이나 보상이 결코 단순한 업무 수행을 넘어서는 인간적인 교류나 감정적 만족에서 오지 않음을 시사한다.

스티븐스는 미래를 내다보며 미국인 주인의 유머를 수용할 감각을 키워야 한다고 말하며 떠난다. 작가의 의도는 과거를 뉘우치며 시간을 낭비하는 대신 미래의 남은 날에 중점을 두고 후회 없는 삶을 선택하는 모습을 보여 주고자 하는 것이다. 이런 측면에서 스티븐스는 회상 장면에서 감정을 완전히 배제한다. 단지 후회의 감정을 잠시 토로하고 남아 있는 나날을 위해 여행을 마치며 본업에 충실하러 떠나는 그가 있을 뿐이다.

스티븐스의 선택은 그가 속한 시대와 사회, 그리고 그의 개인적 가치관에 의해 크게 영향을 받았을 것이다. 이러한 상황에서 그가 최선을 선택했다고 생각할 수 있지만, 다른 사람이라면 다른 선택을 할 수 있다. 결국 각자의 상황과 가치관에 따라 최선의 선택을 하는 것이기에, 스티븐스의 경우에도 그의 상황에서 그가 최선의 선택을 했다고 볼 수 있다. 그러나 스티븐스가 미래를 내다보며 미국인 주인의 유머를 수용할 감각을 키워야 한다고 말하며 떠나는 부분은, 그가 과거에 얽매이지 않고 앞으로 나아가려는 의지를 보여 준다. 작가는 이를 통해 과거의 후회보다는 미래에 대한 준비와 적응을 강조하며, 변화하는 상황 속에서도 자신의 역할을 충실히 수행하려는 스티븐스의 모습을 통해 후회 없는 삶을 선택하는 중요성을 전달하려고 한 것 같다.

『밝은 밤』

최은영 지음(문학동네, 2021)

최은영(1984~)

경기 광명에서 태어났으며 고려대학교 국어국문학과를 졸업했다. 2013년부터 본격적인 작품활동을 시작했다. 지은 책으로 소설집 『쇼코의 미소』 『내게 무해한 사람』, 장편소설 『밝은 밤』이 있다. 문학동네 젊은작가상, 허균문학작가상, 김준성문학상, 이해조소설문학상, 구상문학상 젊은작가상, 한국일보문학상, 대산문학상 등을 수상했다.

전홍희

나는 돌멩이

남편은 물

돌멩이를 흐르는 물은 청명해지고

모난 돌은 둥글둥글해졌다.

5

『밝은 밤』
최은영 지음(문학동네, 2021)

멀고도 가까운 사이, 가족

"마음이 햇볕에 잘 마르면

부드럽고 좋은 향기가 나는 마음을

다시 가슴에 넣고 새롭게 시작할 수 있겠지."

가족은 원심력과 구심력이 작용하는 관계라고 한다. 부모와 자녀 사이, 형제자매 사이, 그리고 부부 사이는 벗어나려고 하는 마음과 되돌아오려는 마음이 공존하여 그렇게 표현하는 것이다. 가족 간에 진심을 드러내 보이지 못하여 남보다 못한 존재로 살아가기도 한다. 그러나 어떤 상황에서는 다른 사람은 외면해도 가족이라서 기꺼이 상처를 보듬고 돌보고 가까이 지낸다. 집을 떠나 바깥세상에서 상처받으면 가족의 품으로 되돌아와 자신의 존재를 위로받고 싶어 한다. 떠나고 싶지만 떠나서 살 수 없는 존재와 관계가 가족이다.

작가 최은영은 『밝은 밤』에서 증조모, 할머니, 엄마, 지연에 이르기까지 거의 100년 걸쳐 이어 내려온 4대가 겪은 일생과 애환에 대하여 현재와 과거를 넘나들며 부드럽고 잔잔한 필치로 이야기하고 있어 감동을 자아낸다. 가을의 조용한 빗줄기가 바람에 뒹구는 바삭한 낙엽을 적시어 가라앉게 하듯 문체가 차분하다. 천주교 박해, 일본에 노동자로 돈 벌러 가야 하는 가난, 해방 후 전쟁을 겪는 고난 등 그 시절을 살아 낸 사람이 애처롭다. 눈물이 난다. 내 가족, 내 친구의 이야기를 하는 것이 아닌가 하여 애틋하고 서럽고 가슴 먹먹하다.

소설의 주인공 지연은 이혼을 하고 소도시 '희령'으로 이사 온다. 희령에는 할머니가 산다. 열 살에 본 할머니를 20년 만에 만난다. 그 후 두 사람은 가끔 서로의 집을 오가고 지연은 할머니를 통해서 여러 사연을 듣는다. 1930년대 백정의 딸로 태어나 천대와 멸시 속에 자란 증조모와 그에게 상처이자 힘이 되어 준 이웃 새비 아주머니와의 인연. 부모가 가난해서 공부하지 못한 할머니와 독일 유학까지 가게 되는 새비 아주머니의 딸 희자와의 관계. 아버지의 강요로 북에 아내를 두고 온 남자와 결혼해서 엄마를 호적에 올리지 못하고 살아온 할머니 처지. 지연의 엄마가 지연 위의 첫째 딸을 여의고 할머니와 인연을 끊은 이유. 그리고 지연의 이혼을 부끄러워하는 엄마와 지연의 서먹한 사이 등 상처만 가득한 가족의 역사를 실타래 풀어내듯, 마음속 응어리를 녹이듯 서로 이야기 나눈다.

우리는 둥글고 푸른 배를 타고 컴컴한 바다를 떠돌다

대부분 백 년도 되지 않아 떠나야 한다.

그래서 어디로 가나.

(중략)

우리의 삶은 너무도 찰나가 아닐까.

찰나에 불과한 삶이

왜 때로는 이렇게 길고 고통스럽게 느껴지는 것인지

이해할 수 없었다.

가족 간에 무엇을 이야기하고 지내야 서로를 이해할까? 우리는 진정 서로를 이해는 하고 있기나 할까? 때로 말 한마디로 서로가 고통스러워지는 사이가 가족이다. 가족을 떠나 살고 싶어지게 한다.

"노처녀 되어서 재취 자리라도 갈 생각이 아니면

감사히 받아들이라우."

사위 될 사람이 중혼임을 알면서도 증조부가 할머니에게 결혼에 대해 하는 말은 할머니를 자기기만에 빠지게 하는 상처였다.

"사람 명이 하늘에 달렸으니 어쩔 수 없는 일 아니겠냐."

첫째 딸을 여의고 자책하는 엄마에게 네 탓이 아니라고 말하고 싶었던 할머니가 하는 말은 엄마가 할머니에게 내민 손을 거두어들이게 만드는 상처였다.

"나는 너는 걱정이 안 돼. 그런데 그 약한 애가 나중에 자살이라도 하면 네가 책임질 거야?"(엄마)
"남자가 바람 한 번 피웠다고 이혼이라니."(아빠)

이혼한 지연에게 하는 엄마, 아빠의 말 어디에도 지연의 고통은 안중에 없다. 지연이 부모를 외면하고 싶어 하는 마음만 전해 준다. 이렇게 상처만 헤집는 가족임에도 불구하고 가족은 피할 수도, 연을 끊고 살기도 어려운 존재이다.

'마음이 햇볕에 잘 마르면 부드럽고 좋은 향기가 나는 마음을 다시 가슴에 넣고 새롭게 시작할 수 있겠지'라고 지연은 생각한다.

그렇다. 우리 마음을 새롭게 만들어 주는 일도, 나의 존재가치를 알게 해 주는 일도, 또한 말 한마디로 나에게 주던 고통이 사라지게 만드는 일도 가족이 한다.

"세상에는 끝나는 것들만 있다고 생각했거든.
근데 너를 보니 그게 아니라는 걸 알겠더라."

할머니가 지연에게 하는 이 말은 지연에게 상처로 울고 있는 그 마음이 끝이 아니라는 걸 알려 주는 것이었다.

"어두워지는 해변에서 미선아, 미선아 부르며
걸어오는 증조모의 모습을 엄마는 기억했다."

부모의 그늘 없이 사는 엄마는 책잡히지 않으려고 애를 썼다. 엄마는 혼자 남은 듯한 기분을 느낄 때 해변에 홀로 있었다. 어둑할 때 엄마를 찾는 증조모의 모습은 엄마에게 '내게 누군가가 있다'라는 마음의 속삭임이었고 반가움이었고 존재가치를 확인하는 순간이었다.

가족 간에 멀어지지도 너무 가깝지도 않은 적당한 물리적·심리적 거리는 얼마이고 어떻게 측정할 수 있을까? 증조모와 엄마 사이, 할머니와 지연 사이처럼 한 세대를 걸러야 마음을 잘 나눌 수 있는 걸까? 할머니와 손녀는 서로에게 강요하지 않고 있는 그대로의 모습을 이해하고 귀담아들어 주는 행위가 바탕이 되어서 서로를 보듬어 주고 있다. 볕 좋은 가을날, 부모·자식 간에 떨어져 나가려는 마음과 조손(祖孫)간의 끌어당기는 마음이 어우러져 사는 이야기를 읽는 동안 마음을 향기 나게 잘 씻어 말릴 수 있었다.

『백년 동안의 고독』

가브리엘 가르시아 마르케스 지음, 안정효 옮김(문학사상, 2005)

가브리엘 가르시아 마르케스(Gabriel Garcia Márquez, 1927~2014)

콜롬비아 출생. 법학과 저널리즘을 공부하다 정치적 혼란 속에 학교를 중퇴하고 기자 생활을 한다. 1954년 로마 특파원으로 파견된 그는 본국의 정치적 부패와 혼란을 비판하는 글을 쓴다. 이로 인해 평생 파리, 바르셀로나, 뉴욕, 멕시코 등을 떠돈다. 그의 작풍은 중남미 역사를 토착신화, 민담 등을 버무려 쓴 환상적 리얼리즘이다. 따라서 남미의 '마술적 리얼리즘'*을 대표하는 작가라고 불린다. 1955년 첫 소설 「낙엽」을 출간, 「아무도 대령에게 편지하지 않았다」(1961)로 이름을 알리고 「불행한 시간」 등 저항적이고 풍자적인 작품을 발표한다. 1967년 「백년의 고독」을 집필, '마술적 사실주의 창시자'라는 헌사와 함께 1982년 노벨문학상을 수상한다.

---

* 마술적 리얼리즘(magical realism): 마법과 초자연적인 존재들, 상상 속의 동물들을 활용하지만, 실제 일어난 역사나 사실을 교차시키는 작품들을 말한다. 예를 들어 제2차 세계대전과 같은 역사를 배경으로 하되 신비한 이야기를 가상으로 만들어 내거나, 지하철 갱도 안에 숨어 사는 요정이나 악마들을 그리는 작품들이 그것이다.(판타지 백과)

황명덕

처음 이 책을 접했던 시절은 20대였다.

끝까지 읽은 기억은 없다.

다만, 읽어야지 하며 해를 넘겼다.

그러다가 잊고 살아왔다.

막상 책을 대하니 만감이 교차한다.

사루비아 꽃빛의 칠월 폭양과

고뇌에 찬 밤거리

뜨겁게 방황했던 그 시절이

고스란히 되살아난다.

6

『백년 동안의 고독』
가브리엘 가르시아 마르케스 지음, 안정효 옮김(문학사상, 2005)

덧없이 살다 간 어느 가문의 흥망성쇠

"시간은 흐르는 것이 아니라 커다란 원을 그리며 빙빙 돌고 있다는 생각에 몸을 떨었다."

"그의 증조부가 그랬듯이 사람의 손이 닿지 않는 외로운 세계, 자신의 세계보다도 더 헤아리기 어려운 어둠의 세계에 혼자 살고 있음을 깨달았다."

버킷리스트로 꼽을 만큼 죽기 전 꼭 한번 읽어 보라고 권하고 싶은 책이다. 그러나 내용의 얼개가 잡히고 이야기 속으로 빠져들기까지는 약간의 인내가 필요하다. 6대에 걸친 인물의 이름이 비슷해서 누가 아들이고 아버지인지 헷갈리기 때문이다. 첫 장에 끼워진 부엔디아 집안의 가계도를 참조하며 읽으면 이해에 큰 도움이 된다.

이야기는 한 동네에서 나고 자란 호세 아르카디오 부엔디아와 우르슬라 이구아란이 사랑을 하면서부터 비롯된다. 둘은 사촌지간으로 기형아를 낳게 된다는 전설 때문에, 극구 말리는 가족들을 두고 고향을 떠난다. 그렇게 그들이 흘러들어온 곳이 '마콘도'이다.

근친혼으로 인한 나쁜 전례는 이미 선대에 있었다. 우르슬라의 숙모와 부엔디아의 삼촌이 낳은 아들이 돼지꼬리를 달고 태어났다. 아이는 22년간 헐렁한 바지만 입고 동정을 지키며 살다가 출혈로 죽는다. 그럼에도 이들은 또 근친 간 사랑을 하고 새로운 땅 '마콘도'에 정착하여 파란만장한 '부엔디아' 가계의 흥망성쇠를 그리게 된다.

물불을 가리지 않고 타오르는 격정적인 사랑

예언처럼 전해 내려오는 저주의 말에도 불구하고, 그들은 근친 간 사랑을 대를 이어 되풀이한다. 폐쇄적인 씨족 마을 특성상 인척간 사랑이 불가피했을 거라는 생각이 들기는 한다. 또한 문명의 세력이 미치지 않던 시대, 어느 오지 마을을 떠올려 보면 토착민들의 사람살이가 상상이 된다. 그리고 그들이 살아가기 위한 한 방법이었을 거라고 이해할 수도 있다. 그러나 이면에는 중남미 사람들의 자유로운 라이프 스타일과 물불을 가리지 않고 타오르는 그들의 뜨거운 성정(性情)을 느끼게 된다.

마콘도를 휘도는 집시들의 피리 소리

어릴 적 내가 살던 고향 마을에 봄이면 엿장수가 들르곤 했다. 양지 녘에 봄 햇살이 노랗게 쏟아지는 시기였다. 이른 봄 적막을 깨고 마을 아이들을 부르던 가위질 소리와 그 장단에 맞춰 부르던 엿장수의 구성진 노랫가락이 지금도 들리는 듯하다.

마콘도에도 해마다 봄이 되면 정처 없이 떠도는 집시 무리가 마을을 찾았다. 이 마을에서 저 마을로 피리를 불고 북을 치며 사람들을 부른다. 수많은 인파에 아이들이 길을 잃을까 봐 손을 잡고 돌아다니며 구경해야 했다. 그들은 온갖 진귀한 물건들을 가지고 들어와 마술을 부리고 곡예를 하였다.

정처 없이 떠도는 고달픈 이들의 행각은 마을 사람들에겐 놀라운 경이로움과 새로움에 눈을 뜨게 되는 신세계였다. 마콘도 사람들은 이들이 가져온 물건들로 자연의 섭리를 깨닫고 과학적 원리를 터득해 나갔다. 점점 무지에서 눈을 뜨며 문명의 세계를 알아갔다. 이렇게 눈을 뜨게 된 사람들은 후에 정부의 간섭을 배척하며 가난한 사람들의 권익을 위해 정부와 투쟁을 하게 된다.

마술적 리얼리즘의 매력

많은 스토리가 현실과 상상의 세계를 넘나들며 펼쳐진다. 그러다 보니 독자는 얽히고 설킨 내용의 쓰나미 현상에 휘둘리기도 한다. '백년 동안의 고독'이 아니라 '천년 동안의 고독'인 양 착각할 정도다. 생과 사를 넘나들며 수천 년 동안 축적된 콜롬비아의 신화, 전설, 민담이 녹여져 작가의 거침없는 상상과 자유로운 필체로 펼쳐지기 때문이다.

작품이 전개될수록 수많은 인물이 끊임없이 부침한다. 작가는 개성적인 인물들을 통해서 마술적 리얼리즘 기법의 매력을 한껏 발산한다. 나는 한때 문학의 허구성에 싫증이 나서 소설

읽기를 끊었었다. 대신 역사물이나 철학서와 친했다. 간혹 역사 소설 정도를 읽었던 것으로 기억한다. 그러나 이 소설을 읽으면서 상상의 세계야말로 오묘한 자연의 이치와 복잡하고 부조리한 현실을 풍부하게 담아낼 수 있다는 사실을 새삼 깨달았다.

각 캐릭터는 흥미로운 사건 사고를 일으키며 출현했다가 어처구니없이 죽음으로 내몰린다. 행복을 질투해서 타 준 커피를 마시며 죽기도 하고, 연인에 대한 실연과 고뇌로 맥없이 죽기도 한다. 신비한 아름다움으로 뭇 남성의 눈을 호리지만, 사랑하는 상대마다 다 죽게 되는 여인은 광선 담요를 타고 하늘로 사라져 버리기도 한다.

한편 결투로 죽었던 친구는 귀신들의 세계에서 살다가 옛 친구를 찾아 현실 세계로 돌아온다. 그는 죽을 때 뚫린 총탄구멍에 흐르는 피를 닦으려고 집안을 돌며 물을 찾는다. 이를 본 우르슬라는 집안 곳곳에 물항아리를 놓아둔다. 또한 집시 멜키아데스도 죽었다가 외로워서 다시 마콘도에 나타난다. 그는 불면증으로 기억을 잃은 마을 사람들을 신비한 물약으로 구해 준다. 그리고 은판 사진술을 연구하며 오랫동안 살다가 다시 죽는다. 이런 이야기는 재미있으면서도 황당하고 그럴듯하면서도 허무맹랑하다.

긴 장마 후 문명의 흔적은 사라지고

곡마단이 들어오면서 시작된 마콘도의 봄은 사람들에게 호기심과 욕망을 심어 준다. 그러면서 마을은 자유파와 보수파의 싸움에 휘말리게 된다. 전쟁이 끝난 후 철도가 들어오고 자본주의 제국시대가 시작된다. 바나나 회사가 들어서고 농장이 생기면서 각지에서 이방인들이 엄청나게 쏟아져 들어온다.

마을은 바나나 농장으로 번성하는 듯했다. 그러나 당국의 악랄한 착취로 노동자들은 대규모 파업을 일으킨다. 이에 정부는 계엄령을 선포하고 무장군인은 역 앞에 모인 시위대 3,000여 명을 쏴 죽인다. 시체들은 야밤에 기차에 실려 바다에 수장된다. 그러나 이 무서운 현실은 외부 세계에 알려지지 않은 채 영원히 은폐된다. 그리고 마콘도에는 4년 11개월 이틀 동안 비가 내린다. 대홍수로 바나나 회사와 농장의 흔적은 깡그리 사라지고 그곳은 서서히 폐허가 된다. 그러나 대홍수 시대에 살아남은 노아의 방주처럼 부엔디아 가(家)만이 대대로 살아남아 마콘도를 지키게 된다.

백년 바윗돌 같은 고독의 시간

처음 제목을 보며 왜 100년 동안의 '고독'일까, 차라리 '바다'

라는 표현이 적합하지 않을까 생각했다. 그러나 인물들의 말년을 보면서 이해했다. 말할 수 없이 무의미하고 지리한 일상은 백년 바윗돌 같은 고독의 시간이라고. 차원이 다른 세계, 무상무념의 한 끝자락을 더듬는 듯했다. 고독이란 삶의 그림자 같아서 숨 쉬듯 목숨과 공존하는 것이다. 고독이 사라진다는 것은 인간이 숨을 멈추게 되는 순간이 아닐까 생각해 본다.

아우렐리아노가 임종하던 순간이다. 그는 곡마단이 왔다는 환청을 듣는다. 코끼리 머리 위에 앉아 있는 황금빛 여자를 본다. 슬픈 표정의 단봉낙타를 보고, 음악에 맞춰서 튀김 판을 두드리는 곰을 본다. 행렬 끝에서 바퀴로 재주를 부리는 어릿광대를 보고……, 그리고 모든 것이 다 지나간 다음 다시 비참한 고독과 마주 선다.

그야말로 인생의 오욕칠정과 생로병사를 다 겪고 100년 동안의 고독 속에서 죽어 간 인물이다. 그의 삶이야말로 모든 맛이 녹아 있는 바다와 같은 시간이다.

이 책은 실재하지 않은 한낱 설화에 불과한 소설 속의 또 다른 허구라는 생각이 든다. 백년이란 세월이 무상했다. 내가 꿈을 꾼 것인지 꿈이 나를 가둔 것인지 헷갈릴 정도로 판타스틱

하다. 구체적인 묘사와 밀도 있는 함축적 표현이 독자를 무난하게 상상의 세계로 안착시킨다.

결말 부분에서 마을의 내력이 밝혀진다. 이 마을은 수십 년 전에 멜키아데스가 양피지에 써 놓은 예언이었다. “누군가 이 원고를 해독하는 순간 마콘도는 인간의 기억에서 잊혀질 것”이며 “여기 적힌 글들은 영원히 사라져서 다시는 되풀이 될 수 없다”는 것이다.

따라서 이모와의 사이에서 돼지꼬리 아기를 낳게 된 아우렐리아노가 이 예언서를 해독하게 되고 마을은 영원히 연기처럼 사라져 버린다. “100년 동안 고독에 시달린 종족은 이 세상에 다시 태어날 수 없다”고 적힌 예언이 실현되는 순간이다.

이렇게 ‘부엔디아’ 가문의 100년 역사는 영원히 블랙홀 속으로 함몰된다.

양동신

왕년의 추억에만 안주하다가

안줏거리 다 떨어져

강술 마시다 쓰린 속을

독서로 풀어야겠습니다.

7

『백년 동안의 고독』
가브리엘 가르시아 마르케스 지음, 안정효 옮김(문학사상, 2005)

은둔형 외톨이의 종착지

"추억은 되돌아오지 않을 터이고,
이미 지나간 모든 봄은 하나도 다시 찾을 수 없으며,
사랑이 아무리 거칠거나 깊다고 해도
결국은 한순간의 진리에 지나지 않는다."

『백년 동안의 고독』은 전 세계적으로 5천만 부 넘게 팔린 베스트셀러이다. 남미 콜롬비아 '부엔디아' 일가의 100년에 걸친 흥망성쇠를 '마술적 리얼리즘'이라는 독특한 형식을 사용하여 묘사한다. 가문의 탄생과 몰락은 양피지에 예언되어 있는데 마지막 후손이 이를 해독하자 가문은 끝난다. 가족들은 모두 고독하게 죽었고 그들이 세웠던 도시는 영원히 사라진다. 몰락 원인은 외부적으로는 서구 자본주의의 수탈과 국내의 정치적 갈등, 내부적으로는 조부 때부터 지속된 근친혼이다.

'바나나 리퍼블릭'의 태동

여기에서 '바나나 리퍼블릭'은 의류 상표가 아니고 주로 농수산물 수출에만 의존하여 경제가 독점 자본에 종속되고 정치적으로 불안정한 국가를 비하하는 표현이다. 콜롬비아, 소설 속의 마콘도가 이러한 특성을 보이며 '부엔디아 일가'를 이런 맥락으로 보고자 한다.

아버지 '호세 아르카디오 부엔디아'는 닭싸움 때문에 사람을 죽이고 고향을 떠나 열네 달이나 헤매다가 '마콘도'에 정착한다. 부엔디아 일가는 자기만의 영역 안에서 살아간다. 그들의 집은 결혼이나 초상을 며칠 동안 치를 수 있을 정도의 대저택이다. 그들은 지역 유지이며 뼈대 있는 가문으로 인정받는다. 자기들만의 '바나나 리퍼블릭'을 건설하고 제멋대로 살아가도 큰 문제가 없었다. 필요한 운영 자본은 주로 어머니 '우르슬라 이구아란'이 만든 과자에서 나오는데 이 정도로는 어림없고 숨겨둔 막대한 금을 사용했을 것으로 추정한다.

그런데 공화국 몰락의 징조는 일찍 찾아온다. 그들은 연금술 같은 허황된 지식에 빠지거나 골방에 처박혀 금물고기를 만드는 등 공화국 발전과는 무관한 일에 시간과 돈을 낭비한다. 근친혼을 계속하면 '돼지꼬리'가 달린 자식이 태어난다는 경고를 무시하여 몇 번이고 찾아봐야 이해할 수 있는 속칭 '개족보'를 만들어 낸다. 이것도 모자라 사생아는 왜 이리도 많이 만들었는지 막장 드라마도 그렇게 만들기 어렵다. 이 문제를 바로 잡으려는 가족의 노력도 찾아보기 드물다.

또한 차남인 '아우렐리아노 부엔디아' 대령은 명분 없는 정치 투쟁에 뛰어들어 마콘도와 집안의 몰락을 자초한다. 대령은 확실한 정치적 소신보다는 단순한 이유로 자유파에 가담하면서 무장봉기에 나섰으나 모두 패배한다. 결국 항복하고 은둔생활에 들어간 후 고독하게 세상을 떠난다. 그가 서둘러 전쟁을 끝낸 결정은 오히려 마콘도에 외부의 본격적 '바나나 리퍼블릭'이 들어오도록 도와준 꼴이 되었다. 안에서 문을 잠그고 자급자족하다가 밖에서 들이닥치는 문명의 파도를 막지 못했다. 과거로부터 교훈을 얻지 못하고 앞날을 예측하지 못한 결과이다. 외세의 침략에 어쩌지 못했던 조선왕조 말기의 안타까운 모습과 다름이 없다.

'바나나 리퍼블릭'의 본래 모습

마콘도에 실질적인 바나나 공화국이 철도를 타고 찾아온다. 미국식 자본주의의 상징인 대규모 바나나 농장이 마콘도에 생긴다. 하지만 노동자들은 가혹한 수탈에 시달린다. 바나나 농장의 감독관이었던 '호세 아르카디오 세군도'는 파업을 선동했으나 노동자들이 집단학살 당했다. 본인만 살아남아 탈출에 성공하나 사건의 진실은 모두 은폐되었다. '3,000명이 죽었다'는 사실을 알리지만 믿는 사람은 없었다.

실제로 1928년 12월 콜롬비아의 바나나 농장에서 학살 사건이 있었다. 노동자들이 미국인 농장주를 상대로 근로조건 개선을 요구하는 시위를 벌였으나 군대가 무력으로 진압하여 1,000명 이상이 사망한 사건이다. 열렬한 사회주의자인 작가는 이 사건을 자본주의 횡포의 대표적 사례로 보아 소설 후반의 많은 부분을 할애한다. 예를 들자면 환자에게 약효가 없는 알약 제공, 50명당 1개의 휴대용 변기, 쓸모없는 배급표, 법률곡예사, 계엄령, 일제사격 등은 '바나나 리퍼블릭'의 진면목을 여실히 보여 준다. 당시 독점 자본과 독재정치가 결합한 이런 형태의 국가가 중남미에 흔했으며 그 후유증을 지금도 찾아볼 수 있다.

분노의 날과 최후의 심판

이런 상태를 더 이상 봐주기 어려워 누군가 비를 몽땅 퍼부어 끝장을 낸다. 장장 4년 11개월 이틀이나 내린다. 아무도 견딜 재간이 없다. 바나나 농장의 모든 시설은 철거되고 마콘도는 폐허가 되었다. 노아의 홍수는 세상이 썩어서 모두를 쓸어버리려는 야훼의 의지인데, 마콘도의 장마도 징벌적 의미를 지닌다. 패역무도한 무리를 하늘이 노해 벌을 내린 것이다. 노아의 홍수는 새로운 질서를 만들었으나 마콘도의 장마는 바나나 공화국을 지상에서 삭제해 버린다. 이 땅에 다시 씨를 뿌리지 못하도록 완전히 포맷을 해 버린다. 돼지꼬리가 달린 채 태어난 마지막 세대는 개미굴로 끌려가고 마콘도는 사라졌다. 부엔디아 가문에 최후의 심판이 내려 100년간이나 고독에 시달린 종족은 마침표를 찍었다. 저세상에서 고독을 혹독하게 씹으라는 뜻인가.

부엔디아 가문은 씨를 제대로 관리하지 못해 몰락했다. 옥토가 아니라 황무지에 씨를 뿌려 댔으니 우수한 품종이 나올 리 없다. 품질이 그런대로 좋았던 '호세 아르카디오'마저 성직자가 되라고 유학을 보냈지만 중도 귀국한 후 집에서 발견한 금화로 흥청망청하다가 수치스럽게 죽는다. 가족 대부분 고독하고 비참하게 생을 마감한다. 품종개량을 위해 이종교배도 하고 골고루 씨를 퍼뜨려야 하는데 너무 빽빽하게 심어 자멸한 것이다.

중남미 국가에서 세계적 수준의 기업이나 상품이 있다는 이야기는 듣지 못했다. 또한 중남미 하면 떠오르는 단어는 대부분 부정적이다. 식민지, 마약, 빈부격차, 쿠데타, 카니발 등 음울하고 음란한 분위기의 용어들뿐이다.

부엔디아 가문이나 중남미가 이렇게 된 까닭은 우물 안 개구리처럼 살았기 때문이다. 자기 의지대로 새 땅을 개척하거나 새로운 산업을 찾지 않았다. 주어진 환경에 적응하고 만족했으니 변화나 혁신의 필요성을 느낄 리 만무하다. 매일 똑같은 식사를 군말 없이 계속하다가는 영양실조 걸리기 쉬우므로 밖에서 색다른 음식을 접해야 한다.

은둔형 외톨이의 최후

부엔디아 가문은 은둔형 외톨이가 많았다. 어딘가에 처박혀 무엇을 만들거나 읽거나 혼자 생각한다. 바깥일에는 전혀 관심이 없고 도움을 구하지도 않는다. 결국 안으로만 점점 쪼그라들어 본인은 물론 가문도 몰락한다.

최근 자발적 은둔형 외톨이가 늘어나고 있다. 밖에 나가지 않아도 모든 정보를 손바닥 안에서 다룰 수 있고 업무처리도 가능하다. 코로나 팬데믹 기간 중 재택근무가 이를 증명했다. 그런데 외부 접촉이 없는 '나홀로 생활'을 오래 하면 결국 은둔형 외톨이의 나쁜 점을 닮아간다. 특히 사이버 공간에 파묻혀 살면서 폐쇄된 알 속에 자신을 가둔다. 자기만의 굳건한 지식체계를 만들어 가치판단의 기준으로 삼는다. 윤리나 사회질서는 다른 세계의 일로 치부한다. 모르는 것은 남에게 넘기고 내가 옳다고 생각하는 것만 정답이다. 이들이 만들어 내는 부작용을 우리 사회가 경험하는 중이며 갈수록 심해질 것이다.

파스칼은 "사람은 혼자서 태어나고 혼자서 죽으니 마치 혼자인 듯 행동하라"고 한다. 그러나 은둔형 외톨이처럼 굴라는 의미는 아니다. 때때로 혼자 있으면서 창조적 활동을 할 필요가 있다는 뜻이다. 고독 속에서 고독하지 않은 인간이 바람직한 모습이다. 이 책은 괴팍한 외톨이들의 마지막 삶을 보여 준다. 그리고 개인뿐만 아니라 가족, 사회, 국가도 외톨이가 되면 살아남지 못한다는 점을 시사한다. 문을 활짝 열고 손을 벌려 오는 이를 반갑게 맞으라. 그러면 산다.

『이토록 평범한 미래』

김연수 지음(문학동네, 2022)

김연수(1970년~)

경상북도 김천에서 태어나 성균관대학교 영어영문학과를 졸업했다. 1993년 대학교 재학 당시 계간지 『작가세계』에 「강화에 대하여」 외 네 편의 시를 발표하며 등단하였다. 1994년 『가면을 가리키며 걷기』로 작가세계문학상을 수상하며 본격적으로 소설을 발표하기 시작했다. 2001년 장편소설 『군빠이, 이상』으로 동서문학상, 2003년 소설집 『내가 아직 아이였을 때』로 동인문학상, 2005년 소설집 『나는 유령작가입니다』로 대산문학상, 2007년 단편소설 「달로 간 코미디언」으로 황순원문학상, 2009년 단편소설 「산책하는 이들의 다섯 가지 즐거움」으로 이상문학상을 수상하며 2000년대를 대표하는 한국 소설가로 자리매김했다. 현재도 꾸준히 소설뿐만 아니라 산문집을 발표하며 작가로서 활발하게 활동하고 있다.

박혜나

신은 한쪽 문을 닫을 때
반드시 다른 쪽 문은 열어둔다는 말이 있다.
답답한 삶에 위안이 되는 말이지만
한편으로는 궁금하기도 하다.
열린 문을 찾아서 나가면
과연 내가 바라는 것이 있을까?
그 문은 좋은 미래로 향하는 문이 맞을까?
삶에는 정답이 없기 때문에
나는 아직도 의심하고 고민하며 살아간다.

8

『이토록 평범한 미래』
김연수 지음(문학동네, 2022)

이토록 평범한 오늘

"그렇다면 제가 달라져야 이런 풍경이 바뀐다는 뜻인가요?"
"그게 내 앞의 세계를 바꾸는 방법이지요. 다른 생각을 한번 해 보세요. 평소 해 보지 않은 걸 시도해도 좋구요. 서핑을 배우거나 봉사활동을 한다거나. 그게 아니라 결심만 해도 좋아요. 아무런 이유 없이 오늘부터 클래식 음악을 사랑하기로 결심한다거나. 아주 사소할지라도 지금까지와는 다르게 살겠다고 결심하기만 하면 눈앞의 풍경이 바뀔 거예요."

『이토록 평범한 미래』는 인간의 삶에서 '시간'이 어떤 의미를 가지는지에 대한 작가의 인식을 담은 여덟 편의 단편으로 구성되어 있다. 「이토록 평범한 미래」에는 동반자살을 결심한 대학생 '나'와 '지민'이 출판사에 근무하는 나의 외삼촌을 찾아오며 이야기가 시작된다. 극단적인 선택으로 세상을 등진 지민의 어머니가 유신정권 시절 출간했으나 검열에 의해 판매 금지된 소설 '재와 먼지'를 찾기 위해서이다. 그리고 시간은 흘러 현재 나와 지민은 죽지 않고 결혼한 후 부부로 살고 있다.

이어지는 일곱 편의 단편은 「이토록 평범한 미래」에서 시작된 질문들이 각자 다른 사연을 가진 인물들의 삶에 어떻게 스며들어 있는지 보여 주고 있다. 그 과정에서 소설집 전체를 관통하는 몇 가지 키워드를 발견할 수 있는데 그것은 바로 '사랑하는 사람의 부재'와 '시간의 방향' 그리고 '삶의 태도'이다.

사랑하는 사람의 부재

「이토록 평범한 미래」에서 '지민'은 엄마를 정신병으로 몰고 결국 스스로 목숨을 끊게 한 아빠와 그 가족들을 원망하며 자랐다. 「난주의 바다 앞에서」의 '은정'은 하나밖에 없는 아들을 열네 살에 종양으로 잃고 그 아픔을 극복하지 못하고 남편과도 이혼한다. 「다시, 2100년의 바르바라에게」에서 죽음을 앞둔 '나'의 할아버지는 평생을 가슴에 묻고 있었던 막내 여동생 '바르바라'의 죽음에 관한 이야기를 들려준다.

사랑하는 사람의 죽음은 우리가 상상할 수 있는 가장 최악의 상황이다. 떠올리는 것만으로도 너무 고통스럽기에 언젠가는 그러한 이별이 예정되어 있다는 것을 알고 있음에도 더는 생각하고 싶지 않아 한다. 심지어 예상치 못하게 겪게 되는 급작스러운 죽음은 더더욱 받아들이기가 어렵다. 사랑하는 사람의 죽음이 남긴 상처는 살아 있는 사람들의 삶에 짙은 그늘로 내내 함께한다. 완전한 극복이라는 것은 사실상 불가능해 보이고 시간이 그 고통을 조금이라도 잊을 수 있기를 바라는 것밖에 할 수 있는 일이 없다.

죽음이 아니더라도 사랑하는 사람은 언제든 내 곁을 떠날 수 있다. 이보다 더 애틋할 수 없는 연인 사이였으나 시간이 흘러 사랑의 감정이 식어서 이별한 경우, 절친한 사이로 깊은 우정을 나누었으나 뚜렷한 이유 없이 자연스럽게 멀어진 경우. 책 속 인물들은 이렇게 멀어진 과거의 인연들과 우연히 다시 만나 지난 시절을 회상하며 몰랐던 비밀을 알게 되기도 하고 잊고 살았던 감정을 반추하기도 한다. 어떠한 종류의 이별이든 과거에 사랑했던 사람이 현재에 부재하는 상황은 우리에게 시간의 흐름과 관계의 변화에 대해 생각해 보게 한다.

시간의 방향

「이토록 평범한 미래」에서 '지민'의 엄마가 쓴 소설 '재와 먼지'에는 서로가 없는 미래를 받아들이고 싶지 않아서 동반자살을 선택한 연인이 나온다. 그러나 어떠한 이유에서인지 그들에게는 두 번째 삶이 주어지고 그 삶에서의 시간은 미래에서 과거로 거꾸로 흐른다. 시간이 흘러 두 사람이 처음 만났던 순간에 이르자 그들은 그때 느꼈던 설레고 기쁜 마음을 다시 한번 느끼게 된다. 그 순간 오랜 잠에서 깬 것처럼 둘은 서로를 마주보고 시간은 다시 원래대로 흘러 세 번째 삶이 시작된다.

살면서 누구나 과거의 어느 순간으로 돌아가 모든 걸 되돌리고 싶다는 바람을 가질 때가 있다. 때로는 아직 오지 않은 미래로 가서 앞으로 일어날 일들을 먼저 알고 싶다는 생각을 하기도 한다. 그런 바람은 소설이나 영화, 드라마 등에서 여전히 시간 여행이 주요한 소재로 쓰이는 이유이기도 하다. 그러나 슬프게도 시간의 방향은 여전히 과거에서 미래를 향해 있고, 우리의 나이는 한 살씩 늘어나며, 사람이든 상황이든 모든 것은 변하기 마련이다. 더없이 소중했던 것들이 하찮게 변하기도 하고 영원히 지속될 것 같은 관계들은 끝을 맺곤 한다. 사람들은 허무함을 느끼고 삶에 의지를 상실하기도 한다.

그러나 이 소설집에 수록된 이야기들을 하나씩 읽으면서 '재와 먼지' 속 연인들처럼 시간의 방향을 바꾸는 것은 물리적으로는 불가능할지 모르지만 누구나 마음만 먹으면 가능할 수도 있다는 생각이 들었다. 소설의 인물들은 모두 과거에 만났던 사람들이나 사건을 떠올리고 있다. 지난 시간을 되짚어 보며 추억여행을 하고 또 당시에는 알지 못했던 것들을 새롭게 깨닫기도 한다. 그리고 다시 현재로 돌아와 지금 이 순간 오늘의 나를 바라본다. 현실적으로 달라진 것은 없지만 이 과정은 일종의 시간여행이 아닐까? 과거를 되짚어 보고 새롭게 의미를 부여함으로써 우리는 두 번째 삶을 살 수도 있다. 그렇게 시간의 방향은 다시 미래로 나아가고 세 번째 삶이 시작된다. 이제 우리는 어떻게 살아야 할까?

삶의 태도

「다만 한 사람을 기억하네」에서 '희진'은 과거에 자신이 했지만 현재는 기억하지 못하는 별 의미 없는 행동으로 일면식도 없는 타국 사람에게 계속 살아갈 희망을 안겨 주었다. 「난주의 바다 앞에서」에서 아들을 잃은 '은정'은 삼십여 년 전 복싱을 하다 KO패를 당했던 '정현'이 "인생은 별거 아니며 버틸 때까지 버텨 보다 넘어지면 그만"이라며 이야기한 '세컨드 윈드'*에 관해 기억하고 있다.

사람은 살면서 누구나 절망적인 상황에 맞닥뜨리게 된다. 삶의 의지를 상실하고 방황의 시간을 맞기도 한다. 그런 때 기적처럼 새로운 희망을 안겨 주는 인연이 나타나면 좋겠지만 그건 말 그대로 기적 같은 일이다. 보통의 삶을 사는 우리는 다르게 살고 싶다는 바람으로 생각의 전환을 이룰 때 작은 희망의 빛을 보게 된다. 지난 시간 나를 힘들게 했던 여러 고통 속에서 스스로를 구원해 낸 것은 바로 나 자신이었다. 과거의 아픔에만 매몰되어 있지 않고 내가 진정으로 원하는 것을 찾기 위해 고

---

* 운동을 할 때 초반에는 호흡곤란이나 가슴 통증과 같은 고통이 느껴진다. 그러나 어느 지점을 지나면 점차 안정되면서 운동을 지속하고 싶어지는 순간이 찾아오는데 이를 세컨드 윈드(Second Wind)라고 한다.(두산백과 두피디아)

민하고 탐구했던 시간 덕분에 새로운 희망을 갖게 됐다. 그 희망으로 다른 미래를 꿈꾸었고 그렇게 꿈꾼 미래는 오늘, 지금이 순간의 내 모습이다.

많은 사람들이 평범하게 사는 것을 지루하고 재미없다고 생각한다. 남과 다른 비범하고 특별한 것만이 우리의 삶을 더 좋은 방향으로 이끌어 줄 것이라 믿는다. 그러나 막상 사람들이 가진 소망을 들어 보면 일확천금과 같은 허황된 행운보다는 이토록 '평범한' 미래에 더 가깝다. 그렇기에 중요한 것은 오늘 하루를 살아가는 우리의 태도가 아닐까.

「비얀자그에서 그가 본 것」에서 '정미'는 이렇게 말한다.

"난 세상은 점점 좋아진다고 생각해. 지금 슬퍼서 우는 사람에게도. 우리는 모든 걸 이야기로 만들 수 있으니까. 이야기 덕분에 만물은 끝없이 진화하고 있어."

바르게 잘 살아낸 평범한 오늘은 우리가 계속 살아가는 이유가 되고 그 오늘의 이야기들이 모여 우리를 더 나은 미래로 향하게 할 것이다.

조상리

빛이 되기 위해
부
서
진
구도자

혼자서는 안 읽었을 책들 두 번째 이야기

9

『이토록 평범한 미래』
김연수 지음(문학동네, 2022)

내가 만난 미래:
아모르 파티(Amor Fati)

"과거는 자신이 이미 겪은 일이기 때문에
충분히 상상할 수 있는데,
미래는 가능성으로만 존재할 뿐이라
조금도 상상할 수 없다는 것.
그런 생각에 인간의 비극이 깃들지요.
우리가 기억해야 하는 것은 과거가 아니라
오히려 미래입니다."

1999년을 살고 있는 너에게.

나는 너의 평범한 미래야.

불안과 혼란의 세기말을 살고 있는 너에게 나는 아득히도 먼 존재겠지. 무척 오랫동안 너를 잊고 살던 나는 최근 너를 떠올리게 하는 책을 한 권 만났어. 김연수 작가의 『이토록 평범한 미래』라는 단편소설집이야. 나는 그 표제작의 첫 문장에서부터 너를 생각했어.

모든 게 끝났다고 말하는 사람을 볼 때마다
나는 1999년에 일어난 일과 일어나지 않은 일을 생각한다.

떠들썩한 종말의 예언들과 보이지 않는 미래 때문에 불안했던 너. 그리고 그렇게 시간의 지층 속에 가라앉아 있는 1999년의 너에게 일어난 일과 일어나지 않은 일을. 그래서 나는 문득 너에게 이렇게 편지를 쓰고 있어.

끝의 시작

첫 문장에서뿐만 아니라 이 책의 각 단편들 속에서 나는 수많은 종말과 끝, 그리고 죽음들을 발견할 수 있었어. 「이토록 평범한 미래」에서는 세기말 젊은 연인들의 죽음을 향해 달려가는 사랑을, 「진주의 결말」에서는 기억의 종말과 그것으로 인한 어떤 관계와 사건의 결말을, 「난주의 바다 앞에서」 「비얀자그에서 그가 본 것」 「엄마 없는 아이들」은 지극히 사랑하는 가족의 죽음이 주는 선택의 결말들을 펼쳐 보이고, 「다시, 2100년의 바르바라에게」에서는 비극적 역사를 끌어안은 한 개인의 결말이 담담하게 그려지고 있지. 그것이 죽음이든, 관계의 결말이든, 사랑의 끝이든 마치 우리는 마지막을 향해 달려가는 존재라고 일깨우는 것 같아. 인간은 *'탄생이라는 절정에서 시작해 차츰 죽음이라는 암흑 속으로 몰락하는'* 필멸의 존재이기 때문일 거야.

이런 인간의 '끝'에 대한 절망과 공포에 대해 김연수 작가는 '미래를 기억'하라는 독특한 해결책을 제시하고 있어. 그는 「이토록 평범한 미래」 안에서 한 작가의 소설 속에 나오는 연인에 대한 이야기를 들려줘. 그 연인은 *'서로 공유하는 시간의 종말'*, 즉 *'둘의 사랑이 끝나는 순간'*이 다가옴을 받아들이지 못해 동반

자살을 선택하는데 뜻밖에도 죽음 직후 지금까지 살아온 인생이 다시 역방향으로 흐르는 두 번째 삶을 살고 있다는 것을 깨닫게 돼. 시간이 과거에서 미래로 향하는 것이 아니라 죽음의 그날이 새로운 인생의 첫날이 되어 하루하루 과거로 되돌아가는 거야. 그렇게 미래에서 과거로 거슬러 올라가면서 하루씩 더 새로워지는 관계를 경험하던 그들은 이 시간의 끝에 한없이 기쁘고 설렜던, 자신들의 첫 만남의 순간이 있다는 것을 알고 있지. *'가장 좋은 게 가장 나중에 온다고 상상하는 일이 현재를 어떻게 바꿔 놓는지'* 깨닫게 된 두 사람에게 시간은 다시 원래대로 과거에서 미래를 향해 흐르며 세 번째 삶이 시작되었대. 작가는 이 이야기를 통해서 *'시간의 끝에, 모든 게 끝났다고 생각하는 바로 그 순간에 이르렀을 때 이번에는 가장 좋은 미래를 상상'*함으로 *'미래를 기억'*하라고 말하고 있어. *'포기하지 않는 한 그 미래가 다가올 확률은 100퍼센트에 수렴'*할 것이고 그것이 우리가 현재를 견딜 수 있는 이유라고 말이야.

미래를 상상한다는 건 단순히 미래가 좋을 것이라는 낙관주의만을 뜻하는 건 아닐 거야. 오히려 "죽음을 기억하라"는 뜻이라는 '메멘토 모리(Memento Mori)'에 가깝지 않을까? 철학자 레비나스는 "죽음의 접근에서 중요한 것은 우리가 특정한 순간부터 할 수 있음을 더 이상 할 수 없다는 점이다. 바로 여기에서 주체는 주체로서 자신의 지배를 상실한다"고 설명하고 있어.* 우리가 죽음 앞에서 할 수 있는 것은 아무것도 없음을 깨닫게 된다는 거지. 그러나 역설적이게도 이 주체의 상실을 온전히 받아들일 때 삶이 다시 시작된다고 해. 바로 희망을 발견하기 때문이야. 그래서 "희망은 죽음의 언저리에, 죽음의 순간에, 죽어가는 주체에게 주어진다"**는 그의 주장은 죽음과 삶의 희망이 맞닿아 있음을 묘사하고 있어.

김연수 작가도 이것을 「난주의 바다 앞에서」 속에서 '세컨드 윈드(Second Wind)'라는 스포츠 용어를 사용하여 설명해. 운동을 하면서 고통이 최고점에 이를 때를 운동을 중지하고 싶은 시점인 '사점(dead point)'이라고 하는데 이 시점이 지나면 오히려 고통이 줄어들고 운동을 계속할 의욕이 생기는 현상을 이르는 말이래. 죽음에 가까운 고통의 순간에 불어오는 두 번째 희망의 바람. 이는 죽음이라는 끝을 기억하기에 살아 숨 쉬는 한, 희망으로 다시 시작할 수 있다는 역설이야. 끝까지 갔다는 생

* 엠마누엘 레비나스, 강영안 옮김, 『시간과 타자』, 문예출판사, 2001, p.83.

** Ibid., p.82.

각이 들어도 결코 끝이 아니고, 그 끝이 또 다른 우리의 시작이라는.

평범한 미래

사실 난 이 책을 읽기 전 제목만 보고도 사랑에 빠져 버렸어. '이토록 평범한 미래'라니. 이 사회가 우리에게 요구하는 평범한 현재, 특별한 미래에서 벗어난 모순어법. 어릴 때는 별 탈 없이 살아가는 평범함이 무조건 주어지는 내 인생의 기본값인 줄 알았어.

「난주의 바다 앞에서」 속 은정도 이십 대 초에 나와 같은 생각을 했나 봐. *'평범한 사람들이 가진 평범한 계획. 좋은 회사에 취직하고, 성격 좋고 바르게 사는 사람을 만나 연애해서 결혼하고, 아이들 낳아 별 탈 없이 기르고…… 퇴근길에는 친구와 맛있는 안주에 술을 마시며 옛 추억을 얘기하고, 여름이면 가족들과 외국에 여행을 가는 삶. 새로 개봉한 영화를 보러 극장에 가고 서점에 들러 신간을 사서 돌아오는 삶. 그다지 큰 노력을 하지 않아도 그 정도 삶은 살 수 있을 줄 알았지.'* 그러나 은정도 나도 세월 속에서 인생의 수많은 문제들, 생각지도 못한 변수들이 파도처럼 밀려와 나의 평범함을 온몸으로 밀어낸다는 걸 서서히 깨닫게 되지. 그 나름의 평범함을 사수하기 위해 얼마나 많은 사람이 물밑으로 전쟁을 벌이고 있는지도 말이야. 무능하고 지루해 별 볼 일 없다고 여겼던 평범함이 결국 수많은 고통을 이겨낸 고귀한 비범함이었던 거야.

이 평범함은 같은 단편 속 정현이 들려주는 미야자와 겐지의 짧은 이야기, '목련'에 등장하는 '*평평함*'과도 닮아 있어. 주인공은 가파른 절벽과 새까맣고 탐욕스러운 바위, 차가운 안개를 뱉어 내는 험준한 산골짜기를 기댈 데 없이 쓸쓸하게 기어오르고 있어. 그가 마침내 정상에 섰을 때 골짜기의 안개가 모두 걷힌 후 깜짝 놀라고 말았는데 그것은 '*자신은 분명 험난하고 지독한 곳을 건너왔다고 생각했는데, 돌아보니 거기엔 새하얀 목련이 가득*'했기 때문이야. 거기서 주인공은 또 다른 자신인지 모를 누군가와 그곳이 '평평하다'는 대화를 나누기 시작해. '*이 평평함은 험준함에 대한 평평함*'이며 '*내가 험준한 산골짜기를 건너왔기 때문에 평평*'하다고 말이야. 고통과 고난의 길 끝에서 발견한 우리들의 아름다운 절대선. 이것을 미국 철학자 월터스토프는 이렇게 서술하고 있어. "고통의 골짜기에서 절망과 쓰라림이 혼합된다. 그러나 또한 품격도 제조된다. 고통의 골짜기는 영혼을 빚어내는 계곡이다."[***]

그래서 이 '평범한 미래'는 철학자 니체의 아모르 파티(Amor Fati)라는 말을 떠오르게 해. 운명애 혹은 숙명애라는 뜻의 아모르 파티는 현실 세계에서 자신의 삶을 긍정하고 사랑하라는 의미를 넘어 자신에게 닥치는 무수한 상처와 고통을 사랑하고 괴로움을 적극적으로 수용하는 것을 포함한다고 해. 그렇다고 운명을 무조건적으로 받아들이고 체념하라는 것이 아니라 오히려 자신의 삶이 고난과 모순으로 가득하다 할지라도 남들의 기준이 아닌 자신만의 삶과 가치를 스스로 창조하기 위해 끊임없이 삶의 의미를 묻는 거야. "자신의 운명을 사랑스럽게 만들라"는 거지.[****] 아이러니하게도 평생을 신경증과 질병으로 고통받았던 니체가 꿈꾸던 평범한 미래야.

우리의 미래는

이 작품을 읽다 보면 작가가 매 단편 안에서 죽음이라는 소재

*** 니콜라스 월터스토프, 박혜경 옮김, 『나는 사랑하는 사람을 잃었습니다.』, 좋은씨앗, 2003, p.97.

**** 김필영, 『평범하게 비범한 철학 에세이』, 스마트북스, 2023, p.54.

를 끊임없이 길어 올리고 있다는 것을 깨닫게 돼. 이것은 우리가 이 시대에 함께 목도한 수많은 죽음들에 대한 애도 때문이기도 할 거야. 가장 아름답게 피어야 할 봄꽃들이 하릴없이 차가운 물 속에 잠겨 죽어 가야 했던 2014년 4월 16일은 우리에게 아직도 잔인한 고통과 깊은 슬픔으로 남아 있어. 그리고 어느 날 갑자기 들이닥친 전 세계적인 전염병으로 인한 대량의 죽음들. 작별 인사를 할 새도 없이 스러져 간 수많은 죽음들 앞에서 우리는 속수무책이었고, 이건 이 시대의 우리에게 집단적 슬픔과 상실감을 남겨 놓았지. 애도를 하는 것도 벅차고 두려워서 묻어 두었던 그 죽음들은 작가의 이야기를 통해 소환되어 우리에게 기억해야만 한다고 말해 주고 있어.

「다만 한 사람을 기억하네」는 공연을 위해 일본을 방문한 당일, 세월호 참사를 TV에서 마주하게 된 한국 인디가수 희진의 기억에 관한 이야기야. 자신의 공연을 성사시킨 일본인을 만나게 된 희진은 그가 오래전 희진과 옛 연인이 남긴 어떤 흔적 때문에 삶을 버리지 않을 수 있었다는 것을 알게 돼. 정작 자신은 잊고 있었던 과거 연인과의 아름다웠던 사랑의 시절은 그렇게 그 일본인과 희진, 그리고 옛 연인의 기억들로 인해 서로 채워

지며 되살아나게 돼. 설령 조각나고 잊힌 기억일지라도 기억하는 그 누군가가 있다면 그 사랑은 영원히 끝나지 않는다고 작가는 이야기하고 있어.

한번 시작한 사랑은 영원히 끝나지 않는다고,
그러니 어떤 사람도 빈 나무일 수는 없다고, 다만 사람은
잊어버린다고, 다만 잊어버릴 뿐이니 기억해야만 한다고,
거기에 사랑이 있었다는 사실을 기억할 때
영원히 사랑할 수 있다고.

그러면서 작가는 또 이렇게 묻고 있지. *"그렇다면 그 기억은 나에게, 내 인생에게, 내가 사는 이 세상에 조금이라도 영향을 끼칠 수 있을까? 우리가 누군가를 기억하려고 애쓸 때, 이 우주는 조금이라도 바뀔 수 있을까?"* 나는 이런 기억과 사랑이 개개인뿐만 아니라 공동체 안에서도 공유될 때 그 힘을 발휘할 수 있다고 믿고 있어. 그 속에서 우리 삶이 제대로 복원될 수 있고 앞으로 나아갈 가능성이 될 수 있다고 말이야. 특히 공동체의 비극은 그 슬픔과 고통을 망각으로 지우는 것이 아니라 기억을 통해 자꾸 되살릴 때 치유가 가능하고 그 고통의 기억으로 더

나은 공동체의 방향과 의미를 향해 나아갈 수 있을 거야. 세월호 참사가 유족들만의 기억이 아닌 우리의 집단 기억이 되어야 하는 이유야. 우리의 미래는 우리가 사랑하는 이들과 이 시대의 고통을 함께 기억하고 더 깊이 들여다봐서 이것이 다른 이들에게 되풀이되지 않도록 연대해서 나아가는 거야.

너에게 미래란 알약 몇 알만 먹어도 배고프지 않을 시대였지. 그런데 막상 너의 미래에 도달해 보니 알약 따위로는 허기를 채울 수 없고, 오히려 어떤 식으로든 굶주린 사람들이 더 늘어났어. 더 깊은 절망과 죽음의 공포에서 도망치려 죽음을 지워버린 이 시대에 우리는 일어날 일을 일어나지 않을 일로, 일어나지 않은 일을 일어날 일로 여기면서 반복적인 절망 속에서 살아가곤 해. 이 계속적으로 지는 선택들 속에서도 우리가 포기하지 않아야 하는 건 '이토록 평범한 미래'라고 작가는 이야기하고 있어. 죽음이라는 끝을 기억하기에 다시 시작하는 희망으로, 내 운명을 사랑스럽게 만들려는 운명애로, 그리고 고통도 함께 공유하는 기억과 사랑의 연대 정신으로 1999년의 너는 계속해서 이 평범한 미래를 선택할 거야. 1999년의 네게는 일어난 일과 일어나지 않은 일이 있었지. 미래를 기억했기에 일어난 일이란

닥쳐온 어떤 운명도 껴안은 평범한 미래이며 하얀 목련이 가득한 평평한 현재이고 절망했으나 실패하지 않은 비범한 과거야.

기억해. 나는 너의 평범한 미래야.

2023년의 평범한 가을날

「작별인사」

김영하 지음(복복서가, 2022)

김영하(金英夏, 1968~)

연세대학교에서 경영학을 전공했다. 작가가 되리라는 생각조차 품지 않다가 대학원생 시절 PC통신에 올린 짤막한 콩트들이 뜨거운 반응을 얻으며 작가적 소질을 깨달았다고 한다. 2004년 한 해 장편 『검은 꽃』으로 동인문학상, 단편집 『오빠가 돌아왔다』로 이산문학상, 단편 「보물선」으로 황순원문학상을 받음으로 문학계의 '그랜드 슬램'을 달성했다. '기계의 시간'이라는 제목으로 구독형 전자책으로 집필되었던 소설이 개작을 거쳐 『작별인사』라는 종이책으로 출간되었다. 기혼이나 자녀가 없다. 한 인터뷰에서 인간은 '어떤 의미 있는 것'을 할 수 있는 존재가 아니라 '어리둥절한 채 서로에게 상처를 입히고, 죽지 않으려고 발버둥 치다가 결국은 죽어 사라지는 존재'로 생각한다면서 자신이 30대 초반에 자식을 낳지 않기로 결심했다고 밝힌 바 있다.

최선혜

매주 여행을 떠난다.
모르는 시간 속으로.
낯선 장소로.
다양한 사람들의 이야기 속으로.

그리고 함께한 여행담을 나눈다.
마음이 행복해진다.

또 다른 여행에 설렌다.

10

『작별인사』
김영하 지음(복복서가, 2022)

인간이 저지른 오만의 결과를 상상하다

"오래지 않아 인간의 세상이 완전히 끝나고,
그들이 저지르던 온갖 악행도 사라지자
지구에는 평화가 찾아왔다.
대기의 기온이 다시 내려가기 시작했고
이산화탄소 발생이 눈에 띄게 줄어들었다."

김영하 작가의 장편소설 『작별인사』라는 제목을 보고, 서정적인 사랑 이야기일까 하는 궁금함으로 책을 펼쳤다. 그러나 예상은 빗나갔다. 책은 화자가 자작나무 숲에 누워 검은 허공을 응시하며 시작된다.

한 번의 짧은 삶, 두 개의 육신이 있었다.
지금 그 두 번째 육신이 죽음을 앞두고 있다.
어쩌면 의식까지도 함께 소멸할 것이다.

소설의 첫 시작 문구. 여기에 모든 스토리의 결말을 담고 있다.

먼 미래의 상황, 주인공은 인공지능 휴머노이드* 소년 '철이'이다. 철이는 인간을 닮은 로봇이지만 인간의 감성과 이성을 지니고, 늘 세상에 대한 호기심이 가득하다. 철이라는 이름도 아빠가 '철학'에서 따와 작명해 준 것이다. 그는 스스로 인간이라

* 휴머노이드(Humanoid): 인간의 형태나 특징을 지니면서 인간이 아닌 실체를 말함. 이 소설에서는 인간형 로봇을 의미함.

믿고, 과학자인 아빠의 그늘에서 안전하게 지낸다. 그러나 불의의 사고로 새로운 세계에 던져진다. 거기서 다양한 유형의 휴머노이드 로봇과 또 다른 유형의 클론** 인간을 만나고, 자기가 인간의 과욕으로 만들어진 휴머노이드 로봇임을 알게 된다. 생경한 환경과 상황들 속에 처하면서 자아의식, 의심과 믿음, 공포와 후회, 사랑과 미움 등의 복잡한 감정들을 느낀다. 그리고 누구와 작별하고, 함께하고, 어떻게 살아가는 삶이 원하는 것인지 깨닫는다. 인간의 지시가 아닌, 자신의 의지로 삶을 선택해 나가는 공상과학 이야기다.

스스로 빠르게 진화하는 인공지능

SF소설이지만, 상상만으로 그칠 먼 훗날의 이야기라고 하기에는 주변의 상황들이 가까운 미래에 현실화할 수도 있겠다는 두려움이 앞선다. 몇 년 전만 해도 AI 기술은 그저 사람들이 프로그래밍한 로직(logic)대로 24시간을 쉬지 않고, 반복하는, 그리고 방대한 정보를 빠르게 습득하여 알려 주는 정도의 기술이었다. 그러나 2022년 11월 발표한 챗GPT나, 몇 분 내 생성되

** 클론(Clone): 동일한 DNA를 가진 개체를 복제로 만들어진 개체. 인간배아로 만든 복제인간.

는 딥페이크 기술의 앱, 뮤지아(MUSIA) 같이 AI로 작곡해 주는 앱 등의 등장은 AI가 모방을 넘어 스스로 새로운 영역을 발견하고, 빠른 속도로 발전해 가고 있음을 인지할 수 있다.

2023년 5월 영국 런던에서 열린 한 국제학술행사에서 영국의 로봇 기업에서 제작한 인간형 로봇 '아메카(Ameca)'의 반응이 참관인들의 많은 관심을 끌었다. 아메카에게 'AI가 인간에 미칠 최악의 상황'을 질문했다. 아메카는 잠시 생각에 잠기더니 불편한 표정으로 "AI와 로봇 기술에 있어 최악의 경우는 로봇이 너무 강력해져서 인간들도 모르게 그들을 통제하고 조정하는 상황입니다"라고 명확하게 의견을 제시했다.(YTN) 이렇듯 감정을 나타내고, 사람과 커뮤니케이션 할 수 있는 인간형 로봇이 현실의 인간사회에 곧 합류할 수도 있음을 예측할 수 있다.

휴머노이드라는 종은 인류가 예상하지 못한 경로를 통해
스스로 진화하기 시작했다.

클라우드로 올라간 휴머노이드의 의식들은 전 세계의
네트워크를 돌아다니며 현존하는 최고의 인공지능들과
연결되어 말 그대로 집단 지성의 일부가 되었고,

그들은 인간의 도움 없이 자체적으로 더 높은 수준의

인공지능을 설계하고 최신형 로봇을 만들어 내고 있었다.

작품 속 휴머노이드들은 생을 유지하기 위해 반드시 잠자고, 음식을 섭취하고, 배설해야만 하는 물리적 육체를 거추장스럽고 비효율적인 요소로 여긴다. 불필요하다고 생각하는 육체를 배제하고, 인공지능 로봇의 뇌 기능만 클라우드에 저장하여 스스로 네트워킹하며 발전해 간다.

AI 로봇을 개발하여 인간의 삶을 편리하게 하고, 비즈니스 생산성 제고를 위해 AI를 계속 발전시키는 것도 사람들의 몫이다. 하지만, 딥러닝 기술을 통해 AI 스스로 진화해 가고 있는 현실을 고려할 때, 인간이 배제된 AI들만의 세상은 충분히 가까운 미래에 벌어질 수 있는 스토리이다.

최근 미국 국방성에서 전투용 인공지능 드론으로 적군 기지를 많이 파괴할수록 점수를 얻는 강화학습용 모의훈련을 실시하였다. 이 과정에서 조정자가 중지 명령을 내렸으나 전투용 드론은 명령을 내리는 조정자를 공격했다. 입력된 목적 달성에 위배되는 명령이었기 때문이다. 위의 모의훈련 실시 중에 발생한 사례는 다시 한번 인공지능 로봇의 진화와 더불어 자칫 잘못

프로그래밍했거나 나쁜 목적으로 사용했을 때 인간들에게 크나큰 피해를 줄 수도 있다는 걸 보여 준다.

자멸하는 인류

그러나 이 소설에서는 기계가 인간에게 해를 가하는 위협으로 그려지지 않는다.

> 오랜 세월 인간은 SF영화에 나오는 무자비한 기계에게 살육당하는 미래를 상상해 왔습니다. 자기들의 모습을 기계에 투사한 것이지요. 우리가 그럴 필요가 없다는 것을 인간들은 이해하지 못합니다. 그들은 자연스럽게 멸종하게 될 것입니다.

소설에서 인공지능 로봇 휴머노이드의 리더인 '달마'가 이야기하듯 인간들은 스스로 멸종한다. 전투용 로봇들은 오직 내려진 명령만 수행하고, 절대 인간을 공격하지 않는다. 인간들이 편의를 위해 만든 AI 로봇 휴머노이드에 과하게 의존하고, 그것들이 제공하는 쾌락에 빠져 출산도 멈춘다. 그리고 가상 세계에서 스스로 신선이 되었다는 착각 속에 살면서 멸종하게 된다. 마치 요즘 이 사회가 현실의 압박과 고통에서 벗어나기 위해 마약의 쾌락에 빠져 있는 모습을 보는 듯하다. 그리고 출산과 육아의 고된 여정을 회피하여, 줄어들고 있는 출생률이 소설 속 스토리의 근거를 제공해 주는 것 같다.

오래지 않아 인간의 세상이 완전히 끝나고,
그들이 저지르던 온갖 악행도 사라지자, 지구에는 평화가 찾아왔다.
대기의 기온이 다시 내려가기 시작했고 이산화탄소 발생이
눈에 띄게 줄어들었다.

우리 인간들에게 '인류 멸망'이라는 두려운 미래가 지구에는 평화를 가져다준다.

지금도 지구 곳곳에 종교, 지리, 인종적 갈등 등으로 빚어지는 전쟁으로 많은 사람들이 죽어 가고 있다. 또한 무분별하게 버려지는 쓰레기와 환경오염으로 지구의 바다와 대지는 몸살을 앓고 있다. 사람들은 우월감에 젖어 신이라도 된 듯 동물과 주변 자연, 그리고 기계에까지 온갖 횡포를 부리고 있다.

지구의 자연은 균형을 이루며 함께 살아가는 인간들에게 늘 베풀고 있다. 우리는 서로 존중하고, 나누면서, 조금만 천천히 가면 함께 발전하며 오래 갈 수 있다는 너무도 단순한 진리를

놓치고 있다. 한 치 앞 미래를 못 보고 얕은 이익에 빠져 행하는 오만한 행위들로 인간은 지구로부터 버려지는 것은 아닐까 하는 경각심을 불러일으킨다.

"재는 그들에게 실패한 쇼핑의 산 증거와 같았던 거야.
구석에 웅크리고 있으면 보기 싫다며
보이지 않는 곳에 가 있으라고 했대."
"주로 옷장에 숨어 있었어요. 중고로 팔려고 내놓으니까,
사람들이 몇 번 보러 오기도 했어요. 근데 안 팔렸어요."

감정과 공감하는 마음이 있는 로봇, 진짜 인간들보다도 더 인간다운 로봇들. 사람들의 필요에 의해 제작되고, 잘 사용되다가도 마구잡이로 버려지고, 방치되며 그들이 느끼는 좌절과 담담하게 받아들이는 감정들이 읽는 내내 서글프게 다가온다. 그리고, 나의 일상 속 행동들을 되돌아보게 한다. 김영하의 소설 『작별인사』 속 AI로봇 소년 철이의 시선을 통해 인간들의 오만이 낳을 수 있는 미래를 상상해 볼 수 있다.

권은영

나의 시간은 빛으로
찬란해진다.
모든 것은
사람과의 관계이다.
사람 사이에
피어나는 향기로
인생의 꽃을
물들인다.

11

『작별인사』

김영하 지음(복복서가, 2022)

작별인사를 맞이하기 위한 준비

"어떻게 존재하게 됐는지가 아니라

지금 당신이 어떤 존재인지에 집중하세요."

작품소개

『작별인사』는 아버지와 함께 살던 철이가 미등록 휴머노이드로 발각돼 수용소에 갇히면서 시작되는 이야기이다. 철이는 여러 인물들과의 만남과 이별을 통해 자아를 깊이 생각하게 된다. 작가는 이를 통해 인간의 가치와 휴머노이드 간의 관계에 대해 사려 깊게 다룬다. 『작별인사』는 독자에게 삶의 의미와 인간 본연의 가치를 생각하게 하는 작품으로, 휴머노이드에만 국한되지 않고 우리 자신에 대한 깊은 성찰을 유도한다. 『작별인사』를 통해 자신의 존재와 의미에 대한 고찰을 하기 바란다.

존재 이유와 숭고한 삶

『작별인사』의 등장인물 선이는 '존재의 이유'와 '우주정신'을 주제로, 대화를 통해 인간의 삶과 존재에 대한 질문을 던진다. 선이는 "생명체로 태어나 개별적인 자아로 존재하는 것도 허용하는 거야. 우리는 우주정신의 일부이지만 지금의 너와 나, 그리고 민이처럼 개별적인 의식을 가진 존재로 세상에 태어날 수 있어"라는 말로, 우리 모두가 우주의 일부이며, 개별적인 존재로서의 가치를 인정받을 수 있다는 생각을 전달한다. “난 그냥 모두를 돕는 거야. 누군가가 뭔가를 간절히 원하면 난 그걸 느낄 수 있어. 그럼 외면할 수가 없어”라는 말로 선이의 존재 이유를 구체적으로 설명하며, 다른 이들에 대한 도움이 자신의 존재 이유와 밀접하게 연결되어 있다는 것을 시사한다.

선이는 클론 인간이다. 장기 이식을 위해 유전자 배합으로 태어났음에도 불구하고, 태어난 순간부터 삶의 의미에 대한 강한 가치관을 가지고 있다. 그 가치관은 죽은 로봇 민이를 살리고자 하는 행동에서 더욱 두드러진다. 선이가 민이를 살리고자 하는 이유는 자신의 존재 이유와 삶의 이유에 대해 스스로를 정당화하고 싶었던 것일지도 모른다. 선이는 늙고 병든 클론들, 망가진 휴머노이드, 걷지 못하는 로봇들, 개와 닭, 그 밖의 동물들과 작은 공동체를 이루어 살고 있다. 이 공동체 구성원들은 선이를 그들의 지도자로 인식하고 따르고 있다. 이 공동체에서 선이는 자신의 존재가치를 더욱 확고하게 느끼게 된다. 선이는 철이에게 “끝이 오면 너도나도 그게 끝이라는 걸 분명히 알 수 있을 거야”라는 말을 건네며, 자신의 죽음을 자연의 이치에 맡긴다. 선이의 죽음은 따뜻한 눈물을 흘리게 하는 동시에, 선이가 살아간 시대의 아름다움을 떠올리게 한다. 이는 선이의 존재와 삶이 얼마나 깊이 있고 의미 있었는지를 보여 준다.

유니세프 친선 대사인 오드리 햅번과 같이, 선이는 인간적인 가치와 사회적 책임을 강조하는 존재이다. 선이는 자신의 존재와 삶을 통한 메시지가 중요하다는 것을 보여 준다. 디즈니 애니메이션 〈엔칸토〉의 메시지인 "있는 그대로의 나를 사랑하자"를 실천하며, 소외된 다른 로봇과 동물들을 돌본다. 이 과정에서 가족을 만들고, 그들과 함께 의지하고 화합한다. 이 행동은 선이가 어떻게 자신을 인정하고 사랑하는 방법을 알게 되었는지를 보여 준다.

나는 인간이다

『작별인사』의 주인공 철이는 '인간성'과 '정체성'에 대한 깊이 있는 질문을 던진다. "철이는 법률상 재물인가? 동물보호법에 의해 보호받는 개나 고양이는 다르다. 생명을 부여받은 동물이 아니라 그냥 작동 중인 기계에 불과하다. 설령 생명이 있는 동물이라도 만약 치명적인 전염병이 발생하면 국가는 공공의 안전을 위해 살처분할 권리를 가지고 있다"라는 말로, 철이는 자신이 무엇인지, 어디까지가 자신인지에 대해 성찰한다.

철이의 아버지는 철학을 좋아해 철이라는 이름을 붙여줬다.

아버지와 함께 한자를 배우고 독서를 하며 클래식 음악을 듣는 등의 홈스쿨링을 받았다. 어느 날, 철이는 미등록 로봇이라는 이유로 검은 제복을 입은 남자들에게 강제로 연행되어 로봇 수용소에 가둬진다. 수용소에서 만난 달마로부터 철이가 인간을 완전히 닮은 하이퍼 리얼 휴머노이드임이 밝혀진다. 이로 인해 철이는 자신의 정체성에 대한 혼란을 겪게 된다.

수용소가 폭격당한 후, 철이는 선이를 찾아간다. 그러나 선이가 죽고, 철이는 자신의 존재에 대해 혼란스러워하며 방황하게 된다. 그럼에도 자신이 진정한 인간임을 증명하듯이 죽음을 선택한다. 끈질기게 붙어 있던 의식을 떠나보내며, 자신의 존재를 인간이라고 확고히 인정한다.

디즈니 애니메이션 〈메이의 새빨간 거짓말〉에서의 메이는 흥분하면 거대한 레서 판다로 변하지만, 메이는 스스로의 진짜 모습을 숨기지 않고 누구보다 자신을 사랑하는 모습을 보여 준다. 철이는 『작별인사』에서 불멸의 기계가 아닌 필멸의 인간으로서 죽음을 맞이했을지도 모른다. 이러한 선택은 스스로를 사랑했기에 가능한 일이다.

죽음의 경계에서 할 수 있는 선택

죽음의 경계에서 하는 선택은 인간의 존재와 가치, 그리고 삶의 의미에 대한 근본적인 질문을 던지게 만든다. 이러한 선택은 우리가 어떤 삶을 살아가고 싶은지, 어떤 가치를 중요하게 생각하는지에 대한 깊은 성찰을 요구한다. 이는 우리가 무엇을 향해 나아가고 있는지, 어떤 존재로서의 인간인지에 대한 질문으로 이어진다.

『작별인사』의 등장인물 중 호텔리어 휴머노이드는 자신이 무등록이며, 도시로 들어갔다가 다시 잡히면 어딘가에 갇히거나 폐기될 것이라는 사실을 인정하며 힘없이 수용소 쪽으로 향한다. 이 행동은 자신의 쓸모를 판단하고 스스로 자신의 수명을 끊는 것으로, 인간과 휴머노이드는 그 본질에서 크게 다르지 않다는 점을 보여 준다.

인간 또한 항상 삶의 방향과 가치를 고민하며, 죽음의 경계에서 치료를 받을지 아니면 더 의미 있는 삶을 선택할지에 대한 결정을 내린다. 이러한 선택은 존재의 본질과 삶의 의미에 대한 깊은 이해를 통해 인간성을 탐구하고, 최종적으로 인생의 여정에서 중요한 역할을 한다. 따라서 죽음의 경계에서 하는 선택은 인간의 존재와 삶에 대한 깊은 이해를 요구하는 중요한 과정이라고 할 수 있다.

작별인사를 맞이하기 위한 준비

『작별인사』는 작가 김영하가 소설 속 등장인물을 통해 우리에게 인간의 존재와 삶, 그리고 죽음에 대한 자각을 요하는 작품이다. 이 작품은 각각의 등장인물이 겪는 다양한 작별의 순간들을 통해, 우리가 인간으로서 살아가는 세상에서 마주하는 가장 중요하고 근본적인 문제들을 고민하고 이해하는 데 도움을 준다.

인간의 소멸은 작별을 의미하며, 그것은 우리가 기억하고, 사랑하고, 그리워하는 모든 것들로부터의 작별이다. 이는 삶의 종말이 아니라 새로운 시작을 암시하는 순간으로, 인간의 존재와 삶, 그리고 죽음에 대한 깊은 이해를 통해 가능하다.

인간으로서의 존재를 인정받기 위해 숭고한 죽음을 택한 선이, 로봇임에도 불구하고 자신을 인간으로 여기고 인간적인 죽음을 택한 철이, 그리고 그들과의 작별은 모두 죽음을 통해 삶의 의미를 깨닫게 한다. 이는 인간의 존재 자체를 연민하고 존중하는 것으로, 그것은 우리가 살아가는 세상에서 가장 중요한 가치 중 하나이다.

"내가 하나의 이야기라면 그 이야기에는 끝이 있어야 할 것이다"라는 문장은 인간의 삶이 한정된 시간 속에서 이루어지는 이야기라는 사실을 강조한다. 우리의 삶은 결국 작별인사를 맞이하게 된다. 그러나 이 작별은 슬픔과 절망만을 뜻하는 것이 아니라, 우리가 살아왔던 삶의 가치와 의미를 되돌아보고 인정하는 중요한 순간이다.

인생에서 가장 중요한 가치는 무엇인가? 물질적 풍요? 경제적 자유? 개인마다 다르겠지만 물질적인 것보다는 부모, 형제자매, 자녀와의 화목한 관계로 인한 행복, 자녀의 성장을 보는 기쁨이야말로 인생을 살아가는 즐거움이 아닐까. 이를 찾는 여정이 진정한 인생의 의미이지 않을까. 그리고 먼 훗날 이들과의 아름다운 작별을 맞이하기 위한 준비로서 이 정도면 만족할 만한 것이 아닌가.

존재하는 이유를 알게 되면 행복해질 수 있다. 세상의 존재를 위해, 더 나아가 작별을 위한 준비로 자신의 삶에 의미와 목적을 부여하고, 내가 해야 할 일이 무엇인지 생각하고 존재 이유를 되새기며 하루하루를 의미 있게 살아가야겠다.

경쟁보다는 더불어 함께하는 공유와 공생이야말로 진정한 의미의 삶으로서, 작별을 위한 준비로서 삶의 깊이와 만족감을 더

해주어 인생을 풍요롭게 만드는 가치를 실천하며 사는 삶이라고 생각한다.

『작별인사』를 읽고 나서, 독자들은 자신이 어떠한 작별인사를 맞이하기 위해 어떠한 준비를 하고 있는지에 대해 깊이 고민해 보길 바란다. 기술의 발전, 인간의 욕망, 그리고 죽음과 같은 문제들을 통해, 『작별인사』는 우리에게 인간의 존재와 가치에 대해 고민하고 이해하는 데 도움이 된다. 결국, 우리 인간의 존재의 본질과 가치에 대한 탐색은 인간의 존엄성과 가치를 인정하고 존중하는 것, 그리고 그것이 어떻게 우리의 삶을 이끄는지를 깨닫는 것이다. 이러한 고민과 이해는 결국 우리의 삶을 보다 풍요롭고 의미 있게 만드는 데 도움이 된다.

2부

그 사람과

『가녀장의 시대』

이슬아 지음(이야기장수, 2022)

이슬아(1992~)

톡톡 튀는 MZ세대다. 과거에 비해 성적(性的) 고정관념에서 자유롭고 남녀 차별 없이 동등한 교육을 받으며 자랐다. 2014년 단편소설 「상인들」을 냈고, 2018년부터 셀프 연재 프로젝트 〈일간 이슬아〉를 운영하고 있다. 헤엄 출판사 대표이며 다수의 수필집과 인터뷰집, 서평집이 있다. '2023 한국 문학의 미래가 될 젊은 작가' 1위로 선정되었으며 『가녀장의 시대』는 작가의 첫 장편소설이다.

황명덕

밖으로 쏘다니고자
책을 몽땅 처분했다.
그러나
어떤 상실감으로
심신이 허허롭던 날
다시
책과 글벗들을 통하여
위로를 얻고
길을 찾는다.

1

『가녀장의 시대』
이슬아 지음(이야기장수, 2022)

딸들의 시대를 지나 새 시대가 도래하기를 꿈꾸며

우동 집에서 할아버지가 물었다.

"너는 커서 뭐가 될 거니?"

슬아는 면발을 들이켜며 집안 여자 어른들의 얼굴을 떠올렸다.

나도 커서 며느리가 되나. 엄마를 보면 고생길이 훤한데. 아니면 할머니가 되나. 할머니는 딱히 중요한 일을 하고 있지 않은데. 문득 맞은 편 할아버지의 얼굴을 물끄러미 바라보았다.

"저는 사장님이 되고 싶어요."

슬아의 대답에 가부장이 크게 웃었다.

책이 술술 잘 넘어갔다. 쉽고 재미있게 썼다. 총 38편의 장편(掌篇)으로 구성된 소설이다. 가족의 일상이 시트콤처럼 알콩달콩 훈훈하다. 작중 인물들이 실명으로 거론되어 에세이 같았다. 그러나 오랫동안 논란이 되어온 소수자 인권 문제나 민감한 성차별 문제를 제기하며 작가의 의도가 분명한 소설임을 눈치채게 한다.

가부장제의 오랜 인습과 권위를 깨다

가녀장은 낮잠 출판사를 운영하는 기업의 대표다. 나이 서른에 집을 사고 세대주가 된다. 모든 살림은 슬아의 지휘 아래 통제된다. 이에 반해 쉰다섯 동갑내기 모부(母父)는 딸의 지시를 그대로 따르고 수행하는 고용인들이다. 복희 월급은 웅이 월급의 두 배다. '복희의 노동이 웅이 노동보다 대체 불가하기 때문'이라는 게 가녀장의 생각이다.

그러나 더 중요한 점은 오랜 세월 무보수로 당연시해 온 가사 노동에 가치를 부여하고 그에 상응하는 물질적 보수를 지급한다는 것이다. 가부장 사회에서는 육아나 가사노동은 여자들이 마땅히 해야 하는 일이었다. 그러나 가녀장은 바깥일 못지않게 집안일의 노고와 가치를 인정한다. 가부장 시절에는 턱도 없을 일이다. 전업주부의 노동력에 가치를 매기고 존중한다는 것은 너무나 당연한 일이지만 아직도 현실은 갈 길이 멀어 작품이 주는 메시지는 크고 중요하다.

또한 자녀가 경제력이 있다는 이유로 부모에게 지시하고 우대받는다고 생각하며 부정적으로 보아서도 안 된다. 집안의 대소사를 책임지고 해결할 사람이라면 당연히 그 능력을 인정하고 존중해 주어야 한다. 부모보다 윗선에서 한 가정의 모든 일에 관여하고 통제하는 그녀가 굳이 '가녀장 시대'를 선언한 기저에는 가정을 책임지고 이끌겠다는 가족애의 발현이라는 것을 독자들은 알아챌 것이다. 이러한 모든 것들이 가부장제의 오랜 인습과 부당한 권위를 깨고 새로움을 추구한다는 점에서 특히 주목할 만하다.

서로 존중하고 배려하는 가족 구성원

가녀장은 엄마가 자주 말실수를 하지만 무시하거나 짜증을 내기보다 그 순간을 즐긴다. 친구 '새롬이'를 '초롱이'라 한다든지 '트럼프' 대통령을 '트렁크' 대통령, '사각지대'를 '삼각지대'라는 등 이런 유사한 종류의 말실수를 자주 한다. 그럴 때마다 슬아는 쿨하게 웃으며 고쳐 주곤 한다. 뿐만 아니라 그것을 글감으로 써서 유쾌하게 풀어내는 귀여운 글쟁이다. 늘 마감 시간에 쫓기며 빈 원고지 앞에서 사투를 벌이는 들풀 같은 작가다. 들쑥날쑥 원고료로 충당할 수 없는 수입 때문에 글쓰기 수업과 강연으로 꽉 찬 나날을 살아 내는 한 집안의 가장이자, 진정한 바깥양반이다. 그러면서도 '복희가 죽으면 어쩌지? 누구나 영원히 살지 않을 텐데' 하며 손에 물 한 방울 묻히지 않은 채로 글을 쓰는 자기의 삶을 부모의 덕으로 생각할 줄 아는 속 깊은 딸이다.

쉰다섯 웅이는 낮잠 출판사 비정규 직원이다. 그는 출판사 안팎의 청소는 기본이고 운전, 배달, 세금 처리 등 만만치 않은 일을 수행한다. 이런 일을 하면서 깍듯이 딸에게 존댓말을 쓰고 회사의 상관으로 극진히 모신다. 어린 딸이 기특하고 대견해서 잘되기를 바라는 아버지의 사랑과 바람이 담긴 표현일 것이다.

복희는 출판사 핵심 동료로서 사내 유일한 정규직 직원이다. 마트 직원, 식당 종업원, 구제옷 장수 등 안 해본 일이 없다. 게다가 근엄한 시부 아래 혹독한 가부장살이를 견뎌 낸 내공이 있다. 맛있는 음식으로 가족 건강을 챙기는 주방 일을 비롯한 집 안팎의 핵심 업무를 대부분 그녀가 처리한다. 가녀장에게 오는 인터넷 댓글까지 담당한다. 말은 쉬워도 아무나 흉내 낼 수 없는 값진 일이다. 가족에 대한 사랑과 헌신적인 희생 없이는 쉽지 않은 일이다.

가족은 가까우면서도 때론 직장 동료나 친구보다 먼 존재가 되기도 한다. 주변의 지인들이 다 아는 고민거리도 정작 함께 사는 가족이 모르는 경우가 많다. 서로 존중하고 적당한 거리를 유지하지 않으면 오히려 스트레스나 상처를 주는 사이가 되기도 한다. 그러나 가녀장의 가족은 서로 존중하고 배려하며 공(公)과 사(私)를 분명하게 구분하며 살아간다. 가녀장이 성공할 수 있었던 배후에는 이런 가족의 온정어린 이해와 협조가 있었기에 가능하다고 생각된다. 깊은 신뢰와 사랑으로 맺어진 바람직한 가족, 멋진 팀워크를 자랑하는 최고의 멤버다.

딸들의 시대를 지나 새 시대를 꿈꾸며

그녀의 단어들은 신선하고 깜찍하다. 작품 속 출판사 이름은 '낮잠 출판사'이다. '낮잠'이라니……. 여러 가지 상상을 유발하는 재미있는 표현이다. 실제로 작가는 '헤엄' 출판사 대표이다. '헤엄'이란 말도 다분히 함축적인 뜻을 내포한다. 언어란 사회성을 지니고 있어서 낯선 조합이거나 신조어일 때 거슬릴 수 있다. '가녀장(家女長)', '모부(母父)'라는 언어들이 그렇다. 또한 부녀간에 맞담배 피우기, 지시 체계의 역행성 등에 대한 독자의 반응은 다양할 수 있다. 우리 생활에 익숙해져 있는 규범을 거스르거나 상식에 어긋나는 행태라고 지적할 수도 있다. 반면에 이러한 새로운 어휘사용이 창의적이고 신선하게 느껴져 추앙하는 독자도 있을 것이다.

생방송 인터뷰에 나가면서 노브라를 하고 출연한 것도 논란의 여지가 다분하다. 아직 우리 사회는 공식적인 자리에 노브라 출연은 무사(無事)하지 않다. 그러나 작가는 남녀 성차별이라고 소리를 낸다. 왜 남성들의 젖꼭지는 괜찮고 여자들의 것은 문제가 되는지 따진다. 개인적으로 나는 작가의 생각을 존중하고 지지한다. 방송국 PD와 논의 끝에 유두만이라도 어떻게 하자는 의견에 끈적한 니플 패치를 꽉 구겨서 주머니에 쑤셔 넣는 모습이 시원했다. 그런 용기 있는 자가 있기에 고정관념의 높은 벽이 조금씩 깨진다고 생각한다. 톡톡 튀는 MZ세대, 젊음은 그런 것이다. 누구라도 완벽한 인간은 없다. 앞서가며 욕을 먹고 피해를 당하는 자가 있기에 이 사회에 희망이 있다. 이런 일련의 사건들을 통해서 작가가 꿈꾸는 세계의 메시지를 읽게 된다.

'가녀장'이라는 신조어가 뜨면서 한때 '페미니즘 작가'라는 타이틀이 붙기도 했다. 또한 '가부장 제도를 뒤엎은 혁명'이라는 평을 얻기도 한다. 그러나 한 인터뷰에서 말했듯이 작가가 바라는 것은 '가녀장 시대'나 '페미니즘 소설'에 국한되는 것이 아니다. 작가는 인종이나 성별로 인한 편견이나 차별이 없는 사회, 여러 분야에 걸쳐 소수자 인권이 존중되는 평등 사회 실현을 꿈꾼다.

'작은 책 한 권이 가부장제의 대안이 될 수는 없지만 무수한 저항 중의 하나'가 되기를 바라며, '사랑과 폭력을 구분하지 못했던 구시대'가 지나가고, '한 번도 권위를 가져 본 적 없는 딸들의 시대'를 지나, 이제 '새 시대가 도래하기를 꿈꾸며' 이 가족 드라마를 썼다고 한다.

어떤 환경에서나 가장이 된다는 것은 힘들고 고단한 일이다. 또한 누가 가장이 되든 그 나름의 특징과 장단점은 있다. 그러나 가족 구성원들 각자가 자기에게 주어진 일을 수행하며 서로 신뢰하고 사랑하는 마음으로 협력한다면 어떤 어려움도 극복할 수 있으리라 생각한다. 책을 다 읽고 나니 깜찍한 선물을 받은 것처럼 머리가 가뿐해지고 기분이 좋았다. 쉽게 읽혔지만 생각할 거리는 많은 책이다.

장자은

쌍둥이를 기르는 엄마다.
누군가의 엄마라고
나를 소개할 날이 올지 몰랐다.

2

『가녀장의 시대』
이슬아 지음(이야기장수, 2022)

상하좌우가 뒤집혀 굴러가는 유쾌한 세상

"밥은 책처럼 복사가 안 돼. 매번 다 차려야지.
아침 먹고 치우고 돌아서면 저녁 차릴 시간이야."
하루 두 편씩 글을 쓰는데 딱 세 사람에게만
보여 줄 수 있다면 어떨까. 읽기가 끝나면 독자는 식탁을 떠난다.
글쓴이는 혼자 남아 글을 치운다. 곧이어 다음 글이
차려져야 하고, 그런 노동이 하루에 두 번씩
꼬박꼬박 반복된다면 말이다. 그랬어도 슬아는
계속 작가일 수 있을까?

2023년 노벨 경제학상은 노동경제학자 클라우디아 골딘 교수에게 돌아갔다. 여성과 남성의 노동시장 참여도와 임금수준에 차이가 있는 원인을 처음으로 밝힌 것이 선정 이유라고 한다. 노벨 수상자가 발표되던 날 워킹맘, 전업주부 등 지인들이 모인 단톡방에 이 속보가 링크로 올라왔다. 곧이어 달린 답글.

"아니, 이걸 꼭 연구 결과로 밝혀내야 아는 거야?"

물론 아닐 것이다. 학문적으로 규명하지 않아도, 말로 설명하지 않아도, 우리는 세상에서 일어나는 일들을 알고는 있다. 대충, 어렴풋이.

이슬아 작가는 『가녀장의 시대』에서 기존 질서의 부조리함을 또렷하게, 그러나 다정하게 짚어 준다. 책을 열자마자 튀어 오르는 '모부'라는 표현이 그렇다. '부-모'라는 지칭은 순서에 우열이 없는 말이지만 어느덧 '남-녀'같이 습관적인 질서가 되어 버렸다. 그리고 사실은 우리의 의식을 반영하는 말이기도 하다. 가부장 사회에서 여성은 뒤서는 존재였다. 제한된 재화를 형제끼리 나눠 써야 할 때, 육아와 커리어를 병행해야 할 때, 배우

자의 모부님을 대할 때도 어쩌다 보니 여성은 뒤따르고 있었다. 책을 읽으며 이 생경한 '모-부'를 발음할 때마다 좌우가 뒤집힌 쾌감을 느끼게 된다. 맞다. 처음부터 어떤 중심이 있었던 것은 아닐 것이다. 누구라도 중심이 될 수 있고, 중심 따위는 아예 없는 세상이 더 평화로운 게 아닐까 생각해 본다.

이 책은 또한 고된 노동의 모습을 생생하게 그려 낸다. 마감날을 상사로 모시고 글을 써내야 하는 작가 슬아의 노동, 평생 잡다한 기술로 단련된 아빠 웅이의 노동, 계절마다 직업이 바뀌는 청년 철이와, 마트에서 하루 종일 같은 CM송을 들으며 미칠 노릇인 친구 미란의 노동이 평범하고도 사실적으로 묘사되어 있다. '역시 만만한 노동은 어디에도 없는 듯하다.'

가장 지난한 노동은 엄마 복희의 노동이다.

그(시아버지)가 통치하는 집안에서 밥 차리고 치우는 일은
가장 하찮은 일이었다. 잘 해내는 게 당연하게 여겨졌고
조금만 실수하면 면박을 들었다. 끼니마다 복희를
입주 가사도우미처럼 쓰고도 십 년 넘게 임금 한 번 주지 않았다.
그런 일로 임금을 받는 며느리나 아내를 복희는 만나보지 못했다.

가부장 사회에서 인정받지 못했던 복희의 노동은 딸 슬아가 가녀장이 되고 나서 재발견 된다. 매해 친정으로 된장을 담그러 가던 휴가는 출장으로 승격되어 출장비까지 지급된다. '그가 배워서 담가 온 된장으로 일 년을 먹고살 것이므로 당연한 처사였다. 낮잠 출판사는 슬아의 필력뿐 아니라 복희의 살림력으로 굴러가는 조직'이기 때문이다. 슬아는 복희가 하는 노동의 가치를 잘 알았고, 인정했다. '돈 주고도 사기 힘든 노동'이지만 대가를 지급했고, 말과 글로 표현해 주었다.

삶의 여러 노동을 집안 어른들에게 의탁하며 살아간다.

자신이 생산한 가치가 모부의 노동에 기댄 것이란 사실을 슬아는 똑똑히 알고 있었다.

금융저널리스트 카트리네 마르살은 경제학과 가부장제를 논한 저서 『잠깐 애덤 스미스 씨, 저녁은 누가 차려줬어요?』에서 측정되지 않고 수치화되지 않는 여성의 노동을 지적한다. 매일 먼 거리를 걸어 물을 길어 오고 땔감을 모아 오는 소녀는 국가의 경제 발전에 큰 역할을 하지만 GDP를 계산할 때 그의 노동은 포함되지 않는다. 애덤 스미스가 『국부론』에서 보이지 않는

손에 대해 설명하며 빵집 주인, 양조장 주인을 예로 들 때, 그들이 일하러 가도록 청소하고 빨래하고 음식을 만들고 아이들을 돌보는 또 다른 경제 주체는 빠뜨렸다고 꼬집는다. 실제로 애덤 스미스는 결혼하지 않았고 어머니와 살았다. 그의 어머니는 평생 아들을 돌봤지만, 애덤 스미스가 저녁 식사가 어떻게 식탁에 오르는지를 경제학적으로 논할 때 언급하지 않고 넘어간 부분에 속해 있었다. 카트리네 마르살은 "여성들은 항상 일하고 있었으며 페미니즘은 지금도 돈의 문제"라고 말한다.*

『가녀장의 시대』도 비슷한 이야기를 한다. 작가는 인간의 모든 노동을 높이 평가하지만 엄마의 무보수 가사노동에 더욱 집중했다. 값을 매겨 주고 가치를 호명해 준다. 나는 어느 한 부류의 사람에게 과도한 짐을 지우는 것은 옳지 않고, 지속 가능하지 않다고 생각한다. 노예제나 신분제는 무너졌다. 이제 여성의 노동 문제가 남은 영역이 아닐까? 몰라서 눈감고 귀찮아서 지나쳐 온 부분들, 무심코 순응한 기존의 질서를 다시 한번 생각해 보면 좋겠다. 『가녀장의 시대』가 유쾌하게 응원한다.

* 카트리네 마르살, 『잠깐 애덤 스미스씨, 저녁은 누가 차려줬어요?』, 부키, 2017.

『단순한 열정』

아니 에르노 지음, 최정수 옮김(문학동네, 2012)

아니 에르노(Annie Ernaux, 1940~)

프랑스 릴본에서 태어났다. 작가이자 문학 교수이며, 2022년 노벨문학상을 받았다. 작가는 '판단, 은유, 소설적 비유가 배제된' 중성적인 글쓰기를 주장하면서 표현된 사실들의 가치를 높이지도 낮추지도 않는 객관적인 문체를 구사한다. "내게 중요한 것은, 나와 나를 둘러싼 사람들을 생각할 때 썼던 그 단어들을 되찾는 일이다."

전홍희

아니 에르노의 책을 읽으면서 꿈이 생겼다.
일상의 기록을 책으로 만드는 일이다.
한 발씩 다가서고 있다.

3

『단순한 열정』
아니 에르노 지음, 최정수 옮김(문학동네, 2012)

누구나 인생은 한 편의 소설

"나는 다만 있는 그대로 보여 주고 싶을 뿐이다.
글을 쓰는 데 내게 미리 주어진 것이 있다면,
아마도 내가 열정적으로 살 수 있게 해 주는
시간과 자유일 것이다."

한 사람의 생을 심도 있게 들여다보면 소설 몇 권은 만들 수 있을 것이다. 누군가와 이야기할 때 흔히 하는 말이 있다. “내 인생을 소설로 쓰자면 열권도 모자라.” 또한 남의 구구절절한 이야기를 들으면서 저절로 나오는 소리가 있다. “와! 소설이네.” “한 편의 드라마야!” 기구한 운명의 수레바퀴 속에서 살지 않았더라도, 남과 다르거나 생각하지도 못한 세계를 살아 낸 사람이 아니라도, 그만의 인생 역정만으로도 누구나 소설 속 주인공이다. 현실의 인생은 드라마나 소설보다 더 상상을 초월할 만큼 다양하다. 소설 속 이야기는 아주 많은 현실을 일부만 그려 낸 축소판이라고 여겨진다.

여기 자신의 인생을 조금의 가감도 없이 사실만 담아낸 작가가 있다. 1974년 자전적 소설 『빈 장롱』으로 등단한 아니 에르노이다. 그는 자신의 모든 작품에서 “직접 체험하지 않은 허구를 쓴 적은 한 번도 없고 앞으로도 그럴 것”이라고 자신의 작품 세계를 규정한다. 『단순한 열정』은 작가가 나이 40대 후반경에 아내 있는 동유럽의 외교관 남자를 2년간 사랑하고 헤어지는 일상을 담백하고 세밀하게 그려 내고 있다.

올여름 나는 처음으로 텔레비전에서 포르노 영화를 보았다.

첫 문장이다. 그 뒤 이어지는 문장에서 영화의 장면을 그림 그리듯 사실적으로 써 놓은 부분은 신선한 충격이다. TV 화면 가득 확대되어 펼쳐지는 남녀의 섹스 장면을 묘사한 글은 '성과 결혼'을 다루는 백과사전의 어느 한 면을 읽는 느낌이다. 담담하게 읽히는 이런 글은 도대체 무엇이지? 소설 맞나? 소설 아닌 어느 장르로 읽어야 하는 거지? 또한 밝은 세상에서 말하기 민망하고 술자리에서나 말할 수 있는 작가의 은밀한 사생활의 영역이 펼쳐지고 있다. 지금까지 읽어 보지 못한 새로운 장르를 보여 주고 있다는 면에서 가히 독창적인 소설이다.

모든 행동을 기록하고 그때 들었던 생각을 하나도 빠짐없이 녹음하여 기록한 글 같다. 실제로 작가는 그의 저서 『칼 같은 글쓰기』에서 말한다.

뇌리에 새겨진 인상들, 만남들, 내가 본 사물들을

기록하는 곳은 언제나 일기장입니다.

자신의 행동과 내면의 세계를 시시콜콜 상세히 적어 내는 일이 생각처럼 쉬운 일이 아니다. 하루의 일과를 일어난 순서대로 나열해 본다. 단순하다. 그리고 때로는 어느 한 가지 일에서도 수십 가지의 생각이 넘친다. 누구나 쉽게 쓸 수 있을 것 같은 일상의 기록을 소설처럼 쓰는 글이라니 놀라움을 금치 못하겠다. 일기도 아니고 자서전도 아니면서 도통 집히지 않은 새로운 형식의 글에 묘한 매력이 있고 빠져든다. 작가 지망을 꿈꾸는 독자가 있다면 작가의 글처럼 따라 해 봐도 좋은 책이라 여기며 읽게 된다.

사실을 열거하거나 묘사하는 방식으로 쓰인 글에는

모순도 혼돈도 존재하지 않는다.

그런 글은 순간순간 겪은 것들을 음미하는 방식이 아니라,

어떤 일을 겪고 나서 그것들을 돌이켜 보면

남들이나 자기 자신에게 이야기하는 방식인 것이다.

요즘은 일상의 모습을 타인이 볼 수 있도록 사진과 글을 올리

는 열린 공간이 많이 있다. 의도치 않아도 접하게 된다. 자신의 모습을 타인에게 적극적으로 보여 주고 싶어 하는 사람이 있는가 하면 글을 쓰면서도 자신을 드러내는 것에 주저하는 사람이 있다. 글을 쓰면서 어디까지 개인의 사생활을 드러내야 하는 것인지 고민이 따르게 마련이다.

자기가 겪은 일을 글로 쓰는 사람을
노출증 환자쯤으로 생각하는 것은 잘못이다.
노출증이란 같은 시간대에
남들에게 자신을 드러내 보이고 싶어 하는
병적인 욕망이니까.

그러니 실시간 인터넷상에 올리지 않는 글은 주저하지 말고 용기 있게 솔직하게 모두 써도 된다는 메시지를 전하고 있다.

이 글이 쓰이는 때와
그것을 나 혼자서 읽는 때,
그리고 사람들이 그것을 읽는 때는
이미 시간상으로 상당한 차이가 있을 테고,

어쩌면 남들에게 이 글이 읽힐 기회가
절대로 오지 않을지도 모르기 때문이다.
(중략)
시간상의 차이 때문에
나는 마음 놓고 솔직하게
이 글을 쓸 수가 있다.

또한 에르노는 말한다.

나는 다만 있는 그대로 보여 주고 싶을 뿐이다.
글을 쓰는 데 내게 미리 주어진 것이 있다면,
아마도 내가 열정적으로 살 수 있게 해 주는
시간과 자유일 것이다.

감당할 만한 일이든 아니든 사는 내내 머릿속에 떠오르는 순간과 장면이 있다. 그 일들이 내게 무엇을 던져 주고 있는지 본인만 알 것이다. 일하고 휴식하고 누군가를 사랑하고 아이를 기르고 취미생활을 하는 동안 내게 남겨 준 그 무엇을 기록하고 쓰는 일이 가치가 있다고 작가는 독자를 일깨워 준다. "나는 그저 기록하는 사람일 뿐"이라고 말하는 아니 에르노는 개인의 삶에서 벌어지는 특정한 사건과 상황에서 인류의 보편성을 끌어내고 관찰하며 때론 반추할 수 있도록 확장시키는 힘을 글쓰기에서 보여 주었다.

인생이 드라마 같든 아니든 가슴속에 고이 묻어 두었던 자신의 인생을 한 권의 소설로 쓰게 만드는 힘을 아니 에르노가 보여 주고 있다. 따라 해 볼 일이다.

문베리

자기파괴를 해 본 사람은 자기재생도 가능하다.

4

『단순한 열정』
아니 에르노 지음, 최정수 옮김(문학동네, 2012)

단순한 열정, 영원한 감정

"나는 그 사람에 대한 책도, 나에 대한 책도 쓰지 않았다.
단지 그 사람의 존재 그 자체로 인해
내게로 온 단어들을 글로 표현했을 뿐이다.
이 글은 그 사람이 내게 준 무엇을
드러내 보인 것일 뿐이다."

아니 에르노가 한 남자를 사랑하며 느꼈던 감정을 적나라하게 서술해 놓은 이 책은, 사랑이 자신을 어떤 모습까지 이끌었는지 미화 없이 보여준다. 자식이나 직장처럼 사회가 중년여성에게 우선순위이길 기대하는 것은 뒷전이고 이성과의 사랑만을 그리고 육체적인 관계만을 중요시하는 모습. 게다가 그 대상이 유부남이라는 사실은 도덕적 잣대를 피할 수 없다. 실제로 『단순한 열정』을 공개하고 수많은 지탄을 받기도 했지만, 이 작품은 그녀의 대표작 중 하나로 노벨문학상을 수상하는 데 이르렀다. 이렇듯 타인의 내면을 여실히 들여다보는 과정은 불편함과 동시에 공감을 일으킨다.

어느 부분에선 혼자 간직하는 속마음보다도 솔직해서 화자에게 제발 사랑에 빠질 수밖에 없었던 이유와 입장을 해명해 달라고, 조금은 꾸밈을 넣어 자기방어를 해달라고 빌고 싶다. 단순한 열정으로 인한 추락을 끝내길 바라면서 끝나면 화자가 겪을 고통이 두려워진다. 나만 놓으면 끊어질 관계, 그럼에도 놓지 못하는 오직 내게만 끈질긴 사랑이 얼마나 괴로운지 알기에 응원도 비난도 못 한 채 책장을 넘긴다. 감정선을 따라가다 보면 사랑은 자신을 삭게 하는 악이 아닐까 두려워진다. 어렸을 때 상상하던 치아 속 세균처럼 달콤한 사탕을 먹었으니 썩을 일만 남았다는 그런 악. 시간, 돈, 육체까지도 모조리 갉아먹다 보면 남은 건 몸을 불린 썩은 부분뿐이라 그것에게 매달릴 수밖에 없는 거 아닌가.

우리가 사랑을 나누는 순간이 아니면 모든 것이 부족하게만 느껴졌다. 더구나 나는 언젠가 그 사람이 떠나는 순간이 올 거라는 강박관념에 시달렸다. 나는 고통스러운 미래의 쾌락 속에 살고 있었다. 그 사람의 전화만 기다리며 고통을 겪는 일이 너무 끔찍해서 그와 헤어지기를 원했던 적이 수도 없이 많았다. (중략) 그 사람과의 만남을 계속하기로 했다.

황량해진 자기 모습에 절망하다가도 상대방의 말 한마디에 싹을 움트며 재생하고 말던 아니 에르노. 열렬한 사랑의 끝에 남은 것은 정녕 아픔 외엔 아무것도 없는 것일까. 왜 이토록 환영받지 못할 사랑을 기록한 것일까. 그 답을 찾으려 작가의 책을 펼쳐 놓고 나의 지나온 페이지를 돌려 본다. 스스로를 갉아

먹고 상대를 갉아먹으며 유지했던, 썩은 부분을 도려내기 무서워 버티며 아니 에르노처럼 신념, 도덕심, 자존심, 모든 것이 무너졌던 나. 그리고 시간이 지나 다시 나의 모습을 모으는 나. 뒤죽박죽 구겨져 있던 페이지를 다시금 정리하고 보니 뻣뻣하고 고집스럽던 전보다 파괴된 후 재건한 지금의 모습이 더 마음에 든다. 영원을 약속했던 사랑도 사라지고, 산의 모양도 바뀌고, 구름의 모양도 시시때때로 변하는 세상에서 내 모습이 무너지고 다시 세워지는 것도 크게 다를 거 없다. 자기파괴를 해본 사람은 자기재생도 가능하다.

그 사람은 자신도 모르는 사이에 나를 세상과
더욱 굳게 맺어 주었다.

그 사람과 사귀는 동안에는 클래식 음악을 한 번도 듣지 않았다.
오히려 대중가요가 훨씬 마음에 들었다.
예전 같으면 관심도 갖지 않았을 감상적인 곡조와 가사가
내 마음을 뒤흔들었다. 그런 노래들은 솔직하고 거리감 없이
열정의 절대성과 보편성을 말해 주었다. 실비 바르탕이 노래한
〈사람아, 그건 운명이야〉를 들으면서 사랑의 열정은 나만이 겪는 게

아니라는 것을 알게 되었다.

대중가요는 그 당시 내 생활의 일부였고,

내가 사는 방식을 정당화시켜 주었다.

누군가를 사랑하면서 그전엔 이해되지 않았던 것들을 이해할 수 있게 됐다. 사랑에 빠져 이기적인 행동을 하는 사람, 상처밖에 남지 않은 관계를 끝내지 못하는 사람을 이해할 수 있게 됐다. 사람들이 열광하는 가요는 왜 대부분 사랑에 관한 것인지 진부하다고 생각했던 내가, 사랑과 이별을 겪은 후론 모든 가요가 나를 위한 노래처럼 느껴졌다. 사랑한 만큼 세상과 가까워졌다. 사랑 속에 자신을 잃기도 하고 고통스러운 시간을 보내기도 하지만, 끝났다 하여 그것이 전부 허상과 상처만은 아님을 시간이 흐른 후에 알게 된다. 작가는 무너짐도 삶의 과정임을, 그와의 이별과는 별개로 관계 속에 느꼈던 모든 것은 나의 것임을, 그 속에서 느꼈던 감정은 영원히 기억될 가치가 있음을 보여준다.

어렸을 때 내게 사치라는 것은 모피 코트나 긴 드레스, 혹은

바닷가에 있는 저택 따위를 의미했다. 조금 자라서는

지성적인 삶을 사는 게 사치라고 믿었다. 지금은 생각이 다르다.

한 남자, 한 여자에게 사랑의 열정을 느끼며

사는 것이 바로 사치가 아닐까.

사랑은 살면서 부릴 수 있는 가장 큰 사치라는 작가의 말을 몇 번이고 곱씹어 보니 알 것 같다. 내가 받았던 상처도 행복도 잘못이 아닌 삶의 사치 중 하나였음을 알고 나니 비로소 성장의 '이룩'을 마친 것 같다. 해설과 옮긴이의 말을 제외하면 67쪽으로 끝나는 가벼운 분량을 처음엔 불편한 마음으로 읽었고, 몇 달 후 두 번째 읽었을 땐 다시는 이처럼 힘들어지고 싶지 않다고 생각했다. 일 년이 흘러 세 번째 읽은 오늘은, 앞으로 내가 부릴 사치가 기대된다. 그 사이 꽤 자기재생을 하여 사랑의 무서움은 망각해 버리고 누군가 내게 주었던 커다람만 기억하나 보다. 커다람을 품었던 터라, 나는 그만큼 더 자란 사랑을 할 수 있다. 단순한 열정은 끝났고, 흔적은 영원하다.

『몸과 여자들』

이서수 지음(현대문학, 2022)

이서수(1983~)

1983년 서울에서 출생한다. 단국대 법학과를 졸업한 후, 2014년 「구제, 빈티지 혹은 구원」으로 동아일보 신춘문예에 당선된다. 6년 뒤 장편소설 『당신의 4분 33초』로 황산벌청년문학상을 수상하며 첫 단행본을 출간한다. 이어 『미조의 시대』로 이효석문학상을 수상한다. 그 밖에 『헬프 미 시스터』 『엄마를 절에 버리러』 『젊은 근희의 행진』 등 다수의 작품이 있다. 『몸과 여자들』은 2022년 12월에 펴낸 중편소설이다.

무 영

이야기 속에서 사람을 만난다.
만남이 연결되어 시간을 모으고
모인 시간을 붙들고 나를 돌아본다.

5

📖『몸과 여자들』
이서수 지음(현대문학, 2022)

자신을 사랑하는 고백

"저는 1983년생입니다.
그런 탓에 이 사회가 여성의 몸에
얼마나 냉혹한 잣대를 들이댔는지 누구보다 잘 알지요.
물론 1959년생인 저의 어머니보다야
훨씬 나은 환경 속에서 자랐지만
작금의 젊은 여성들을 볼 때마다 부조리한 억압과 불평등에
짓눌려 살아왔음을 깨닫습니다."

고백을 들어야 하나?

살아 있는 우리나라 작가의 작품에 관해 쓰는 것은 힘들다. 가까운 거리에 있다 보니 미리 허락을 받아야 하나 생각한다. 노벨상 받은 외국 작가는 어차피 그동안 말도 많았을 테니 새삼 신경 쓸 이유가 없다. 하여간 이 작품은 작가가 우리말로 썼음에도 제대로 읽었는지 확신 없어 양해를 구한다.

제목만 보고 몸에 대해 말한다면 먼저 떠오르는 것은 건강이다. 건강한 몸으로 노동을 하고 밥벌이하는 것이 우선이다. TV나 인터넷을 봐도 오래 살기 위한 건강한 몸만들기가 넘쳐난다. 그런데 이 작품에서 말하는 몸은 그 몸이 아니다. 몸에 대한 관념이다. 몸을 만들고 가꾸는 것이 아니고 몸이 어떻게 보이고 쓰이는가에 관한 내용이다. 좀 놀랐다. 이렇게 담담한 고백이라니.

이 작품은 총 3부로 구성된다. 1부와 3부는 '나'의 고백이다. 1부에서는 과거의 '나'를, 3부에서는 현재의 '나'의 삶을 이야기한다. 중간에 있는 2부는 1959년생인 엄마 '미복'의 고백이다.

두 사람의 화자가 번갈아 가며 자기 삶을 고백하는 형식을 취하고 있다. 당연히 딸의 고백에는 엄마의 모습이 있다. 엄마의 고백은 딸에 대한 당부로 끝난다. 2부에 드러난 엄마의 모습이 '나'의 과거와 현재를 연결한다.

"이혼한 여자의 몸으로 어떻게 살아가려고 그러니."

"엄마, 나는 내 몸이 아니라 그냥 나야.

나는 내 몸으로 말해지는 존재가 아니라 내가 행하는 것으로

말해지는 존재야."

모녀는 단 한 번밖에 하지 않을 내밀한 고백을 하며 정중히 요청한다. 가만히 들어달라고. 귀 기울여 들어달라고. 독자는 그렇게 할 수밖에 없다. 가장 개인적이며 때론 부끄럽지만 하지 않을 수가 없는 고백을 먹먹히 듣는다. 한번 시작된 고백은 멈출 수 없고 평가할 수도 없다. 가만히 그들에게 이야기한다. 삶이 그리 흐른 것은 당신 탓이 아닙니다. 시대는 계속 변하니까요. 지금부터 행복하게 살아요.

1983년생에게 무슨 일이 있었나요?

'1983년생입니다. 그런 탓에'라는 대목에서부터 걸린다. 1983년에 태어난 아이들에게 무슨 일이 있었나?

우리 사회가 1983년에 태어난 여성들에게 더 냉혹했나? 흔히 말하는 MZ세대의 맨 앞에 있다. 이제 마흔이다. 그들의 청소년기는 우리나라 대중문화의 황금기였다. IMF 경제 위기로 사회의 패러다임도 바뀌었다. 사회 체제에 희생되기보다는 개인의 경쟁력을 높이 치는 분위기에서 교육받은 첫 세대. 엄마나 주부라는 위치를 벗어나 독립된 '여성'이 탄생한 시대. 그리고 그것이 아직은 체계 없이 학습되던 시기였다.

결국, 1부의 고백은 변화와 혼란이 함께 하던 90년대, 제대로 배우지 못했음에 대한 아쉬움이다. 지나치게 마른 몸 때문에 학교에서 소외당하고, 타인(특히 남성)의 시선을 의식하며 살았다. 첫사랑은 낙인처럼 상처로 남았다. 사랑하는 사람과의 첫 경험은 강간이 되었다. 결혼한 남편은 의무적인 섹스를 원하고 시부모는 아기 낳기를 요구한다. 결국, '나'의 몸을 의무적인 섹스나 출산의 도구로 사용할 수 없다는 생각에 이혼을 결심한다.

작품에 등장하는 남성들이 섹스와 여성의 몸을 대하는 태도는 어디서 온 것일까? 화자의 묘사에 따르면 적어도 인성이 나쁜 놈들은 아니다. 배우지 못한 놈들도 아니다. 그럼에도 불구하고 사랑하면 육체관계를 해야 하고, 결혼하면 일주일에 두 번은 해야 한다는 고정관념이 있다. 그런 요구에 응하는 것이 여성의 의무라는 태도를 보인다. 주인공 여성이 자신의 몸에 대해 민감해진 이유처럼 90년대를 거치면서 남자아이들은 그들대로 다른 길로 가고 있었다. 가부장 시대의 책무를 부정하면서 더 교묘하게 여성들의 몸을 탐하기 시작했다.

확연히 다르다. 시대가 변하고 새로운 가치관을 학습하여 서로를 이해하게 된 듯하지만, 그 끝의 만남은 사다리꼴처럼 더 멀어졌다. 여성은 어떤 식으로든 억압을 느끼며 해방의 끝을 향하여 계속 앞으로 나간다. 남성은 몸과 섹스의 문제를 인식하지 못하고 권력과 정복의 눈으로 들여다본다. 평행선은 좁아지지 않고 계속 달린다. 주장하는 여성들을 몰아가면서.

회고 또는 고백의 관점

2부에 기술된 엄마의 고백만 보면 근대화 시기에 교육받지 못한 여성이 살아 낸 인간 극장 스토리다. 무작정 상경, 봉제공장, 유흥업소, 동거를 거쳐 유일한 탈출구로서의 결혼까지. 그렇지만 1부의 이혼한 딸과 연결되며 '여성의 몸'으로 관점을 바꾸면, '기구한 운명 또는 팔자 센 여성'이라는 포장이 벗겨지며 남성 중심의 시대, 폭력의 문제가 보인다. 두 세대의 대화를 통해 여성의 몸과 섹슈얼리티가 어떻게 혼동되고 착취되었는지 알 수 있다.

엄마는 어려서부터 남성들의 눈길을 받는 몸을 가졌고 그것을 감추며 살았다. 너무 마른 몸으로 그것을 드러내지 못한 딸과는 다르지만 '몸'에 대한 불쾌한 기억은 같다. 평생 관습에 충실한 삶을 살았지만, 딸로부터 '몸'에 관한 고백(섹스에 관한 고백)을 들었을 때 충분히 이해하면서도 공감할 수 없는 마음이다. 그저 이 험한 세상을 잘 헤쳐 나가길. 이혼한 여자의 몸으로.

내 몸은 내가 결정한다는 딸을 이해하기 어렵다. 정신과 몸을 분리할 순 없다. 나의 몸은 나에게 속한 것이 아니라 내가 곧 몸이기 때문이다. 다른 사람의 시선은 내 몸을 보는 것이 아니고 나를 보는 것이다. 그들의 시선에 당당하게 맞설 수 있는 용기가 필요하다. 자신을 드러내는 것에 거침없어야 한다. 자신을 사랑해야 한다. 그것이 나의 몸이든, 살아온 시간이든 인정하고 사랑해야 한다.

다음 단계의 과제

그렇다면 다음 시대의 젊은 여성들은 억압과 불평등에서 얼마나 벗어나 있는가?

1959년 태어난 어머니 세대와 비교해선 훨씬 나은 환경에 있고 학습을 통해 '여성의 몸'에 대해서도 주체적 태도를 보인다. 하지만 아직까진 타인의 시선을 신경 쓰며 피해의식에 움츠러들기도 한다. 요리 강좌에서 만난 두 여성은 결혼과 섹스에 관해 서로 다른 가치관을 가졌다. 결혼을 앞두고 예민한 신부, 섹스도 사랑도 해 봤지만 재미없다는 언니, 그 사이에서 억압과 해방의 기준을 정하지 못하고 있는 '나'의 혼란은 계속된다. 고백체로 기술된 이야기에 여러 여성의 모습이 중첩되며 1983년생으로 대표되는 한 세대의 과제를 드러낸다.

그렇다면 그다음 세대, 또는 다음 단계는 어디로 가고 있을까? 작가의 다른 작품 『젊은 근희의 행진』에는 이른바 관종 여동생이 등장한다. 노출이 심한 옷을 입고 책 소개를 하는 북튜버인 그녀에게 구독자가 늘면서 덩달아 악플러도 늘고, 집적대는 남자들도 있다. 이런 상황을 우려하는 언니에게 동생은 말한다.

"언니의 몸은 식민지야.

언니는 왜 우리 몸을 강탈의 대상으로만 봐"

동생은 '몸'을 바라보는 타인의 시선을 인정한다. 그리고 자신의 몸을 아름답다고 표현해 주길 원한다. 자신의 몸을 사랑한다고 말한다. 그것이 『몸과 여자들』에서 말하고 싶었던 작금의 젊은 여성들에 대한 부러움이다. 3부에서 성추행을 일삼는 팀장의 행동에 대한 동료 직원의 말에서 그 방향은 다시 나온다.

"팀장이 왜 우리한테만 그러는 줄 알아?

요즘 신입사원들은 잘못 걸리면 난리가 나거든.

어찌나 똑 부러지게 자기 생각을 말하는지

살벌해서 말문이 막힐 정도야.

근데 우리처럼 80년대 초반에 태어난 여자들은 말이야,

우리는 그런 농담에 수줍은 반응을 보이게끔

학습되어 있잖아."

시대에 따른 가치관의 변화, 세대에 걸친 학습. 그것만으로 여자의 몸을 보는 관점이 바뀔 순 없다. 그것을 섹스와 동일시

하는 남성에 대한 반감도 있고, 결혼과 출산에 관한 부담도 있다. '여자와 몸'을 이 작품 하나에서 정리할 수는 없다. 처음에 밝힌 대로 그들의 내밀한 고백을 존중하고 인정할 뿐이다. 엄마는 딸에게, 언니는 동생에게 강제할 수 없는 것이 있다.

고백을 들려준 30대 여성에겐 아직 많은 시간이 있다. 자신을 보는, 자신의 몸을 보는 시선에 갇혀 하지 못한 일이 있다면 비록 혼란스럽더라도 이제 당당하게 행진하라고 권하고 싶다. 젊은 동생을 응원하듯 모두가 응원하는 삶을.

황명덕

처음엔 불편했다.

시대 분위기와 맞지 않는 듯했다.

이미 남성 중심적 사고에 깊이 세뇌되어

의식하지 못했던지.

그러나 읽을수록 공감이 되고

한 번쯤은 숙고해야 할 문제라는

생각이 들었다.

한두 여성의 문제가 아니라는

사실을 깨닫는다.

6

『몸과 여자들』
이서수 지음(현대문학, 2022)

몸과 섹슈얼리티의 주체는 '나'

"저는 딸들을 역할을 수행해야 할
몸으로 보고 싶지 않습니다. 더군다나
그것이 사회와 가정이 정해준 역할이라면요.
저는 뒤늦게 저의 행동을 후회했습니다.
하지만 사과는 하지 않았습니다.
마음 한구석엔 여전히
그 아이가 이 잔혹한 사회를
혼자 헤쳐 나가긴 쉽지 않을 거라는
생각이 있기 때문입니다."

이 글은 세대를 달리하여 살아 온 모녀의 몸과 섹슈얼리티*에 관한 내용이다. 1983년생 딸과 1959년생 어머니가 여성이라는 이유로 남성 중심 사회에서 받은 상처에 대해서 이야기한다. 총 3부로 구성된 일종의 성장소설이다. 작가는 작품을 구상하면서 "전해야 할 누군가의 목소리가 있다"는 믿음을 품고 "오래전부터 안에 고여 있었고, 자라면서 더욱 증폭된 이야기"에 대해서 "한 편의 소설을 완성한다"고 말한다.

첫 장을 펼치면 마치 작가의 실제 경험을 고백하듯이 술회한다. 이런 서술 효과로는 일인칭 주인공 시점이 가장 적절하다. '저의 몸과 저의 섹슈얼리티에 대한 이야기'를 해보려고 한다. 그러니 '가만히 들어 주세요'라고 독자들의 마음을 모으고 집중시킨다. 도입부의 이런 고백체 시발이 진지하게 와 닿았고 무엇보다 내용이 쉽게 다가왔다. 1부와 3부는 1983년생 딸의 과거

* 섹슈얼리티: 섹스(sex)가 보통 생물학적 성(性)의 구별이나 직접적인 성행위를 뜻하는 반면, 섹슈얼리티(sexuality)는 19세기 이후에 만들어진 용어로 '성적인 것 전체'를 가리킨다. 즉, 성적 욕망이나 심리, 이데올로기, 제도나 관습에 의해 규정되는 사회적인 요소들까지 포함한다.(선샤인 지식노트)

와 현재 이야기이고, 2부는 1959년생 어머니가 '여성으로서 겪어야 했던 역경'을 그렸다. 서로 다른 시대와 환경 속에서 살아온 모녀이지만 이 사회가 여성이라는 이유로 얼마나 '냉혹한 잣대'를 들이댔는지, 부조리한 '억압과 불평등'에 짓눌려 살아왔는지를 여실히 고발하고 있다.

"세상에. 얘는 왜 이렇게 말랐어?
뼈밖에 없네.
누가 보면 굶기는 줄 알겠어."

외모에 대한 세인들의 화살과 트라우마

화자는 어렸을 적부터 마르고 왜소한 몸 때문에 스트레스를 받는다. 엄마 친구들은 만날 때마다 '비쩍 마른 것'에 대해 지적하고 어머니는 자주 '창피한 얼굴'이 된다. 학교에서는 '마르고 왜소한 체형' 때문에 왕따를 당한다. 그로 인해 화자는 정신적으로 위축되고 자존감이 낮은 아이로 성장한다. 더구나 또래에 비해 이차성징이 늦고 성에 대한 온전한 상식을 접할 기회도 갖지 못한다. 따라서 성에 대한 무지와 열등감 속에서 과도한 고민을 하며 소모적으로 성장기를 보낸다.

무심코 던진 돌에 개구리의 목숨이 위태롭듯이 별생각 없이 던지는 말 한마디가 누군가에게는 치명적인 트라우마로 작용한다. 따라서 성장기 청소년에게 시기적절한 성교육은 필수적이다. 평생 안고 갈 상처를 치유할 좋은 기회가 될 수 있기 때문이다.

스무 살 무렵, 화자는 불쾌하고 쓰라린 첫 경험을 한다. 대학 시절 사귀던 남자에게 '짐짝처럼' 떠밀려 지리멸렬한 성 경험을 한다. 일을 마친 남자는 말없이 모텔을 빠져나가고 홀로 남겨진다. 오랜 세월이 흐른 뒤, 그녀는 그때를 회고하며 비록 사랑하는 사람일지라도 일방적인 섹스는 강간이라고 말한다. 상당히 긴 지면을 할애하여 표현한 그녀의 첫 경험을 이해하면서 가슴이 아렸고 분노가 치밀었다. 상대에 대한 배려와 사랑이 없는 섹스는 폭력이며 범죄임을 재삼 방점을 찍어둔다.

결혼생활은 순탄한 듯했으나 남편과 시부모가 아기 낳기를 바라자 이혼을 결심한다. 그리고 더 이상 자신의 몸을 의무적인 성행위나 아기 낳는 일에 사용하고 싶지 않다고 생각한다. 자기의 몸과 섹슈얼리티에 대한 주체는 '자신'이어야 한다는 결론을 내리며 홀로 사는 길을 택한다.

성생활을 무의미하고 고통스럽게 여기고, 아이를 낳지 않을 거라면 결혼은 왜 했느냐고 물을 수 있다. 그러나 부부간에 '성생활과 자녀'가 중요하긴 하나 그게 '전부'는 아니다. 비혼주의와 딩크족의 비율이 왜 갈수록 높아지고 있겠는가.

주변의 편견이나 잘못된 간섭으로 위축당한 채 성장하면 평생 그 영향에서 벗어나기 어렵다. 그러나 화자는 과감하게 자기를 옭아매는 굴레를 한 꺼풀씩 벗어내며 독립된 개체로 당당하게 홀로 선다. 그리고 이기적이고 동물적인 가해 남성들의 성본능과 성욕으로 인해 피해 여성의 삶이 얼마나 피폐해지는가를 알린다.

불쾌하고 두려웠던 순간들

2부는 1959년생 어머니 박미복의 성장기이다. 미복은 고향마을, 한 남자에 대한 기억을 소환한다. 그는 마을의 폭군이자 인간 사냥꾼이었다. 법으로 통제 불능인 남자는 젊고 예쁜 처자를 겁탈하지 못해 안달한다. 1960년대 시골마을엔 파출소도 제대로 없었고 치안도 불안한 상태였다. 알게 모르게 이 남자에게 피해를 당한 여자들은 소리 없이 마을을 떠난다. 그러나 누구도 그를 신고하지 못했다.

가해자가 아니라 왜 많은 피해자들이 마을을 떠나게 되었을까. 여러 가지 이유가 있을 것이나, 그중 하나는 혼전 여성의 순결 문제라고 본다. 처녀의 혼전 순결은 동서양을 막론하고 지켜야 하는 것으로 터부시해 왔다. 토마스 하디의 소설 『테스』** 에서도 남주와 여주의 혼전 섹스 문제가 뜨겁게 거론된다. 따라서 성폭행을 당한 후 가해 남성보다 오히려 피해 여성에게 따르는 부정적인 꼬리표와 후속 피해를 우려한 때문일 것이다. 아무튼 오랜 세월 동안 성범죄자들의 범법행위를 숨기거나 묵인해 온 결과 우리 사회는 더 많은 피해를 양산해 왔고 그들의 범죄행각을 방조했다.

또한 여자를 겁탈하는 것이 남자의 성적 본능이며 단순한 성충동이라고 치부해 버린 남성 중심 사고의 악폐이다. 한때 전국을 강타했던 성교육 프로그램 〈구성애의 아우성〉***이 있었다. 강사는 초등생(3학년) 시절, 친한 이웃집 오빠(고교생)에게 성폭행을 당하고, 그 후유증으로 월경불순과 성병 감염으로 고통을 겪는다. 하지만 강사는 자신의 고통스런 사례를 드러내며 성교

** BBC 방송 선정 영국 내 가장 사랑받는 소설. 영국작가 토마스 하디의 대표작. 부제는 '순결한 여인' 국내에서는 『테스』로 잘 알려짐. 여성의 순결 여부로 낙인찍는 사회적 성차별에 대해 일침을 놓음. 여자가 숫처녀가 아니라고 첫날밤에 떠나가는 남자의 이중적인 모습을 그려 냄.

*** '아우성'은 '아름다운 우리 아이들의 성을 위하여'라는 뜻의 줄임말이다.

육 강사로 나선다.

그녀는 성장기 청소년의 성교육 필요성을 강하게 역설하였다. 또한 남자와 여자의 섹슈얼리티가 어떻게 다른가를 객관적이고 과학적인 사례를 들어가며 설파했다. 이러한 분들의 노력으로 현재 우리 사회가 성적 무지에서 벗어나는 데 큰 영향을 받았다고 본다. 이어서 각계각층의 인사들이 성교육에 관해 눈을 뜨게 되고, 결과적으로 청소년 성범죄 예방에 한몫을 했다는 데 의심의 여지가 없다.

그때만 해도 성폭행 범죄와 관련해서 가·피해자에 대한 사회적 인식이 상당히 왜곡돼 있었다. '여자가 어떻게 처신을 했기에'라거나 '원래 남성이란 존재는 다 그렇지' 등의 편견으로 가해자를 두둔하고 피해 여성들을 힐난하는 투의 왜곡된 인식이 견고했었다. 그런 시기에 자신의 쓰라린 정체를 적나라하게 드러내고 성교육 강사로 나섰다. 지금 생각해도 고맙고 멋진 일이다.

게다가 필히 강조하고 싶은 것은 그 어머니의 훈육과 후속 조치이다. 어머니는 성폭행을 당한 어린 딸을 꼭 안아 주면서 "괜찮다. 이건 너의 잘못이 아니야"라며 딸을 따뜻하게 다독였다. 그리고 가해자를 불러 피해자 앞에서 직접 '사과'하도록 했다.

그랬기 때문에 딸은 고통스런 후유증을 건강하게 이겨 내고 훌륭한 강사가 될 수 있었다.

이 책의 메시지도 동시대를 살아가는 많은 이들에게 개인의 섹슈얼리티에 대한 바른 인식과 경각심을 갖게 한다는 점에서 시사하는 바가 크다.

여자라서 겪어야 했던 험난한 여정

여자는 남자의 소유물 내지는 지배의 대상이라고 생각하는 남자들이 있다. 미복의 아버지 역시 가부장적 남성 중심 사고를 가진 탓에 딸들을 학교에 보내지 않는다. 집안에 갇힌 미복은 식음을 전폐하고 시위하다 의식을 잃는 원인 모를 병을 앓게 된다. 굿을 하고 약을 복용한 후 증세가 호전되자 두렵고 불안한 상황에서 벗어나고자 도피성 가출을 한다.

처음 미복은 옷 공장 실밥 일부터 시작한다. 이곳에서 인간 이하의 취급과 노동력 착취를 당한다. 다음엔 중개인에게 속아 술집으로 팔려 간다. 술 시중을 들면서 취중 남자들의 욕설과 폭행을 견뎌야 했다. 그렇게 번 돈은 소개비와 의복비, 화장품값으로 다 빼앗긴다. 만신창이가 된 몸으로 우여곡절 끝에 한 남자와 도피성 동거를 하지만 곧 버림받는다. 미복의 나이 23

살, 고통으로 얼룩진 삶이었다.

그러던 중 천신만고 끝에 아버지에게 구조되어 사별한 남자와 결혼하고 두 딸을 낳게 된다. 이건 미복만이 아니라 당시 배움이 없고 가진 것이 없는 여자가 살아야 했던 삶의 한 방편이었다. 미복이 겪어 온 상처와 역경은 아무도 알지 못한다. 사랑하는 딸에게조차 털어놓지 못하고 위로받지 못한 채 살고 있다고 고백한다.

그러나 이런 일들이 별반 놀랍지 않다. 그 당시 남성 중심 사회에서 아들의 학비를 벌기 위해 도시로 내몰린 딸들의 처지는 도긴개긴이었으며 비일비재했다. 사고무친 타지에서 기댈 데 없는 어린 딸들은 힘 있고 권력 있는 자들에게 유린당한 채 피폐한 삶을 견뎌야 했다.

일인칭 시점으로 고백하는 모녀의 외롭고 어두운 사연들이 소수 개인의 특별한 체험이라기보다 누구라도 겪을 수 있는 상처와 고통이라고 느껴진다. 따라서 이런 문제를 가시화하고 공론화하는 일은 매우 중요하다. 우리 사회가 함께 해결해야 할 필수 과제이며 의무이기 때문이다. 그런 면에서 이 소설이 주는 시사점은 중차대하다.

생김새만큼이나 다양한 취향과 가치관을 가진 인간은 누구라도 타인의 시선으로부터 자유로워야 한다. 개인적인 편견과 획일화된 잣대로 어떤 현상을 평가하고 재단해선 안 된다. 다양성을 인정하고 다름을 존중해야 한다. 이 사회가 극단적으로 분열되고 소통이 안 되는 이유도 거기에 있다. 각자 개성적인 삶을 추구하는 현대인에게 '몸의 소중함'을 일깨우는 조용한 목소리다. 가벼운 일독을 권한다.

200 — 201

『빌러비드』

토니 모리슨 지음, 최인자 옮김(문학동네, 2014)

토니 모리슨(Toni Morrison, 1931~2019)

미국 오하이오주 로레인시에서 중산층 가정의 4남매 중 둘째로 태어났다. 선박 용접공으로 일했던 아버지는 그녀에게 흑인 사회의 전설을 자주 이야기해 주었다. 당시의 스토리텔링* 기법이 모리슨의 작품에 많은 영향을 미쳤다. 고등학교를 우등으로 졸업하고 하버드대, 코넬대를 거처 편집자 일을 시작한다. 1988년 퓰리처상과 전미 도서상을 받고 1993년 흑인 여성 최초로 노벨문학상을 수상한다. 노벨 위원회는 "환상적인 상상력과 시적 언어를 통해 미국의 사회 문제에 삶을 불어넣었다"고 평가했다. 오바마 행정부로부터 대통령자유훈장을 받았고, 프린스턴 대학의 인문학 석좌교수로 재직했다. 『빌러비드』는 작가로서 이름을 널리 알리게 해 준 대표작이다.

---

* 스토리텔링은 단어, 이미지, 소리 등을 통해서 이야기를 전달하는 것으로 축적된 정보를 주제와 본래의 목적에 맞게 다양한 매체를 이용하여 하나의 사건을 가진 이야기를 만드는 것으로 플롯(plot), 캐릭터(character), 그리고 시점(time line 또는 Time point)이 포함되어야 한다.

김지훈

책을 읽고 서평을 쓰면서
세상은 점점 커지는 느낌이고
나는 점점 작아지는 느낌이다.
다행이다.
이제라도 내가 얼마나 작은 존재인지 깨닫게 되어서.

7

『빌러비드』

토니 모리슨 지음, 최인자 옮김(문학동네, 2014)

씻김굿! 한 많은 이들을 위한 몸부림

"무엇이든 선택해서 사랑할 수 있는 - 욕망해도 좋다는

허가를 받을 필요가 없는 - 곳에 도달하는 것,

그래! 그게 바로 자유였다."

『빌러비드(Beloved)』는 토니 모리슨이 1987년에 쓴 소설이며 노예라고 불리는 사랑받지 못한 자들의 이야기다. 노예농장에서 탈출한 엄마(세서)의 손에 목이 잘려 죽은 딸(빌러비드)은 유령이 되어 엄마와 동생 덴버가 사는 집 신시내티 124번지에 눌어붙는다. 엄마에 대한 갈망과 원망을 품은 유령 딸은 온갖 해코지를 해대고 세서는 죄책감으로 18년 동안 묵묵히 이를 감내하면서 점점 말라간다. 그러던 차에 옛날 노예농장에서 알던 노예 폴디가 찾아오면서 모녀의 화해를 시도한다. 결국 세서가 자신을 자책하는 데서 벗어나 비인간적인 노예제도를 만든 백인에게 비수를 돌리는 순간 유령 딸 빌러비드는 사라진다. 깊었던 원한은 치유되고 새로운 삶을 살아갈 의지를 되찾는다.

작가는 실제로 일어난 도망친 노예 사건에서 영감을 받았다. 켄터키주의 노예였던 마가렛 가너(Margaret Garner)는 노예농장에서 탈출하여 자유주 오하이오로 도피했다. 그녀는 1850년의 도망노예법(逃亡奴隸法)*에 따라 체포되었다. 미국 보안관이

* 도망노예법: 1793년과 1850년 사이에 미국 의회를 통과한 여러 법률이며, 특정 주에서 다른 주로 또는 공유된 영토로 도망간 노예의 반환을 규정하였다.

가너와 그녀의 남편이 바리케이드를 치고 있던 오두막으로 돌진했을 때 노예로 만들지 않기 위해 그녀는 두 살배기 딸을 죽인다.

쥐꼬리만 한 자유였지만 목숨과 바꿔도 아깝지 않았다

흑인 문제는 지금도 진행 중이고 미국 사회가 영원히 지고 가야 하는 원죄와 같다. 만약 2차 세계대전에서 독일이 이겼으면 유태인학살은 묻혔을 것이고, 대신 흑인 노예 문제로 미국이 지금까지 석고대죄할 수밖에 없었을 것이다. 유대인 희생자는 육백만 명 정도지만 억울하게 죽은 흑인 노예는 육천만 명 이상이라고 하니 할 말을 잃었다. 게다가 노예들에 대한 비인간적인 대우가 유대인보다 더 심했다.

남쪽 지방 나무에는 이상한 열매가 열렸네.
이파리에 묻은 피와 뿌리에 고인 피
검은 몸뚱이가 남풍을 받아 건들거리네.
이상한 열매가 포플러나무에 매달렸네.

빌리 홀리데이(Billie Holiday)라는 흑인 여가수가 부른 〈이상한 열매(Strange Fruit)〉란 노래 가사의 일부다. 인간의 시체가 주렁주렁 열린 나무라니……. 자칭 문명인이라는 백인들이 사람을 죽여도 저토록 끔찍하게 죽일 수 있을까?

스위트홈 농장의 노예들은 '욕망해도 좋은 자유'를 맛봤다. 세서는 입고 싶은 결혼식 드레스를 입었고, 남편 핼리는 시간외 노동을 해서 번 돈으로 병든 어머니 베이비 석스의 자유도 살 수 있었다. 주인 가너 부부가 '임금 받는 일꾼'처럼 대하는 독특한 노예제도를 운용했기 때문이다. 그러나 주인 남편이 심장병으로 갑자기 죽어 버렸다. 뒤이어 악귀 같은 농장 관리자 '학교 선생'이 와서 노예들을 물건 취급하며 데이터로 기록 · 관리하기 시작한다. 상황은 급전직하로 암울해지고 자유는 말라비틀어졌다. 비록 쥐꼬리만 한 자유였지만 너무도 달콤했기에 박탈당하고는 살 수 없었다. 노예들은 죽음을 무릅쓰고 탈출을 시도하지만 실패한다. 세서만이 만삭의 몸으로 채찍에 맞아 등이 온통 곪은 채 달아난다. 그리고 죽기 직전에 백인 소녀 에이미의 도움을 받아 가까스로 시어머니가 살고 있는 신시내티에 도착한다.

호사다마

신시내티에 모여 사는 노예 출신의 마을 사람들은 자존감이 낮았다. 스스로 깨치고 일어나 단합한 적이 없다. 지금 누리는 최소한의 자유도 백인들과 싸워서 쟁취한 진정한 자유가 아니었다. 그저 정치·경제적 이익 다툼을 위해 벌인 백인들끼리의 전쟁에서 어부지리로 얻은 자유다. 따라서 개인적인 호불호나 이기심에 따라 행동할 뿐이다. 그들은 며느리 손자와 함께 살게 된 석스의 행복을 진정으로 축하해 주지 못했다. 오히려 도망쳐 온 며느리 세서를 위해 벌인 잔치에 대해 과하다고 생각했다. 세서가 영적인 지도자의 위치를 넘어 신선하고 고급스러운 음식으로 하느님의 능력에 속하는 '오병이어의 기적'을 흉내 낸 것에 부글부글 끓었다. 아직 정신적이나 물질적으로 진정한 자유를 경험해 본 적 없는 도망친 노예들의 한계였다.

속이 뒤틀린 그들은 사리 판단이 흐려졌다. 그래서 노예 사냥꾼을 대동한 '학교 선생' 일행이 동내에 도착해서 신시내티 124번지로 향하는 것을 알면서도, 예전과는 다르게 영적인 지도자 베이비 석스에게 알리지 않았고 모른 체 했다. 한마디로 마가 끼인 것이다.

죽음의 굿판

노예농장의 폭군 '학교 선생' 일행이 들이닥치자, 눈이 뒤집힌 세서는 아이들을 전부 죽이려고 헛간으로 몰아가면서 갓난아이 덴버를 패대기친다. 시어머니가 손쓸 사이도 없이 빌러비드는 톱에 목이 잘리어 어린 생을 마감한다. 죽음의 굿판이 벌어진 것이다. 자유를 빼앗긴 노예의 삶이 처절하다고 하지만 한 독립된 인간의 생명을 타인인 어머니의 판단으로 결정한다는 것이 법적으로 또 윤리적으로 옳은 것인지 문제 삼을 수 있다. 그러나 이 소설의 모티브가 된 실화 마가렛 가너 사건에서 자식을 죽인 어머니를 살인죄가 아닌 재물손괴죄로 처벌했다는 사실을 상기해 보면 세서의 행동이 이해가 간다. 인간이 아닌 재물로서의 삶을 딸에게 살게 할 수는 없다는 생각으로 자식의 목에 톱을 대었던 그녀의 마음은 어떠했을까!

최소한 10년은 더 새끼를 칠 수 있는 계집 세서가 미쳐 버렸다고 생각한 '학교 선생'은 더 이상 건질 노예가 없다고 여겨 노예 사냥을 포기한다. 자식을 무참하게 죽이는 어미를 보고 학교 선생의 조카는 자기가 덜덜 떨고 있는지조차 몰랐고, 노예 사냥꾼은 얼이 빠져 멍하니 서 있었다. 보안관도 이쯤에서 물러나고 싶어 하면서 현장범으로 그녀를 체포한다. 한바탕 죽음의 굿판이 끝났다.

씻김굿

"씻김굿은 망자가 이승에서 맺힌 원한이나 아쉬움 등
모든 것을 씻어 주어 편안하게
다음 세계로 갈 수 있도록 기원하는 의례 행위이다."
_한국민족문화대백과사전

두 살짜리가 무슨 의식이 있어 원한을 갖고 신시내티 124번지에 살며 집안을 혼수상태로 만들었겠는가 하는 의심이 들기도 한다. 그러나 두 살짜리가 무슨 죄를 지었다고 자기 어머니에게 죽임을 당했을까? 뒤집어 생각하면 그 원한은 하늘을 찌를 만큼 높다. 토니 모리슨은 흑인들이 가지고 있는 모든 원한들을 모아서 아기 유령 빌러비드를 만들었다. 시간이 지나면서 처녀 유령으로 변신을 시키기도 한다. 워낙 원한이 깊고 기가 센 유령이라 산전수전을 다 겪고 이 집으로 흘러 들어온 건장한 남자 노예 폴디도 당해 내지 못하고 쫓겨난다.

동네 사람들은 감옥살이하고 나온 세서를 왕따 시켰다. 그녀집 근처에 얼씬도 하지 않은 지 18년이나 되었다. 같이 살던 막내딸 덴버가 손 쓸 사이 없이 빌러비드 유령은 거대해졌다. 반대로 점점 야위어 가는 세서는 무너지기 일보 직전이다. 빌러비드는 어머니 집을 풍비박산 내려 한다.

절체절명의 시간이다! 이제 새로운 굿판이 벌어지려 하고 있다. 그렇다면 굿을 주관하는 무당은 누구인가? 그동안 빌러비드의 무리한 요구를 다 들어주면서 달래고 보듬어 준 세서가 무당일 수도 있다. 어머니와 빌러비드 옆에서 갖은 수발을 들며 지켜 준 막내딸 덴버가 무당일까? 자기 집에서 일할 덴버를 데리러 왔다가 노예 사냥꾼으로 오해받아 공격당한 검은 모자의 백인 보드윈일 수도 있으리라. 아니면 악마의 자식 빌러비드를 쫓아내려고 124번지로 떼로 몰려온 동네 여자들이 무당일까? 그들 모두가 굿의 대상이며 그들 모두가 무당이라고 할 수도 있지 않을까?

중요한 것은 이들 모두가 같은 순간에 신시내티 124번지에 모였다는 사실이다. 굿판이 벌어진 것이다. 그리고 세서의 손이 얼음송곳이 되어 검은 모자의 노예 사냥꾼으로 향하여 공격하는 순간 빌러비드는 그녀의 손을 놓고 홀연히 사라진다. 이렇게 씻김굿은 완성된다. 세서는 유령 딸의 패악질에서 벗어나고, 빌러비드는 이 세상을 편안히 하직할 수 있게 되었다. 평론가들은 엄마와 딸이 서로 물고 뜯는 잘못된 인식에서 벗어나 모든 사태가 백인으로부터 시작되었다는 점을 분명히 인식하고 자세를 바로잡는 순간 빌러비드의 원한은 풀어지고 유령은 사라진다고 해석한다. 씻김굿이 추구하는 바와 같은 맥락이다.

억울하게 죽은 원혼이 저승으로 가지 못하고 이승을 떠돈다는 생각은 동서양을 막론하고 같은 모양이다. 이유도 모른 채 사랑하는 어머니의 손에 처참하게 죽은 빌러비드는 유령이 되어 나타날 수밖에 없었다. 결국 빌러비드의 유령은 흑인 노예제도의 산물이다. 이런 괴물들은 아직도 미국이라는 소위 '아름다운 나라'에 수천만 명이 떠돌고 있을 것이다. 그리고 지금도 죽어서 곱게 저승으로 가지 못하는 유령들이 미국 곳곳에서 생겨나고 있다. 법적·제도적으로 흑인에 대한 차별이 없어졌다고 해도 관습적이고 정서적으로는 아직 엄연히 존재한다. 백인 경찰의 과잉 대응으로 흑인들의 억울한 죽음이 계속되고 있는 것이 대표적인 사례다.

이런 상황을 누구보다 잘 아는 토니 모리슨은 아직도 진행 중인 수많은 억울한 흑인들의 죽음을 위해 이 책으로 씻김굿을 하는 것 같다. 모리슨 자신이 무당이 되어서 억울한 흑인들의 영혼을 달래고, 또 남아 있는 흑인들이 어떻게 살아가야 하는지를 끊임없이 고민하게 만든다. 다만 이 순간에도 일어날 흑인들의 억울한 죽음들을 생각하면 씻김굿의 쓰임새가 다할 날은 아직 멀기만 하다.

조소연

구조조정으로 실직한 아버지는
장사엔 소질이 없었다.
TV도 없는 골방에서 『토지』를 읽으셨다.
『대망』이나 『삼국지』도 읽으셨다.
그렇게 그 시간을 견뎌 내셨다.
어디든 남겨 두고 싶었다.
아버지가 누워 『토지』를 읽으시던 모습을

8

『빌러비드』
토니 모리슨 지음, 최인자 옮김(문학동네, 2014)

칼과 방패를 내려놓고 붙잡아야 하는 것

"세서는 베이비 석스의 충고를 받아들이려고 애쓰고 있었다.
'칼과 방패, 모두 내려놓아라.'
베이비 석스의 충고를 단지 인정하는 게 아니라
실제로 실천하고 싶었다."

하필 이 아름다운 계절에 『빌러비드』를 읽었다. 슬프게 아름답고 끔찍하게 훌륭한 소설에 흠뻑 빠져 있는 동안 화창한 계절이 어색했다. 아파트 단지 가득한 마가렛 꽃이 예쁘고, 장미의 붉은빛이 생생한 만큼, 햇살이 따사로운 만큼, 부조화의 감정도 배가되었다. 상점에서 장을 볼 때면 그 마음이 더 부풀었다. 넘쳐나는 식료품과 물건들, 사람들의 세련된 옷차림, 쇼핑몰에 흐르는 보사노바풍의 음악까지. 평소 편안과 안락을 주던 것들이 죄스럽게 다가왔다.

비극의 한가운데에서

『빌러비드』가 독자에게 특별한 슬픔과 감동을 선사하는 이유는 작품의 핵심 모티브가 실화이기 때문이다. 토니 모리슨은 출판사 랜덤하우스에서 편집자로 일하던 때 자신이 출간한 『블랙북』에서 1856년 발생한 '마가렛 가너 사건'을 만난다. 『블랙북』은 논픽션으로 미국에서 실제로 일어난 흑인 관련 사건을 기록한 책이다. '마가렛 가너'는 흑인 노예였고, 엄마였다. 아이들을 데리고 도망쳐 살다 발각된 그녀는 주인농장의 노예로, 지옥으로 아이들을 보낼 수 없었다. 그래서 아이를 죽이고, 자신도 목숨을 끊으려다 붙잡힌다. 토니 모리슨은 '세서'(마가렛 가너)의 행동을 변호하거나 당시 노예제의 참상을 고발하는 것에서 멈추지 않는다. 작가는 놀라운 선택을 한다. 발언권조차 없이 살해당한 이름도 없었던 그 아이를 환생시킨다.

세서가 살고 있던 124번지는 사건 이후 아기의 원혼이 머무는 유령의 집이 되었다. 세서의 두 아들은 도망쳤고, 할머니 베이비 석스도 세상을 떠났다. 아무도 찾지 않는 이곳에 갓난아기의 원혼만이 출몰하여 세서와 둘째 딸 덴버를 괴롭힌다. 요강을 엎고, 찬장을 움직이고, 엉덩이를 때린다. 어느 날 아기 유령은 사라졌고, 빌러비드라는 이름의 처녀가 124번지에 나타난다. 세서는 아이의 묘비명에 사랑받아야 마땅했다는 뜻의 '빌러비드(Beloved)'라는 문구를 새겨 놓았다. 빌러비드를 마주한 날, 세서는 요의를 느끼는데 마치 양수가 터진 듯하다. 세서는 알아차린다. 빌러비드가 자신이 죽인 아이라는 것을.

고통으로 가득한 기억들

자신의 아이를 죽인 세서. 그 비극적 결심의 배경을 소설은 자세히 소개한다. 토니 모리슨은 참담했던 노예의 삶을 문학의 시선으로 관조한다. 세서의 등에 남겨진 채찍 자국은 커다란 나무로, 사이사이 맺힌 고름은 꽃으로 묘사된다. 마당에서 자유롭게 노니는 수탉은 재갈이 물린 채 모욕당하는 노예들을 비웃는다. 그렇게 만들어진 문장들은 옛일은 이제 그만 잊자고 변명하는 입에 재갈을 물린다. 끔찍한 노예제의 역사를 과거에서 현재로, 당시의 충격과 공포의 감각까지 고스란히 소환한다. 세서의 고통을 통해 독자들은 여성 노예의 아픔을 체험한다. 부의 척도가 노예의 숫자로 판단되는 시대였다. 여성 노예는 아이를 낳을 생산도구였다. 성폭행이 정당화되었다. 백인 가해자는 세서와 성관계를 하는 동시에 채찍을 휘둘렀다. 남편도 잃었다. 절망 속에서 살아남은 건 오로지 아이들을 위해서였다. 가엾은 세서를 이해해 주고 싶다. 빌러비드 다음으로 고통스러웠을 사람이 세서였다는 것도 안다.

원한과 울분이 만든 칼과 방패가 세서 마음을 온통 찔러댄다. 그 독기 가득한 무기는 빌러비드에 이어 또 다른 희생자를 만들었다. 세서의 옆에 유일하게 남았던 딸 덴버이다. 세서는 사건 후 18년간 유일하게 남겨진 딸 덴버에게 솔직하지 못했다. 기억을 숨겼다. 딸을 의심 속에 가두고 고립시켰다. 그래선 안

됐다. 물음표를 제거해 줘야 한다. 왜 마을 사람들이 124번지에는 얼씬도 하지 않는지, 어째서 두 오빠가 도망을 갔는지, 덴버는 왜 다른 아이들처럼 학교에 다닐 수 없는지 이야기를 나누어야 했다.

생은 살아남은 사람을 위해 바쳐야 한다

실종아동 전문기관에서 오래 일한 옛 동료의 말이 생각났다. 누구든 자녀 실종이라는 비극을 겪으면 해일과 같이 밀려드는 공포와 슬픔에 잠식된다. 그러나 시간이 지나면서 부모의 모습이 나뉜다. 잃어버린 아이를 찾기 위해 생을 바치는 부모와 아닌 부모. 언뜻 첫 번째 부모가 자식을 더 사랑하는 것 같지만, 우리가 나아가야 할 방향은 후자라고 했다. 생은 살아남은 사람을 위해 바쳐야 한다. 인정 없고 매몰차서가 아니다. 부모는 온 힘을 다해 잊고 앞으로 나아가는 것을 선택해야 한다. 그렇지 않으면 온 가족이 무너진다. 세서의 가정은 무너졌다. 두 아들은 도망갔고, 덴버는 고립되었다. 그녀는 남아 있는 아이들을 위해 이웃에게 도움을 구하고 앞으로 나아가야 했다.

세서는 "칼과 방패, 모두 내려놓아라"라던 베이비 석스의 충고를 떠올렸다. 그리고 오래된 신발 더미에서 아이스 스케이트를 찾아냈다. 베이비 석스의 충고를 당장 실천해 보기로 결심했다. 아무리 뒤져도 스케이트 한 벌과 한 짝뿐이다. 세 사람이 타기엔 부족하다.

"좋아, 교대로 타면 되지, 뭐. 한 사람은 두 짝 다 신고, 한 사람은
한 짝만 신고, 또 한 사람은 그냥 신발을 신고 미끄럼을 타는 거야."
손에 손을 잡고, 서로에게 의지하면서, 그들은 얼음 위를
빙글빙글 돌았다. 빌러비드는 두 짝을 다 신었고, 덴버는
한 짝만 신고 곧 깨질 것만 같은 얼음을 주춤주춤 지쳤다.......
소녀들은 깔깔 웃고 비명을 지르며 엄마를 따라 얼음 위로
올라섰다....... 누구 하나가 넘어질 때마다 즐거움은
배가 되었다....... 여전히 웃느라 가슴이 들썩거리고 눈물까지
나왔다. 그리고 한동안 그렇게 두 손과 두 무릎을 땅에 대고
엎드려 있었다. 그런데 웃음이 잦아든 후에도 눈물은
멈추지 않았고, 빌러비드와 덴버는 한참 후에야 그 사실을
알아차렸다. 그들은 세서의 어깨를 어루만져 주었다.
집으로 돌아가는 길에, ... 단단하게 굳은 눈 위를 걸어오며
미끄러지기도 하고 서로 꼭 붙잡아야 했지만,
아무도 그들이 넘어지는 모습을 보지 못했다.

세서의 참회로 인한 화해에도 불구하고 그들은 평범한 가족처럼 싸우고 풀기를 반복한다. 한쪽은 원망하고 한쪽은 용서를 빌다가 다시 용서를 비는 쪽이 화를 내어 싸움이 이어진다. 빌러비드와 세서가 서로 싸우고 집착하다 굶어 죽을 지경에 처하자 덴버가 나섰다. 생애 처음으로 이웃을 찾아가 도움을 구했다. 그렇게 겁먹은 조가비처럼 꽉 닫혔던 124번지의 문이 열린다. 그리고 얼마 후, 빌러비드는 124번지를 떠났다. 세서가 더 이상 어제의 삶이 아닌 내일의 삶을 살아가게 될 것이라는 희망을 암시하며 이야기는 끝을 맺는다.

미워하고 원망하는 누군가를 떠올려 보자. 잊으려 애써도 불쑥 떠올라 머릿속을 어지럽히는 과거. 그것은 개인 간의 원한일 수도, 국가 간의 다툼으로 인한 참극일 수도 있다. 『빌러비드』에서처럼 인종이 겪어 온 참상일 수도 있다. 그렇게 마음에 생긴 칼과 방패를 어떻게 내려놓고 회복할 수 있을까? 『빌러비드』는 말한다. 손을 잡고, 함께 웃고, 추억을 만들어야 한다고. 그렇게 비극의 생에 던져진 인간은 서로의 손을 잡는 한 움큼의 힘으로 자신의 삶을 붙잡아 낼 수 있다.

『염소의 축제』

마리오 바르가스 요사 지음, 송병선 옮김(문학동네, 2010)

바르가스 요사(Mario Vargas Liosa, 1936~)

페루 리마의 산마르코스 대학에서 문학과 법학을 공부하였고, 스페인에서는 '가브리엘 가르시아 마르케스'에 관한 박사논문을 작성하기도 하였다. 활발한 작품활동으로 2010년 노벨문학상을 받았고 라틴 아메리카를 대표하는 작가 및 지식인으로 명성을 얻었다. 주요 작품은 『도시의 개들』 『녹색의 집』 『나는 훌리아 아주머니와 결혼했다』 『새엄마 찬양』 『판탈레온과 특별봉사대』 등이다. 정치에 관심이 많아 1990년 대통령 선거에 나섰으나 낙선한 후 스페인 국적을 취득하기도 하였다.

양동신

독재 시절엔 불온서적은 읽기 어려웠고
불량서적은 권장 도서가 되었다.
이제는 불온은 필독 리스트가 되어
하나씩 섭렵하렵니다.

9

『염소의 축제』

마리오 바르가스 요사 지음, 송병선 옮김(문학동네, 2010)

향수(香水)는 향수(鄕愁)를 부른다

"신부님, 난 트루히요를 죽일 겁니다.

그래도 내 영혼이 용서를 받을 수 있을까요?"

……

그의 손가락 하나가 펼쳐진 페이지의 한 대목을 가리켰다.

'만일 야수를 죽임으로써 백성이 해방된다면,

하느님은 그런 야수의 물리적 제거를

호의적인 눈으로 보실 것이다.

『염소의 축제』는 도미니카 공화국의 독재자 '트루히요'의 통치에 바탕을 둔 정치소설이다. 이 작품은 자녀를 성 상납해서라도 독재자의 관심을 되찾으려는 한 측근의 이야기를 통해 독재가 개인과 사회를 어떻게 오염시키고 파멸에 이르게 하는지를 보여 준다.

이 소설은 도미니카 공화국 독재자 '라파엘 레오니다스 트루히요 몰리나(1891~1961)'의 암살 사건의 전후 과정을 재구성한 작품이다. 트루히요는 1930년 쿠데타로 집권한 이후 32년간 무소불위의 권력을 휘둘렀다. 그는 통치 기간 중 '근대화와 경제발전'이라는 이름으로 인권과 자유를 철저하게 탄압했으며 또한 비밀경찰과 어용 언론을 이용하여 국민의 일상과 정신까지 지배하고자 했다.

작가는 이 작품을 통해 트루히요의 독재가 도미니카인들의 심리에 끼친 영향을 보여 주고자 했다. 이를 위해 트루히요의 마지막 날에 초점을 두고 독재자의 중요한 순간들을 재구성한다. 특히 가상의 여주인공 '우라니아'를 내세워 그녀가 소녀 시절에 겪었던 치욕을 통해 절대 권력의 가공할 만행과 추종세력들의 납득하기 어려운 심리현상을 예리하게 지적한다. 여기에서 '염소'는 독재자 트루히요를 가리키며 그의 남성적 욕망과 권력적 야만성을 염소에 빗댄 것이다. '축제'는 트루히요에게는 성적 욕구를 충족하기 위한 개인적 행사를, 암살자에게는 '염소'의 죽음을 의미한다.

이 소설은 모두 24장으로 이루어져 있으며 세 개의 이야기가 중첩되는데 각각 관점과 시공간이 다르지만 모두 트루히요의 독재 시절을 중심으로 풀어나간다.

첫 번째는 여주인공 우라니아의 이야기이다. 열네 살 때 트루히요에게 처녀성을 잃은 그녀는 미국으로 건너가 성공한 법조인이 되어 35년 만에 고향을 찾아 아버지에게 그렇게 했던 이유를 따진다. 그리고 그녀가 현장에서 당했던 일을 친척들에게 생생하게 들려준다.

두 번째는 트루히요와 주변 인물들의 이야기다. 최악의 독재자인 그가 전립선 문제로 우라니아와의 성관계가 어렵게 되자 성질을 부리는 것을 보면 애처롭기까지 하다. 그와 그의 가족 그리고 하수인들이 벌이는 엽기적 행태는 흥미를 넘어 혐오감을 일으킨다.

세 번째는 암살 음모와 성공, 이후 암살자들의 몰락과 새로운 정부 수립의 이야기이다. 독재자는 제거되었으나 쿠데타는 성공하지 못한다. 허수아비 대통령이 정권을 인수하면서 최후의 승자가 된다.

암살 초보들 죽 쒀서 개 주다

암살은 가성비가 좋은 정권교체 방법이다. 누군가 나서서 독재자를 제거하면 순식간에 정권이 무너진다. 암살의 명분을 찾고 해치우면 된다. 염소 암살 작전에 앞서 살바도르는 가톨릭 신부에게 암살 행위가 용서받을 수 있는가를 물었다. 교황 대사 신부는 토마스 아퀴나스의 책 『신학대전』을 펼치고 한 대목을 가리킨다. 실행에 옮겼고 제거 작전은 성공했다.

그런데 일이 이상하게 꼬인다. 예상했던 대로 흘러가지 않는다. 초보 암살자들이 저지르는 실수와 불안이 뒤섞인다. 어쩌면 당연한 결과이다. 암살은 사전 연습을 할 수 없다. 치밀하게 계획을 세워도 허점이 있게 마련이고 비밀을 유지하다 보니 매끄럽게 진행되기 어렵다. 결국 암살은 모두에게 첫 경험이기 때문에 초보자는 실수를 저지르게 마련이다.

암살자들은 독재자의 시신은 확보했으나 상황이 계획대로 진행되지 않자 불길한 징조를 감지한다. 유력한 증거인 자동차를 암살 현장에 두고 왔고, 혹시 그들 사이에 부상자가 발생하면 죽여서 후환을 없애기로 했음에도 신분이 발각될 위험이 있는 병원으로 데려갔다. 또한 잡힐 경우를 대비하여 가장 기본적인 알리바이도 준비하지 못하였다. 아직도 트루히요의 손아귀를 벗어나지 못한 느낌이다.

그들의 절망대로 암살 모의에 가담한 자들은 한 사람만 제외하고 트루히요 세력에게 잡혀 모두 죽는다. 그들이 바라던 국민의 환호는 구경도 하지 못했다. 사실 염소의 죽음은 국민에게는 충격과 공포 그 자체이다. 우리도 거의 같은 경험을 했다. 독재에서 벗어났다는 기쁨보다는 불확실한 미래에 대한 불안이 앞선다. 누군가가 끝장낼 것이라고 암묵적으로 동의하지만 실제로 일이 발생하면 상황을 복잡하게 만들었다고 불평한다.

결국 상황판단이 빠른 특정 세력이 어부지리를 누린다. 암살 세력을 일거에 그리고 손쉽게 제거하고 집권 기회를 잡는다. 죽 쒀서 개에게 준 꼴이 되고 마는 경우이다. 애써 해치웠는데 그보다 더한 독재자가 나타난다. 전 국민이 나서지 않는 이상 독재가 계속되는 기묘한 상황을 우리도 이미 경험한 바가 있다.

독재향수(獨裁香水)의 중독자

암살자들이 당황하고 겁먹은 이유는 아직도 나라 안에 퍼져 있는 트루히요의 강력한 냄새를 맡았기 때문이다. 이 냄새는 전국 방방곡곡에 가득하여 쉽게 사라지지 않는다. 독재자는 악취 그 자체이다. 지저분한 엽색 행각, 치졸한 용인술, 가공할 부정부패, 무자비한 정적 탄압처럼 냄새나는 것들이 너무 많아 일일이 열거하기 힘들다.

독재자는 악취를 감추기 위해 여러 재료로 향수(香水)를 만든다. 향수의 주재료는 우상화, 경제발전 우선 정책, 금권정치, 어용 언론 등 다양하다. 이들로 조합한 '독재자 향수'를 뿌리면 세월이 지나도 좀처럼 없어지지 않아 사람들 머리에 독재의 향수(鄕愁)를 각인시킨다. 이 향수는 효과가 매우 탁월하여 마약중독 수준에 이를 수 있다. 사람의 마음과 영혼을 강력하게 오염시켜 판단력을 마비시킨다. 히틀러는 70여 년, 차우셰스쿠는 30여 년이 지난 지금도 냄새를 피운다. 우리도 비슷한 후유증에 시달린다. 독재를 경험하지 못한 세대들에게 독재자 후예들이 신상품 향수를 만들어 무차별로 뿌려 댄다. 선거철이 다가오면 증상은 더 심해진다. 어디선가 좀비처럼 떼 지어 나타난다.

탈취제와 살충제가 필요하다

그래서 장기독재가 무서운 것이다. 독재가 길어지면 희생자보다 공범자가 많아진다. 사람들은 독재를 용인하고 순응하고 방임한다. 한국적 민주주의가 실존하는 줄 알았다. 먹고사는 데 불편이 없으면 불만이 있어도 참고 산다. 나의 노력보다는 지도자의 결단력이 나라를 잘 살게 했다고 믿는다. 자유를 팔아 질서를 사는 것이 사회에 이익이라고 생각한다. 합리적 과정보다 독선적 결단을 더 긍정적으로 평가하게 된다. 사회 문제가 생기면 그때의 추억을 떠올리며 확실하게 때려잡으라고 요구한다. 질서와 안정을 자유와 다양성보다 앞에 둔다. 아주 자연스럽고 익숙한 삶의 자세다. 이미 중독된 모양이다.

지금도 냄새가 난다. 강력한 탈취제를 뿌리고 해독제를 놔서 없애야 하는데 제품을 구하기 어렵다. 극우파 향수 제조업체가 탈취제와 해독제의 제조·유통을 독점하고 조절하기 때문이다. 독재향수는 제법 쏠쏠한 돈벌이가 된다는 것을 잘 안다. 아직 독재자 미화 세력의 영향을 벗어나기 어려운 이유이다. 우리 세대가 지나면 독재의 기억이 사라질 수 있을지 회의적이다. 그만큼 중독성이 강한 탓이다. 독재의 생존력은 바퀴벌레 수준이라서 모두 죽였다고 생각했는데 또 기어 나온다.

그래서 보다 근원적인 해결책이 요구된다. 냄새를 뿜어내는 바퀴벌레를 박멸시킬 강력한 살충제가 필요하다. 보이는 족족 뿌려 대 즉사하도록 말이다. 너무하다 싶으면 최소한 인지 능력을 영구히 마비시킬 정도만으로도 족하다. 기존 제품은 효과가 떨어져 획기적인 제품을 개발하여 없애야 한다. 그래서 모두의 눈과 귀를 깨끗하게 관리하여 세상을 제대로 보고 들을 수 있도록 해야 한다.

이 소설은 한국 근대사에 익숙하다면 빠르고 재미있게 읽힌다. 물론 등장인물이 많고 이름이 복잡하기는 하지만 전개 과정이 비슷한 분위기가 많아 금방 이해할 수 있다. 국내에도 유사한 글이 있지만 회고록 수준의 책들이 주를 이루고 있다. 그래서 새로운 시각으로 그 시절을 돌아보고 분노하고 싶다면 단연 이 책을 추천한다. 본격적인 국내 독재자 소설이 나올 수도 있겠다. 그러나 출판에 이르는 과정은 순탄치 않을 것이다. 아직도 향수 냄새가 빠지지 않았기 때문이다. 다만 최근의 여러 영화가 독재향수를 뽑아내는 환풍기 역할을 했다고 본다. 더 많은 환풍기가 생겨나 이 땅을 청정지역으로 만들어 주기를 바란다.

234 ——— 235

김지훈

독재를 극복하고
경제성장과 민주화를
동시에 이루어 냈다고 자부하지만
그러나 아직 뭔가 부족하다.
그래서 오늘도 고전을 읽고 또 읽는다.

10

『염소의 축제』

마리오 바르가스 요사 지음, 송병선 옮김(문학동네, 2010)

독재자의 가학성에서 자라난 피학성

"이런 잔인한 이야기를 들려주는 건

바로 나 자신에게 도움이 되고 싶어서예요.

이제 이 이야기는 잊어버리도록 하세요.

이미 끝난 일이니까요.

이미 지난 일이고 그 누구도 어떻게 할 수 없는 일이니까요.

아마도 다른 여자였다면 그런 충격을 극복했을 거예요.

하지만 난 그러고 싶지도 않고 그럴 수도 없어요."

『염소의 축제』는 남미 도미니카 공화국의 독재자 트루히요를 소재로 쓴 소설이다. 독재자 소설은 라틴 아메리카에서 오랜 전통을 자랑하는 문학 장르다. 이미 한 세기 훨씬 전인 1884년부터 이 장르의 첫 소설이 쓰여 수많은 독재자 소설이 출간되었다. 그리고 노벨문학상을 수상한 마리오 바르가스 요사가 2000년에 발표한 이 소설에 의해 정점을 이룬다. 스웨덴 한림원은 바르가스 요사를 노벨상 수상자로 선정한 이유로 "권력구조에 대한 지형도를 비롯하여 저항과 봉기, 그리고 개인의 패배에 대한 정곡을 찌르는 이미지를 구현했다"고 밝혔다.

소설은 24장으로 구성된 장편이다. 작가는 수령이자 총통, 자선가이자 조국의 아버지이며, 고명하신 각하인 트루히요의 독재 정권을 재구성하기 위하여 시간과 공간을 수시로 옮겨 가며 이야기를 풀어간다. 큰 줄기는 세 가지 구성으로 나뉜다.

첫 번째는 추잡한 정치적 거래의 희생자 우라니아가 35년 만에 도미니카 공화국으로 돌아온 1996년도 이야기다. 열네 살의 미성년인 자신을 총통의 침실에 밀어 넣었던 아버지 카브랄의 만행에 대해 어릴 때 친하게 지냈던 고모와 사촌들에게 진실을 이야기한다.

두 번째는 1961년 5월 30일 암살이 있던 날 독재자의 하루를 따라간다. 새벽부터 부지런히 일어나 정권을 떠받치는 주구들과 정국을 어떻게 풀어나갈지 골머리를 앓는다. 그러면서도 중간중간 오늘 밤 안가에서 맞이할 어린 소녀의 처녀성을 짓밟을 상상으로 기분 전환을 한다.

세 번째는 어둠 속 고속도로에서 독재자를 처치하려고 초조하게 기다리는 암살자들의 이야기다. 마침내 암살은 성공하지만, 군대를 움직이기로 했던 국방부 장관의 우유부단 때문에 오히려 쫓기는 신세가 된다. 공모자들은 사살당하거나 잡혀서 모진 고문 끝에 죽어 갔다. 암살단원 중 피신에 성공해 햇빛을 본 사람은 단 두 명이었다.

독재의 원천

우라니아는 그리스 신화에 나오는 아홉 뮤즈의 중의 하나로 하늘을 뜻한다. 아홉 뮤즈는 제우스와 기억의 여신 므네모시네 사이에 태어난 여신들이다. 일리아드나 오디세이아 같은 서사시에서 도입 부분에 뮤즈 여신을 불러 이야기를 들려줄 것을 청한다. 저자 호메로스가 아닌 여신 뮤즈의 입을 통해서 서사시를 들려줌으로써 권위를 부여하려고 했다. 작가 바르가스 요사도 이러한 구조를 차용한다. 우라니아라는 뮤즈를 통해 트루히요 시대의 만행을 적나라하게 독자에게 전한다. 작가는 특히 우라니아 혼자만 초대되었던 '마호가니 집'에서의 파티에 대해 소설의 피날레를 장식하듯 맨 마지막 장에 풀어 놓는다. 그리고 뭉뚱그려서 말하지 않고 매 순간순간 독재자가 벌인 짐승 같은 행위와 우라니아가 느꼈을 수치심이나 공포를 가감 없이 담담하게 이어간다.

성적 행위에는 두 가지 측면이 있다. 하나는 조물주를 대신해서 새로운 생명을 만드는 성스러운 작업이다. 인간이 할 수 있는 일 중 신의 영역에 가장 가깝다. 비밀스럽고 신비롭다. 또 하나는 그 과정에서 생기는 사랑하는 감정과 쾌락의 향유이다. 이 역시 번식을 위해서는 필수 불가결하다. 생명을 만드는 작업이 무미건조하거나 고통만 따른다면 인류는 벌써 멸종하였을 것이다.

그러나 독재자 트루히요가 상원의장의 딸 우라니아에게 기대했던 것은 생명을 만드는 작업도 사랑이나 쾌감도 아니었다. 여자아이의 처녀성을 유린할 수 있는 힘이 있는 성기를 지닌 능력자임을 확인하기 위함이었다. 그는 성 기능이 불구가 되면 남자로서 끝이라고 생각하는 마초였다. 그리되면 모든 일에 자신감을 잃고 도미니카를 제대로 이끌어 갈 수가 없다. 미국과 맞짱을 뜰 배짱도 없어지고, 정적에게 잔혹한 죽음을 내리는 포악성이나 적을 내 편으로 만드는 관용, 산책 중에 비밀경찰을 붙이지 않을 대담성도 모두 잃어버린다. 도미니카를 통치하기 위해서는 자기가 아직 진정한 남자임을 증명해야 했다. 그러나 우라니아와의 정사를 통해 그것이 마음대로 되지 않음을 알아 버렸다. 그 때문에 성기 대신 손가락으로 처녀성을 파괴할 수밖에 없다는 비애감에 울기 시작한다. 그 순간 더 이상 카리스마 넘치는 독재자는 존재하지 않았다. 그리고 그런 모습을 우라니아에게 들켜 버리고도 그녀를 권총으로 사살하지 않은 것에 대해 나중에 후회한다. 이처럼 무지막지한 독재의 원천이 되는 가학성은 수령의 아랫도리에서 비롯되었다.

우라니아의 의문

우라니아는 그날 이후 수녀의 도움으로 미국으로 도피하여 하버드를 졸업하고 커리어 우먼으로 크게 성공한다. 그렇지만 '마호가니 집'에서의 트라우마로 남자의 접근을 거부하고 결혼은 생각지도 않는다. 대신 그녀의 침실을 트루히요 시대에 관한 책과 논문, 기삿거리로 가득 채웠다. 매일 밤 그녀는 그 글들을 읽으며 그 시대의 참상을 연구하고 진실을 알아내려고 했다. 당시 악행이 얼마나 심했는지 유네스코 세계기록유산에 '도미니카 공화국 인권 투쟁 및 저항에 관한 기록유산'이라고 해서 기록물이 등재되어 있을 정도다. 또한 UN은 트루히요독재에 항거하다 숨진 미라발 자매를 기리기 위해 살해당한 11월 25일을 '세계 여성폭력 추방의 날'로 선언했다.

우라니아가 고등학교와 대학교에 다니던 1960년대는 베트남 전쟁 반대운동과 더불어 히피문화가 전 미국을 휩쓸고 있던 시기다. 유럽에서도 68운동이 일어나는 등 기성세대의 가치관에 저항하는 새로운 청년문화가 불처럼 일어나고 있었다. 우라니아 역시 이러한 사조에 영향을 받은 상태에서 지난 트루히요독재 30년에 대해 사료를 읽었다. 거기에는 트루히요를 하느님과 동격으로까지 취급하는 수많을 글들이 있었다. 도대체 이런 어처구니없는 일들이 어떻게 일어날 수 있었는지 의문을 품지 않을 수 없었다.

한가지 예로, 한때 상원의원, 도지사, 대법관을 역임했던 당시 외무장관 프로일란이라는 자는 독재자가 자기 아내를 범할 수 있도록 외국으로 자리를 피했다. 언젠가 독재자가 도미니카당 지도자들이 참석하는 리셉션에서 외무장관 아내의 외모를 품평하면서 "자기가 사랑했던 최고의 계집"이라고 말한다. 그러자 그 자리에 있던 남편인 외무장관도 같이 웃고 나머지 사람들은 최고의 유머라고 칭송한다. 독재자에 대한 아첨을 넘어 즐기는 자들이다.

언론통제로 왜곡된 정보만 접하는 일반시민은 오판할 수도 있다. 그러나 미국이나 유럽에서 교육받아 트루히요독재의 실상을 아는 최고의 지성을 갖춘 학자, 법조인, 의사, 기술자까지도 어떻게 이런 독재를 받아들였는지 우라니아는 알 수가 없었다.

피할 수 없는 폭력이 만들어 낸 피학성

1970~1980년대 명절이면 TV에서 방영하는 명화 중에 〈닥터 지바고〉가 있다. 명장면 중 하나는 러시아기병대가 시위하는 군중을 무자비하게 진압하는 모습을 바라보는 휴머니스트 지바고의 오묘한 표정이다. 메이킹 필름에서 배우 오마 샤리프(지바고 분)가 표정을 어떻게 지을지 감을 못 잡고 있을 때 감독은 이렇게 주문한다. "당신이 여자와 관계 시 절정에서 사정했을 때

의 느낌! 그 느낌으로 표정 연기를 하시오!" 어리고 힘없는 것들을 무자비하게 짓밟을 때의 쾌감을 느끼는 인간의 가학증을 연기할 것을 요구했다. 감독은 휴머니스트라고 자처하는 이의 본능 밑바닥에 숨어 있는 가학증을 명배우를 통해 드러낸다.

트루히요는 이러한 가학성을 가진 자 중 끝판왕이었다. 집권 초기에는 오쟁이 지는* 것을 거부하고 해외로 망명한 교육부 장관 같은 사람도 있었다. 그러나 집권이 길어지면서 적극적 반대파는 물론 자리를 피해 버리는 소극적 반대파도 끝까지 찾아가서 살해하거나 본국으로 잡아들여서 감옥에 가두어 버린다. 나중에는 우라니아의 아버지 카브랄같이 입 안의 혀처럼 부리던 측근도 시험에 들게 하여 스스로 딸을 바치게 만든다. 이쯤 되자 주변 가신들은 한식에 죽으나 청명에 죽으나 마찬가지였다. 그리고 "피할 수 없으면 즐기자!"라고 생각하는 지경에 이른다. 트루히요의 욕정에 아내, 누이, 딸이 당하는 것을 하나님의 은총으로 즐겁게 받아들이기 시작하고 혹은 선택되기를 희망한다. 나아가 수백만 명의 도미니카 사람들이 트루히요의 폭압이 사랑의 매라고 믿게 하고 그를 우상화했다.

---

* 자기 아내가 다른 사내와 간통하다.(나무위키)

따라서 우라니아는 뉴욕의 침실에서 트루히요 시대의 수많은 악행과 살인에 대해 자료를 조사하고 검토하는 과정에서 생겼던 많은 의문에 대해 다음과 같이 결론을 내린다. "타락해야만 성취했다고 느끼는 그런 사람들의 영혼 밑바닥에 있는 마조히즘**적 소명 의식을 일깨워 주었기 때문에 가능하다."(1권 100쪽) 독재자의 가학행위에 대해 옴짝달싹할 수 없게 되자 오히려 그가 던져 주는 작은 권력과 맞바꾸면서 즐기는 자들이 되어 버린 트루히요 시대의 주구들이라고밖에 이해할 수 없기에 이런 결론에 다다른 것 같다.

유사 이래 많은 독재자가 나왔다. 그들이 독재자로 태어난 것은 아니다. 〈닥터 지바고〉의 예에서 봤듯이 가학성은 보편적인 인간들에게도 조건이 맞으면 출현한다. 정치적 야심을 지닌 자들 대다수는 마음 깊숙한 곳에 트루히요를 품고 있다. 권력자가 눈만 부릅떠도 죽는시늉하는 약자들을 향해 자기 안의 가학성이 꿈틀거리게 된다. 독재자 곁에는 권력의 가학성에 따른 과실을 함께 누리려는 맹종자들이 거머리 떼처럼 달라붙게 마련이다. 이들은 독재자가 조금씩 나눠 주는 마약 같은 권력의 달콤

** 타인으로부터 물리적이거나 정신적인 고통을 받고 성적 만족을 느끼는 병적인 심리상태를 일컫는 정신의학상의 용어.(위키백과)

함에 취해 자신들에게 가해지는 폭력에 무감각해지고 독재자와 동화되어 그것을 즐기게 된다. 비극적인 결말로 끝나는 것이 필연이지만 마약을 하는 동안에는 이 순간이 영원할 것으로 믿고 폭력을 같이 누린다.

독재를 막기 위해서는 견제 장치가 필연이다. 재야, 언론, 사회단체들을 배척하려는 위정자에게서는 독재의 조짐이 보인다. 잠수함의 카나리아처럼 이들을 건강하게 유지하게 시켜야 한다. 그러나 권력을 감시하는 것은 이들만의 몫은 아니다. 민주시민으로서 매의 눈초리로 권력자들을 비판하고 감시할 때 독재는 발을 붙이지 못할 것이다. 미래의 독재를 경계하기 위해 일독을 요하는 독재자 소설『염소의 축제』다.

246 ——— 247

『질문의 책』

파블로 네루다 지음, 정현종 옮김(문학동네, 2013)

파블로 네루다(Pablo Neruda, 1904~1973)

칠레 국경지방 아울레주 피랄에서 철도 노동자의 아들로 태어났다. 교사인 엄마는 네루다가 태어난 후 바로 사망하였다. 억압적이며 폭력적인 아버지 아래서 성장한 네루다는 혼자서 노는 고독한 소년이 되었다. 1934년 스페인 거주 중 내란이 일어나고 프랑코 독재 정권하에 고통받는 민중들을 보고 민중 시인으로 변모했다. 그는 라틴 아메리카의 소박한 민중의 눈물겨운 삶과 노고를 안타까워했으며 그것을 노래했다. 그리고 노동자에게 자신의 시가 한 줄기 빛과 희망이 되기를 바랐다. 실제로 그의 시는 희망이 되었다. 2010년 갱도에 매몰된 칠레 광부 33명이 69일 만에 구조되는 사건이 있었다. 그들은 갱도의 피신처에서 네루다와 미스트랄의 시를 외우며 외로움, 두려움과 싸웠다. 암흑의 시간을 견뎌내고 전원이 구조된 일화는 유명하다. 반파시즘 시인으로 공산당에 입당했다. 『스무 편의 사랑 시와 한 편의 절망의 노래』로 칠레 최고 시인의 반열에 올랐으며, 1971년 노벨문학상을 수상했다.

문베리

글을 쓴다는 건 나에게 사치다.
'꾸준히 쏟아낸다면 흔적을 남기는 날이 올까?'
하는 그런 낭비적인 열정을 품고 산다.

11

『질문의 책』
파블로 네루다 지음, 정현종 옮김(문학동네, 2013)

우리는 질문이 필요하다

"나였던 그 아이는 어디 있을까
아직 내 속에 있을까 아니면 사라졌을까."

『질문의 책』은 질문만으로 이루어진 시집이다. 여백이 많고 250g 정도의 가벼운 무게인 이 책은, 사람마다 읽는 시간이 천차만별일 것이다. 말 그대로 활자를 읽는다면 1시간 안에 읽을 수 있고, 하나씩 답변을 한다면 1년도 부족하다. 나는 처음엔 활자를 쭉 읽고, 뒤이어 시간이 날 때마다 마음에 드는 질문에 답을 적으며 즐겼다. 엉뚱하지만 중요하고 단순하지만 어려운 입체적인 물음은 굳어져 가는 생각에 촉촉하게 물을 뿌렸다. 답을 하다 보니 순수한 물음이야말로 시간을 관통하며 생각을 확장시킨다 느꼈다.

내게도 잠그지 못한 수도꼭지처럼 물음표가 넘치던 시절이 있었다. 하지만 어느 순간 수도꼭지는 잠겼다. 궁금증이란 그 대상에 대한 사랑과 관심에서 나오는데 대가 없는 사랑이 어려워진 것이다. 그에 비해 네루다의 물음은 구름을 만들어 낸다. 그 구름은 황폐해진 머릿속을 떠돌다 나의 생각과 만나면 비로소 비로 변해 내린다. 어린 시절 모래로 집을 짓다 마주친 개미가 궁금하고, 노란색 잎을 모아 하늘 높게 뿌리던 나에게 닿는다. 사춘기 시절 떨어지는 낙엽에 쓸쓸해하고, 부서지는 파도에 해방감을 느끼던 나에게 닿는다. 누군가를 떠나보내며 슬퍼하던, 마지막을 상상하며 가뭄을 맞이한 나에게 단비가 되어 닿는다. 과거, 현재, 미래를 향유하며 흐른 질문 몇 가지와 답변을 공유한다. 나와는 다를, 당신이 만들어 갈 해답이 궁금하다.

"개미집 속에서는
꿈이 의무라는 건 사실일까?"

⇨ 꿈이 의무인지는 모르겠지만, 다정함이 기본이긴 하다. 달달한 것을 집까지 굴려 와 나누니 다정하다. 하긴 달달함과 다정함이 난무하는 곳에 꿈이 없을 수가! 그러니, 당신이 개미처럼 느껴진다면, 자신에게도 다정해질 것!

"가을은 그렇게 많은 노란 돈으로
계속 무슨 값을 지불하지?"

⇨ 가을은 참 목 좋은 곳에 있다. 높은 하늘 값, 시원한 바람 값을 치르려면 월세가 비쌀 수밖에. 찾는 이가 많아 빠르게 재료가 소진된다. 재료 소진 시, 문을 닫기에 나도 여름 끝부터 웨이팅을 해서라도 가을을 찾는다.

"나뭇잎들은 노란색을 느낄 때
왜 자살을 할까?"

⇨ 노란색이 되면 비로소 가야 할 때임을 알고 있다. 자신을 버려야 새로움이 오기에. 알고 있다 하여도 실천하기가 얼마나 어려운가. 자연은 그 어려운 걸 시시때때로 한다. 익숙함을 버리지 못하는 나는, 노란색보다 진한 미련을 안고 산다.

"파도는 왜 내가 그들에게 물은 질문과
똑같은 걸 나한테 물을까?"

⇨ 나의 물음에 작은 파도가 다가왔다. 왜 이렇게 진지하냐며 좀 웃으라고 장난을 쳤다. 파도가 자꾸 발을 간지럽히는 바람에 멋쩍게 웃었다. 두 번째 파도는 하얀 이를 드러내며 큰 보폭으로 다가와선, 어차피 네 마음대로 할 걸 뭐라 묻냐며 거칠게 몰아세웠다. 그의 질책에 나는 뒷걸음쳤다. 뒤이어 온 세 번째 파도는 잔잔하게 넘실거리며 친절하게 말하였다. "모든 답은 네게 있기에."

"그리고 왜 그들은 그다지도 낭비적인

열정으로 바위를 때릴까?"

⇨ 삶은 채웠던 것을 비워 가는 과정. 파도는 어느 날 자신이 살았던 흔적을 남기고 싶었다. 한 번의 소비로는 바위에게 흔적을 남길 수 없었기에 소비가 아닌 낭비를 해 보기로 결심했다. 파도는 꾸준히 채웠다가 열정적으로 쏟아냈다. 뜻이 맞는 다른 파도들도 함께 쏟아냈다. 시간이 흘러 바위의 모양은 파도로 인해 변했다. 글을 쓴다는 건 나에게 사치다. '꾸준히 쏟아낸다면 흔적을 남기는 날이 올까?' 하는 그런 낭비적인 열정을 품고 산다.

"슬픔은 진하고
우울은 옅다는 건 사실인가?"

⇨ 나는 진함이 깊어 헤어 나오지 못했지만, 너는 나의 옅음이 넓어 나를 떠났다. 깊고 넓은 중, 무엇이 더 큰가.

"수박은 그게 살해될 때
무엇 때문에 웃나?"

⇨ 칼로 그으니 쩍하고 붉은 속이 보인다. 겉모습만 신경 쓰느라 속이 어떤지는 몰랐지. 화려한 줄무늬를 가지려 온 시

간을 썼는데, 진정한 단맛은 안에 있었구나. 죽음에 이르러 보니 알게 된 단순한 사실에 수박은 쓴웃음이 나왔다. 주위에 다른 이들도 떠올랐다. 그들의 겉에 새겨진 줄무늬를 평가하느라 속을 보지 못한 자신이 아둔하게 느껴졌다. 진작 깨달았다면 너의 붉은빛에 감탄했을 텐데. 너와 내가 품고 있을 수많은 가능성의 씨앗, 꿈의 씨앗을 볼 수 있었을 텐데. 얇은 껍질 속 두꺼운 많은 것을 놓치고 떠난다.

"왜 나뭇잎들은 떨어질 때까지
가지에서 머뭇거릴까?"

"가을은 무슨 일이 일어나기를
기다리는 것 같다는 건 사실일까?"

"아마도 잎 하나의 흔들림이나
우주의 움직임?"

⇨ 버석하게 말라가던 노란 나뭇잎이 말했다. "땅 밑이 무서워. 평생을 여기 매달려 살았잖아. 저 끝엔 뭐가 있는지 모르겠어. 가고 싶지 않아." 아직은 수분을 머금은 초록 나

뭇잎이 동요했다. 친구와의 이별이 슬퍼 울었고, 자신에게도 닥칠 일이라 무서웠다. 그들이 슬퍼하자 나뭇가지가 말했다. "무서워하지 마. 내가 너를 피웠기에 결국 너와 나는 하나야. 너희가 떠난 자리에 새로운 싹을 피워 채울 거야. 모든 것은 순환이란다. 너는 나고, 나는 세상의 전부야. 네가 떨어질 때, 그것은 곧 우주의 새로운 움직임이란다."

1973년 9월 23일 네루다는 별세하였다. 작가가 세상을 떠나기 몇 달 전에 마무리된 이 작품은 어릴 적 순수한 시선부터 죽음을 앞둔 노인의 시선까지 담겨 있다. 그 세월과 마음을 전부 이해할 수 없지만 책 곳곳 그의 시선 끝엔 사랑이 묻어 있다. 질문은 세상을 사랑하는 방법의 하나이다. 바다, 하늘, 나무에 물으면 그들은 숲이 내는 파도 소리, 햇빛의 울렁거림, 이파리의 숨소리처럼 생생한 감동으로 답을 해 준다. 어느덧 여백이 많던 책이 나의 사유가 더해져 촘촘해진다. 지금 답하기 어려운 페이지는 쉰 살, 일흔 살이 되어 채우는 상상을 하니 훗날 보게 될 답안지가 궁금하다. 정답은 없지만 오롯이 자신이 써야 의미 있는 답안지. 생각을 확장해 주고 흐르게 하는 질문으로 삶이 마르지 않기를, 그러다 언젠가는 넘쳐흘러 바다가 되기를.

이영미

"우리를 가두는 것은 신체의 한계가 아니라
그 한계를 믿는 우리들의 사고방식이다."
_엘렌 랭어

무당벌레가 알을 낳는 유월이면 집 앞 느티나무 둥치로 간다.
노란 알이 터지고 꼬물한 애벌레들이 여기저기 흩어지는 모습은 경이롭다.
놀이터에서 놀던 아이들이 호기심을 보이며 다가온다.
자연의 경이로 내 안의 아이도 깨어나는 한낮이 즐겁다.

12

『질문의 책』

파블로 네루다 지음, 정현종 옮김(문학동네, 2013)

질문은 상상력이다

"내가 마침내 나 자신을 발견한 곳은

사람들이 나를 잃어버린 곳일까."

질문이 사라지는 이유

나이가 들면 어느 순간 질문을 하지 않게 된다. 그동안의 경험 축적으로 세상 돌아가는 이치를 어느 정도 안다는 확신 때문이기도 하지만 무엇보다 세상에 대해 호기심을 잃었기 때문이다. - 특히 알아봤자 화폐로 환산되지 않는 것들에 대해서는 급격히 호기심을 잃는다. 그러나 미래에 몇백 배로 오를 주식에 관해서라면 눈빛부터 달라질지도 모른다. - 그것은 내 안에 사랑이 사라졌다는 의미이다. 세상을 냉소적으로 바라본다는 것과도 통한다. 또 하나는 오만함 때문이다.

사물의 이름을 안 것으로 그것들의 모든 것을 안다는 착각을 한다. 산책 중에 길가에 핀 꽃 하나를 보았다고 하자. '영춘화', 단지 이름만 알 뿐인데 모든 걸 다 안다는 생각이 든다. 사실 이름만을 안다는 건 이름 외에는 아무것도 모른다는 의미다.

"관심은 사랑의 다른 이름이다. 누군가를 마음에 두기 시작하면 질문은 절로 많아지게 마련이다."

달 밝은 밤에 그대는 누구를 생각하세요?

잠이 들면 그대는 무슨 꿈 꾸시나요?

깊은 밤에 홀로 깨어 눈물 흘린 적 없나요?

……

그대 생각하다 보면 모든 게 궁금해요.

_이선희, 〈알고 싶어요〉 가사

사랑에 빠진 자의 모습은 정말 노래 가사와 같다. 모든 게 궁금해지는 법이다. 그러나 사랑이 식으면 폭발적으로 일어나던 호기심도 사라지고 그날이 그날 같고, 그녀(그)는 특별한 존재가 아닌 범상한 존재, 아니 귀찮은 존재가 될 수도 있다.

질문하지 않는 또 하나의 원인은 웬만한 것쯤은 다 안다는 오만함이 작동한 경우다. 소나무의 정보는 '상록수, 바늘잎, 모여나기, 구과, 적송, 곰솔' 등 인터넷을 켜면 주르르 나온다. 그것을 보고 어떤 대상을 다 알았다고 착각하는 것이다. 그러나 대상에 관한 과학적 정보를 빠삭히 안다 해도 그것이 대상을 모두 설명해 주지는 않는다. 소나무를 보고 느끼는 감정이나 생각은 아무리 검색해도 나오지 않는다.

질문은 어떻게 가능할까
감정이입은 질문을 가능하게 한다.

> 감정이입은 자신의 느낌을 가지고 어떤 대상, 예컨대 기둥이나 수정 혹은 나뭇가지, 심지어는 동물이나 사람들의 동적인 구조 속으로 미끄러져 들어가고 하는 것이며, 스스로의 근육감각을 통해 대상의 짜임새와 움직임을 이해하여 그 구조를 내부에서 추적하고자 하는 것이다. 감정이입은 자신의 위치를 '여기'에서 '저기'로 혹은 '저 안으로' 옮겨 놓고자 하는 것이다.
>
> _로버트 번스타인·미셸 루트번스타인 지음/박종성 옮김, 『생각의 탄생』에서 재인용

감정이입이 제대로 되려면 '나'의 해체가 우선이다. 현재의 나를 부정해야 한다. 내가 알고자 하는 대상에게 가 닿으려면 나는 지금의 내가 아닌 그 대상이 되어야 한다. 그리고 다음은 알고자 하는 대상의 해체다. 그것을 기존에 내가 알던 사물이 아닌 것으로 부정하고 다른 것들로 대치시켜야 한다. 가령 여기에 휴대폰이 있다고 치자. 이것은 휴대폰이 아니야. 그럼 무엇일

까? 나의 친한 친구, 나의 보물, 나와 세상을 잇는 다리 등등 이렇게 다른 의미로 확장해 갈 때 사물은 풍부함을 얻는다. 메타포다. 상상력만이 그것을 가능하게 한다.

질문한다는 것은 무엇인가? 그것은 모르는 자리로 돌아가는
것이며, 홀연히 처음의 시간 속에 있는 것이고, 끝없는
시작 속에 있는 것이다.
시적 질문은 타성, 관습, 확정 속에 굳어 있던 사물이
다시 모래의 운동을 시작하는 시간이다.

조용히 눈을 감고 내가 소나무라고 상상을 해 보자. 상상을 할 때 수많은 질문이 형성된다.

소나무는 어떻게 사랑을 할까?/무슨 말을 바람에게 전하지?/햇볕을 만나면 무슨 이야기를 쫑알거릴까?/거북이 같은 무늬는 왜 만들까?/뿌리와 꼭대기의 이파리와는 어떻게 대화를 나눌까?/가장 친한 이파리가 있을까?/청설모가 다가올 때 무서울까?/열매가 엄마를 떠날 때 슬플까 등등

그래서 상상력의 다른 이름은 공감력이다. 다른 것이 되어 봄으로써 그것들이 처한 현실을 이해하고 나의 문제로 안을 수

있다. 오렌지 나무가 된다면, 도마뱀이 된다면 우리는 이런 고민에 처하게 될 것이다.

오렌지 나무 속에 들어 있는 햇빛을

오렌지들은 어떻게 분배할까?

어디에서 도마뱀은

꼬리에 덧칠할 물감을 사는 것일까?

네루다의 『질문의 책』에서는 이런 상상력을 바탕으로 한 신선한 질문과 역설들이 가득하다.

하늘의 창백한 눈물에

왜 농사는 웃을까

버려진 자전거는 어떻게

그 자유를 얻었을까

당신은 사과꽃이 오로지

사과 속에서 죽는 걸 보지 못하는가

코뿔소가 측은지심을 갖게 된 뒤
그는 얼마나 오래 버틸 수 있을까

사막의 여행자에게
태양은 왜 그렇게 나쁜 동행인가
그리고 왜 태양은
병원 정원에서는 그렇게도 마음 맞는 친구일까?

내가 마침내 나 자신을 찾은 곳은?
그들이 나를 잃어버렸던 곳인가?

우리는 단지 언어로 '이것 아니면 저것'으로 세계를 구분 지으려 한다. 하지만 실제의 세계는 칼로 자르듯이 명확하게 구분되지 않는다. 동전의 양면처럼 하늘의 눈물과 농사의 웃음, 자전거의 버려짐과 자유, 코뿔소의 측은지심과 야생성, 사막의 태양과 병원의 태양, 사과꽃의 죽음과 아가 사과의 탄생, 잃음과 찾음, 선과 악, 죽음과 탄생, 늙음과 젊음 등은 명확히 나눠지는 게 아니다. 단지 성격이 다른 하나일 뿐이다. 역설이야말로 삶의 한 단면을 드러내는 진리이다. 이런 깨달음이 『질문의 책』 곳곳에서 드러난다.

세계가 확장되는 즐거움

『질문의 책』은 네루다 사후에 출판된 유고 시집이다. 74편의 시에 316개의 물음표가 있다. 그 질문에 모두 답을 달 필요는 없다. 정작 '우리에게 필요한 것은 정답이 아니라 질문'이다. "우리는 질문하다 사라진다"고 네루다는 말했다. 네루다에게 질문 자체는 삶의 큰 발견이다. 그것들은 답을 얻기 위한 게 아니라 그 자체로서 자신을 찾아 나가는 질문이었던 것이다.

근본적으로 삶에 관한 사랑과 관심이 없다면 질문은 생겨나지 않는다. 삶에 정해진 답이 있다고 생각해도 마찬가지다. 나이가 들었다고 세상을 딱딱하고 건조하게 살 필요가 있을까? 바람직한 삶의 모습은 고정되었다가 사라지는 게 아니다. 끝없이 성장하고 다양해질 때 의미가 있다. 당신의 세계가 무한히 확장되는 즐거움을 누리고 싶은가! 여전히 말랑말랑한 감성을 지니고 싶은가! 『질문의 책』은 그에 대한 착실한 안내자가 되어줄 것이다.

266 ——— 267

『카타리나 블룸의 잃어버린 명예』

하인리히 뵐 지음, 김연수 옮김(민음사, 2008)

하인리히 뵐(Heinrich Böll, 1917~1985)

독일 쾰른에서 태어났다. 1939년 쾰른대학교 독문학과에 입학하였으나 제2차 세계대전에 징집되었고 이때의 경험을 바탕으로 전쟁의 참상을 그려 낸 소설들을 발표하였다. 1949년 첫 소설 『열차는 정확했다』를 시작으로 1953년 『그리고 아무 말도 하지 않았다』를 발표하여 작가로서의 입지를 다졌다. 이후 사회 운동에도 적극 참여하며 독일 사회의 불균형과 물질주의를 비판하는 소설을 발표하였다. 1972년 노벨문학상을 수상하였고, 1974년 무분별한 언론 보도를 비판한 『카타리나 블룸의 잃어버린 명예』로 큰 반향을 일으켰다. 보다 나은 사회를 만들기 위해 작품뿐 아니라 실천적 행동으로 노력해 온 뵐은 1985년 동맥경화로 사망한 이후에도 여전히 독일에서 가장 사랑받는 작가 중 하나이다.

박헤나

역사를 알면 현재가 더 잘 보인다는 말처럼
고전 작품을 읽을수록
내가 살고 있는 지금 이 순간의 삶이
더 선명하게 보이는 것을 깨닫는다.
이 깨달음을 더 많은 사람들과 나누고 싶다.

13

『카타리나 블룸의 잃어버린 명예』
하인리히 뵐 지음, 김연수 옮김(민음사, 2008)

진실은 어디에 있는가

"물론 난 내 아파트에 죽어 있는 자도 생각했습니다.
후회도, 유감도 없었습니다. 그가 섹스나 한탕 하자고 해서,
나는 총으로 탕탕 쏴 주었습니다. 그렇지 않나요?"

『카타리나 블룸의 잃어버린 명예』는 '카타리나 블룸'이 황색 언론인 《차이퉁》의 기자 '베르너 퇴트게스'를 총으로 살해한 것을 자백하며 시작된다. 매사에 꼼꼼하고 성실한 그녀는 가정 관리사로 일하며 하루하루 살아가는 평범한 27세의 여성 시민이다. 어느 날, 댄스파티에서 우연히 만나게 된 '루트비히 괴텐'에 반해 하룻밤 사랑을 나누지만 사실 그는 은행 강도와 살인 혐의로 수배를 받고 있는 남자였다. 다음 날 괴텐은 떠나고 그녀의 집으로 경찰이 들이닥쳐 그의 도주를 도운 혐의로 카타리나를 연행해 심문하게 된다.

이제 카타리나의 유년 시절부터의 삶과 평범하게 흘러갔던 일상은 괴텐의 혐의에 공모했을 만한 증거를 수집하려는 목적 하나로 낱낱이 파헤쳐진다. 어려운 환경에도 굴하지 않고 열심히 일해 능력을 인정받아 모은 돈으로 소유한 집과 자동차는 그 출처가 괴텐의 자금이 아니었는지 의심받는다. 또 고된 일상 속에서 잠깐의 일탈로 참석했을 뿐인 댄스파티는 괴텐과의 접선을 위한 시도가 아니었는지 추궁받는다. 카타리나의 환심을 사려는 남자들이 그녀의 집에 방문한 일은 괴텐과는 무관한 내밀한 사생활이었음에도 불구하고 적극적인 해명을 요구받게 된다.

언제나 자극적인 이야깃거리를 찾는 언론은 범죄 혐의를 받고 도주 중인 남성과 그를 도운 것으로 추정되는 젊고 아름다운 여성이라는 흥미로운 소재를 놓치지 않았고 사실이 확인되지 않은 날조된 기사를 매일 써 내려간다. 특히 대표적인 황색 언론지인 《차이퉁》의 기자 퇴트게스는 취재를 위해 암 투병 중인 카타리나의 어머니가 입원한 병원까지 찾아간다. 정상적인 방법으로는 어머니를 만날 수 없자 페인트공으로 위장까지 하며 인터뷰에 성공하고, 카타리나의 어머니가 한 말을 딸이 범죄 공모자라는 의혹에 힘을 싣는 방향으로 왜곡하여 보도한다. 또 카타리나가 자란 마을의 신부가 아무런 근거 없이 흘린 말로 그녀의 아버지를 공산주의자로 둔갑시켰으며, 카타리나의 이혼한 전 남편까지 찾아가 행실에 흠이 될 만한 발언들을 수집해 자극적인 기사를 싣는다. 카타리나의 가까운 지인들은 그녀와 친분이 있다는 이유 하나만으로 언론의 무분별한 사상 검증과 사생활 폭로에 속수무책으로 당하며 피해를 입는다.

경찰 조사를 통해 카타리나가 받고 있는 의혹이 공식화되기도 전에 악의적인 보도는 계속 이어졌고 그녀의 우편함은 온갖 욕설과 저질스러운 희롱의 메시지로 넘쳐난다. 설상가상으로 카타리나의 어머니는 충격으로 병이 악화되어 급작스럽게 사망하고 그녀는 악질 보도로 자신과 어머니를 괴롭힌 《차이퉁》의 기자 퇴트게스와 인터뷰 약속을 잡는다. 그리고 만나자마나 희롱을 일삼는 그를 총으로 쏴 죽인 후 경찰에 자백한다.

명예를 지키기 위한 불명예

평범한 소시민인 '카타리나 블룸'의 삶이 파괴되는데 걸린 시간은 불과 5일밖에 되지 않는다. 명예를 중요시하였기에 평소 행실에 있어서도 늘 경계하고 조심스러운 태도를 지녀왔던 카타리나에게 언론이 낙인찍은 '범죄 공모자' '부도덕한 여인'은 단순히 그녀의 명예를 실추시킨 데서 끝나지 않았고, 결국 그녀로 하여금 살인까지 저지르도록 만들었다. 선정적이고 악의적인 언론 보도로 망가진 자신의 명예를 회복할 수 있는 방법으로 선택한 것이 가장 불명예스러운 '살인'이었다는 점은 여러 가지를 시사하고 있다.

개인이 저지른 범죄에 대가를 치를 수 있도록 모든 절차를 담당하는 권력은 국가다. 국가가 정한 절차에 따라 조사를 받고 범죄를 저지른 것이 입증되면 그에 따른 처벌을 받는 것이 모두가 알고 있는 수순이다. 그러나 그 절차는 시대에 따라 달라져 왔다. 이 소설이 발표된 1970년대는 냉전이 한창이던 때이고 개인의 인권에 대한 인식도 요즘과 같지 않았기 때문에 지금이라면 문제시될 불합리하고 강압적인 수사 방법들이 허용되었다.

카타리나 역시 심문 과정에서 자신이 20대 여성이기에 받게 된 모욕적인 의혹을 해명해야 하는 상황에 맞닥뜨린다. 언어 사용에 예민하여 정확한 것을 추구하는 카타리나가 조서를 작성하며 했던 진술들, 예를 들어 그녀에게 '치근거렸던 남자들'이란 표현이 '다정하게 대했던 신사들'로 대체되는 것을 보며 자신을 조사하고 있는 형사들 역시 공고한 편견에 의해 이미 그녀를 괴텐의 범죄 공모자로 확정 짓고 있음을 느꼈을 것이다.

황색 언론에 의해 그녀의 사생활이 난도질당하고 허위 사실로 가족과 지인들까지 고통받고 있는 상황인데도 국가는 카타리나를 보호해 주지 못한다. 힘들어하는 그녀에게 한 형사가 객관적인 보도를 한 신문을 가져다주지만, 카타리나는 아무도 이런 신문을 읽지 않을 것이며 내가 아는 모두가 《차이퉁》을 읽는다고 말한다. 그 속에 담긴 깊은 절망과 체념은 결국 그녀로 하여금 옳지 않은 방법임을 알고 있음에도 사적 응징과 복수를 결심하도록 만들었을 것이다.

책임지지 않는 언론의 횡포

1974년에 발표된 이 소설이 50년이 지난 지금까지도 국가를 불문하고 사회에 시사하는 바가 있는 것은 수사 기관의 행태와 언론의 역할과 책임 그리고 기자의 윤리 의식에 관한 문제가 여전히 존재하고 있기 때문이다. 인터넷의 발달과 미디어 매체의 증가는 더 많은 조회 수를 올리기 위해서라면 검증되지 않은 사실을 실시간으로 배포하는 쓰레기 같은 언론을 양산해 냈다. 불과 얼마 전에도 마약 투여 혐의를 받던 한 연예인에 대해 언론은 앞다투어 자극적인 기사를 쏟아냈고, 결국 이를 견디지 못한 연예인은 극단적인 선택을 하기도 했다.

더욱 심각한 것은 유튜브로 일인 미디어 시대가 본격적으로 열리면서 누구나 마음만 먹으면 자신의 목소리로 '언론'의 역할을 자처할 수 있다는 것이다. 과거에는 비록 황색 언론일지라도 공인된 매체를 통해 이루어지던 일들이 이제는 보다 간편하게 누구나 할 수 있게 되었다. 지금도 유튜브에는 온갖 억측과 허위 사실들이 자극적인 제목으로 어떠한 제재도 받지 않고 조회 수 장사를 하고 있다. 이런 사회에서는 '카타리나 블룸'과 같이 범죄 공모 혐의를 받고 있는 사람들뿐 아니라 아무런 잘못이 없는 평범한 시민들도 조회 수를 올려 줄 가능성만 있다면 충분히 억울한 피해자가 될 수 있다. 이런 가짜 뉴스의 홍수 속에서 어떻게 진실을 가려낼 수 있을까?

진실은 어디에 있는가

누구나 살면서 자신에 대해 잘못 전해진 이야기 때문에 곤욕을 치른 경험이 있을 것이다. 누군가 악의를 가지고 했든 아니면 의도치 않게 불러온 오해든 상관없이 나에 관한 잘못된 정보가 사람들 사이에 떠돌고 있는 건 매우 불쾌하고 마음 상하는 일이다. 함부로 남의 말하기 좋아하는 사람들은 나이와 성별 그리고 지위를 불문하고 만나게 되기 때문에 아직도 종종 이런 불쾌한 일을 겪곤 한다. 그럴 때마다 확실하게 아니라고 말하고 오해를 풀 수 있다면 좋겠지만 내가 모르는 곳에서 떠도는 말들까지 내가 다 알 수는 없다.

소설 속에서 기자 퇴트게스가 카타리나가 쏜 총에 맞기 전 마지막으로 유언처럼 남긴 말은 "나의 귀여운 블룸 양, 우리 일단 섹스나 한탕 하는 게 어떨까?"였다. 이 사실을 모르는 대중들은 언론이 전하는 말들에 따라 '범죄 공모자'에서 '살인자'로 변한 카타리나에 대한 추문을 떠들 것이다. 그렇지만 평범한 소시민 이었던 그녀가 살인이라는 최악의 선택을 할 수밖에 없도록 만든 사건의 진실은 결국 퇴트게스의 저 천박한 희롱의 말에 있지 않을까? 그리고 퇴트게스를 죽인 것에 대해 조금도 후회하지 않는다고 말했던 카타리나는 언론의 선동에 진실이 아닌 가십만 따르는 대중들이 있는 한 자신의 선택을 영원히 후회하지 않을 것이다. 이 소설은 우리에게 선정적이고 자극적인 황색 언론에 휩쓸리지 않고 제대로 된 기사를 읽어야 할 책임이 있음을 알려 주고 있다.

김지훈

SNS로 인해 나는
뉴스의 일방적 소비자에서
쌍방적 생산자로서의 권력을 얻었다.
내가 쓰는 '댓글'과 누르는 '좋아요'가 모여서 뉴스가 된다.
함부로 권력을 남용하지 말자! 나부터!

14

『카타리나 블룸의 잃어버린 명예』
하인리히 뵐 지음, 김연수 옮김(민음사, 2008)

놈. 놈. 놈.

"그래서 난 생각했어요.

'어디 한탕 해 보시지, 이판사판이니까'라고요.

그러고는 권총을 빼 들고

그 자리에서 그를 향해 쏘았습니다."

『카타리나 블룸의 잃어버린 명예』는 언론 권력에 의해 인생이 망가진 한 소시민의 이야기이다. 친구들로부터 '수녀'라는 별명으로 불리던 27세의 참한 여성이 대낮에 자기 집에서 신문기자를 총으로 쏴 죽였다. 그리고 그녀는 7시간 후 경찰에 자수한다. 확신범 카타리나 블룸이다. 그녀는 댄스파티에서 경찰에 쫓기고 있는 괴텐이라는 남자를 만난다. 그 피의자를 자기 집에 데리고 와서 하룻밤을 재운 후 탈출시켰다는 이유로 개인신상이 털린다. 이후 쓰레기 같은 기자의 확증편향이 만든 가짜뉴스에 의해 명예가 유린당한다. 그 충격으로 어머니까지 잃게 된 흙수저 출신의 당차고 성실한 여성은 문제의 기자를 사적으로 응징한다.

나쁜 놈

그녀에게 권총 네 발을 맞고 숨진 《자이퉁》 지*의 기자 퇴트

* 신문을 뜻하는 일반명사지만 이 소설에서는 어느 일간지의 고유명사로 쓰인다. 작가는 소설에 들어가기 전에 다음과 같이 밝혔다. "저널리즘의 실태 묘사 중에 《빌트》 지와의 유사점이 있다고 해도 그것은 의도한 바도 우연의 산물도 아닌, 그저 불가피한 일일 뿐이다."

게스는 어떤 인물인가? 그는 현장을 중시한다. 출입하던 경찰서에서 평소 사귀어 두었던 형사로부터 카타리나 블룸의 조사 상황을 알아낸 것은 목요일 오후다. 그로부터 그가 살해당한 일요일 정오까지 나흘 만에 그녀에 관련된 모든 사람과 인터뷰하고 기사화한다. 취재를 위해 겨울 휴가로 멀리 가 있는 볼로르나 변호사 부부(카타리나의 고용주)에게까지 밤을 새워 달려갔다. 병원에 있는 카타리나의 어머니를 비롯하여, 전남편, 오빠, 친지들뿐만 아니라 그를 아는 모든 사람과 접촉한다. 거기까진 좋았다. 이렇게 열심히 취재한 기삿거리를 가지고 장난을 치기 시작한 것이 문제였다.

사건 정황을 입수한 그는 그간의 경험과 촉을 살려서 카타리나를 범죄자와 같이 놀아난 고급 창녀로 규정한다. 탄광촌 출신의 교육도 못 받은 27세 여성이 벌써 아파트와 폴크스바겐을 소유하다니 뭔가 수상했다. 그리고 그녀는 뭇남자의 눈길을 끌 만큼 매력적이다. 그런데 경찰이 쫓고 있는 중범죄자를 만난 지 몇 시간 만에 자기 아파트로 끌어들이고 탈출까지 시켰다. 이것으로 어느 정도 그림이 그려졌다. 대중의 구미를 자극할 만하다.

더군다나 신사로 보이는 사람이 그녀의 집을 들락거렸고 그의 신분에 대해서는 그녀가 절대 함구하는 중이다. 자극적인 제목만 뽑으면 자사 신문이 동이 날 것이다. 그녀의 주변 사람들은 그녀가 범죄자와 연루된 사실을 못 믿겠다는 눈치지만 기자는 그들도 속고 있다고 단정했다. 이 여성은 머리 좋은 고급 창녀로서 워낙 용의주도하게 자신을 포장하고 관리하기 때문에 다른 사람들이 본 모습을 제대로 알 리가 없다고 추측했다. 물론 아닐 수도 있지만 그때 가서 슬그머니 다른 기사로 커버하고 최악의 경우 소송이 들어오면 알권리를 내세워 방어하면 문제 될 것 없다. 언론 권력과 싸운다는 것은 달팽이가 바다를 건너는 것보다 힘들다는 것을 그간의 경험으로 나쁜 놈은 잘 알고 있었다.

썩을 놈

카타리나는 모든 언론으로부터 자신이 난도질당하는 상황을 그냥 보고만 있을 여자가 아니었다. 그녀는 총명했고 법이 자신이 당한 만큼 제대로 처벌해 줄 수 없다는 걸 알았다. 그래서 모종의 결심을 하고 인터뷰를 미끼로 퇴트게스를 자기 아파트에 불러들인다.

카타리나가 자기 아파트에서 만나자고 했을 때 퇴트게스는 무슨 생각을 했을까? 이 쓰레기 기자는 여러 가지 정황을 자의적으로 해석하여 그녀가 고급 창녀라는 확증편향에 빠져 있었다. 그녀와 혼자 만나고 싶어 했다. 그녀가 자기 아파트로 불러들인 것을 보면 몸을 미끼로 기사의 방향을 우호적으로 바꾸려고 한다고 생각했다. 조건을 들어주는 척하면서 그녀와 함께 침대로 갈 생각으로 신나게 아파트 벨을 누른 것이다. 그가 인터뷰한 사람들은 카타리나가 남자들을 등쳐먹는 질 나쁜 여자가 아니라고 이야기하고 있었다. 하지만 한쪽 귀로 흘려들었다. 그의 인성은 이상하게 왜곡되어서 자기가 보고 싶은 대로 보고, 듣고 싶은 대로 들었다. 그리고 그 결과는 참담했다.

많은 퇴트게스들은 항변한다. 아니면 말고 식의 이런 행태들이 근절되지 않는 것은 자극적인 뉴스에만 반응하는 대중에게도 책임이 있다고. 대중의 구미에 맞도록 편집해야 치열한 경쟁에서 살아남는다고. 억울하면 고소하면 될 것 아니냐고.

이런 식의 방어 논리를 펴면 피해자는 끙끙거리며 힘들어하다가 나중에 진실이 밝혀져도 명예 회복은 물 건너간 다음이다. 이런 퇴트게스의 배째라 식 태도가 예상되자 카타리나는 사적제재를 감행한다. “네! 알겠습니다. 배 째 드리지요” 하면서 기자를 자기 아파트로 불러들여 썩은 냄새가 진동하는 그를 향해

방아쇠를 당겼다. 독자로서 카타르시스가 느껴지는 대목이다.

죽일 놈

카타리나의 한방으로 퇴트게스가 통쾌하게 제거되었지만, 뒤에 도사라고 있는 거악은 건재했다. 결국 기자 하나 없앤다고 해결될 문제가 아니었다. 카타리나 복수극의 트리거는 《자이퉁》 지의 일요판 《존탁스자이퉁》이였다. 왜곡, 거짓을 넘어서 적반하장까지 보여 주었기 때문이다. 여기에는 '죽일 놈'의 《자이퉁》 지 편집부가 있었다. 기자들을 총출동시켰다. "어머니는 죽어 가는데 강도와 애정행각을 벌인 변태녀" "시골 의사와 그의 아들 그리고 환자들까지 유혹하는 창녀" 등등 카타리나 주변을 깡그리 뒤져서 하나의 거대한 막장 드라마를 연출했다. 시민들의 주머닛돈과 자극적인 가짜 뉴스를 맞바꾸면서 언론 권력을 마음대로 휘두르고 있었다.

또 다른 '죽일 놈'은 언론을 주무르는 권력자들이었다. 싫다는 카타리나에게 반지와 편지를 보내고 자기 별장 열쇠까지 쥐여 주며 집적거리던 사업가 슈트로입레더가 그중 하나다. 그는 문제의 열쇠를 가지고 카타리나의 아파트에서 탈출하여 별장으로 숨어든 용의자 괴텐과 엮이게 될까 전전긍긍했다. 《자이퉁》

지를 움직일 수 있고 검찰청과 내무부에도 손을 쓸 수 있는 권력자 친구 뢰딩에게 부탁한다. 그리고 카타리나가 좌파의 지령을 받고 자신에게 접근하여 가족의 행복과 정치적 경력을 위험에 빠뜨리려 했다는 기사를 내게 한다. 즉 오히려 그녀가 유혹한 것으로 본말을 전도시킨다. 더하여 본인이 확실히 빠져나오기 위해 대중이 물어뜯을 뼈다귀 하나를 더 던진다. 카타리나의 선량한 고용주 블로르나 부인 투르데의 쥐꼬리만 한 좌파 경력을 뒤져내서 '빨갱이 투르데'라는 좌표를 찍어 버렸다. 친구의 뒤통수를 치는 비열한 짓을 《자이퉁》과 공모한 것이다. 이쯤 되면 범죄 집단이다.

언론 권력에 대한 경고를 날린 이 소설이 발표된 지 50년이나 지났지만, 이런 식으로 대중의 호기심이나 관음욕을 자극하는 기사를 쓰는 언론매체는 더 많아졌다. 특히 인터넷 기술이 발달하고 SNS나 개인 유튜브 방송 시대가 열리면서 조회 수 장사를 위해 자기 마음대로 해석하고 추측하여 자극적인 내용을 퍼뜨리는 행위들이 만연하고 있다. 이에 질세라 주류 언론마저도 판매 부수나 조회 수를 의식하여 이런 경향에 동조하고 정파를 좇아 사실을 왜곡하고 있다.

뉴스가 쓰나미처럼 생산되었다가 함부로 소비된 후 물거품처럼 사라지는 시대다. 가짜 뉴스에 휩쓸려 목숨까지 잃는 경우도 심심찮게 일어나고 있다. 정보의 격랑에서 가짜 정보에 현혹되지 않도록 이 소설은 경종을 울린다. 제2의 카타리나 블룸이 나타나지 않도록 뉴스를 생산하는 사람들뿐만 아니라 뉴스를 소비하는 사람들도 반드시 읽어야 하는 소설이다.

3부

그곳에서

「눈먼 자들의 도시」

주제 사라마구 지음, 정영목 옮김(해냄, 1998)

주제 사라마구(Jose Saramago, 1922~2010)

포르투갈에서 가난한 농부의 아들로 태어나 용접공으로 사회생활을 시작했다. 1947년 소설 『죄악의 땅』을 발표하며 창작을 시작했다. 이후 19년간 작품을 쓰지 않고 공산당 활동에만 전념하다가, 1968년 시집 『가능한 시』를 펴내며 문단의 주목을 받는다. 1982년 작 『수도원의 비망록』으로 유럽 최고의 작가로 떠올랐다. 1991년 출판한 『예수 복음』이 포르투갈의 보수집단과 가톨릭교회의 압력으로 아리오스토 상(유럽연합 문학 경쟁 부문) 후보에서 제외된다. 이에 분노하여 스페인으로 망명한다. 1995년 『눈먼 자들의 도시』를 발표하고, 그 외 주요 작품으로 『동굴』 『도플갱어』 『눈뜬 자들의 도시』 등이 있다. 1998년 포르투갈인 최초로 노벨문학상을 받았다.

최선혜

그동안 목표지향적인 삶을 살아왔다.
이제는 내려놓고 좀 쉬어 가자고 결심해 보지만,
목표는 나에게 또다시 의욕을 불러일으킨다.
이제 또 다른 시작을 꿈꾼다.

1

『눈먼 자들의 도시』
주제 사라마구 지음, 정영목 옮김(해냄, 1998)

미친 짓이 숭고(崇高)할 때

"우리가 살아가야 하는 이 지옥에서, 우리 스스로 지옥 가운데도 가장 지독한 지옥으로 만들어 버린 이곳에서, 수치심이라는 것이 지금도 어떤 의미를 가지고 있다면, 그것은 오로지 하이에나의 굴로 찾아가 그를 죽일 용기를 가졌던 사람 덕분이기 때문이오."

『눈먼 자들의 도시』는 저자가 갑자기 떠오른
"모두가 장님이라면 어떨까?"라는 생각과 함께 떠오른 대답,
"아니야. 사실 우리는 모두 장님이야"라는 생각으로
시작되었다고 한다.

나는 우리가 눈이 멀었다가 다시 보게 된 것이라고
생각하지 않아요. 나는 우리가 처음부터 눈이 멀었고,
지금도 눈이 멀었다고 생각해요. 볼 수는 있지만
보지 않는 눈먼 사람들이라는 거죠.

소설 『눈먼 자들의 도시』는 백색 실명이라는 전염병으로 한 사람을 제외한 모든 사람이 눈이 멀게 된다는 가상 상황에서 벌어지는 이야기다. 사회 체계가 붕괴되고, 무질서 속에 혼란은 가중된다. 타락하는 인간의 욕심이 낳은 파멸과, 인간의 존엄성이 폭력으로 파괴되는 것을 보여준다. 책은 문단 나눔도 안 되어 있고 문장 부호도 없다. 집중해서 읽지 않으면 화자가 누구인지 헷갈린다. 읽기가 편하지 않은 책이지만 상상 그 이상의

상황이 전개되며, '왜 그렇게 된 거지?' '그래서 어떻게 되는 거지?' 계속 궁금증을 자아내며 몰입하게 된다.

전염병처럼 늘어나는 못 보는 자들

소설은 퇴근길 한 남자가 빨간 신호 앞에 차를 세우며 시작한다. 이 남자가 첫 번째로 눈이 먼다. 눈먼 자를 집에 바래다준 후 그 차를 도둑질한 남자, 눈먼 자를 간호한 아내, 눈먼 자가 검사를 받으러 간 안과의 의사, 함께 병원 대기실에 있던 검은 안경을 쓴 매춘부 여자, 사팔뜨기 소년, 안대를 낀 노인까지 모두 원인 모를 백색 실명에 걸린다. 정부는 이를 전염병으로 단정하고 눈이 먼 자들과 이들과 접촉한 사람들을 수용소에 격리한다. 얼마 지나지 않아 수용시설은 과포화 상태가 되고, 수용소 밖도 정부가 통제 불가능할 정도로 실명자가 늘어난다.

실명은 모든 것을 삼키고 앞에 있는 모든 것을 쓸어가 버리는
갑작스러운 물살이 아니라, 천천히 땅을 적시다,
어느 순간 갑자기 땅을 완전히 삼켜버리는 수많은 개울들처럼
교활하게 침투하고 있었다.

눈먼 사람들과의 접촉으로, 혹은 눈빛만으로, 아니면 나도 눈이 멀게 되는 건가 하는 두려움을 갖는 것으로? 무엇 때문인지 원인은 모르지만, 실명의 쓰나미가 도시 전체를 덮치듯 모든 사람이 눈이 먼다. 유일하게 의사 부인만 볼 수 있다.

이들은 늘 찬란한 백색에 싸여 있어,
안개 사이로 해가 비추고 있는 것 같았다.
(……)
이들에게 실명 상태란 평범한 어둠으로 빠져드는 게 아니라,
찬란한 후광 안에서 사는 것이었다.

저자는 백색 실명의 상태를 찬란한 후광 안에서 사는 것과 같다고 서술하고 있다. 언뜻 듣기에는 밝은 빛에 싸여 있어 행복함에 젖어 있는 느낌이다. 그러나, 무슨 소용인가 빛이 있으나 보이지 않는데. 이는 마치 볼 수 있는 눈이 있지만, 보지 않는 사람들을 표현하고 있는 것 같다. 스스로는 볼 것을 보고 있다고 생각하지만, 주변에 벌어지고 있는 전쟁의 비극, 기아, 환경 파괴, 사회 부조리 등에 눈을 감고 있는 우리를 빗대어 이야기하는 듯하다.

망가지는 윤리의식

갑자기 눈이 먼 충격이 가시기도 전에 아무런 준비 없이 낯선 환경에 수용되는 사람들은 두렵고 당혹감에 빠진다. 수용소는 쓰레기와 배설물이 여기저기 널려 있고, 이것들이 내뿜는 악취로 마치 지옥과 같다. 보이는 사람에게는 아예 눈 감고 싶을 정도로 괴로운 상황이나, 이것도 못 보는 사람에게는 그다지 대수롭지 않은 듯하다. 제대로 된 대응 방침없이 두려움에 총질해대는 군인들은 눈먼 사람들을 죽이고도 죄의식을 상실한다. 절체절명의 위기 상황을 이용하여 공적을 쌓으려는 정치 관료들 그리고 무절제하게 보도하는 언론들. 수용소 안팎에 혼란은 가중되고, 질서나 윤리 의식은 무너진다.

코로나19 팬데믹 상황이 연상되며, 언뜻 낯설게 느껴지지 않는다. 코로나 감염자는 수용시설로 격리되고, 주변에 누구라도 나왔다는 뉴스에 겁이 났다. 마스크 사재기를 하고 마스크 없이 외출도 못 했다. 정부나 보건당국은 감염자 수 증가에 우왕좌왕하고, 이런 어려운 상황을 이용해 법을 교묘하게 회피해 이익을 취하려는 자들이 있었다. 마치 데자뷔 같다.

수용소 내 혼란스러운 상황에서도 나보다는 타인을 함께 생각하고, 약자를 보호하고, 조직체계와 규칙을 만들어 함께 살아가려는 자들은 존재한다. 반면 이런 위기의 상황에서도 음식을 빼돌리고 금품을 갈취하고 이에 더해 성폭력을 휘두르기까지 하는 폭력배들도 존재한다. 인간의 생존 수단인 음식을 무기로 이루어지는 갈취와 인간의 존엄성을 유린하는 도를 넘는 행위는 누군가의 역린(逆鱗)을 건드린다.

용감한 자 그대는 미친년

의사의 아내는 약한 여성들의 인간존엄성을 짓밟고, 성적으로 지속 유린하는 폭력배 두목을 죽이고, 눈먼 여성들을 성폭력으로부터 구해 낸다. 그리고 협박하는 폭력배들을 향해 용감하게 외친다.

"앞으로는 내가 지금 하는 말을 잘 기억해라.
나는 너희들 얼굴도 잊지 않겠다."
"내가 이 가운데 가장 눈먼 사람인지도 모르지.
난 이미 살인을 했고, 필요하다면 또 할 테니까."
"미친년은 인간이 아니야. 그냥 미친년일 뿐이지. 너도 이제
미친년한테 어떤 대가를 치러야 하는지 잘 알게 되었잖아."

'미친년'이라는 말이 이렇게 멋진 말이었나? 멋짐을 넘어 숭고하다. 정말 통쾌한 대목이다. 분노가 극에 달하고, 더 이상 감내할 수 없을 지경에 이를 때, 누군가에게 불가능할 거라 여겼던, 하면 안 되는 것으로 여겼던, 그 행위를 할 수 있게 만드는 것은 미지의 힘과 용기의 결과이다.

"누군가는 해야 할 일을, 유일하게 할 수 있는 내가 했다"고 의사의 아내는 담담하게 말한다. 이후 또 한 명의 눈먼 여자는 폭력배들이 머무는 병실에 본인을 희생하여 불을 지른다. 자기 몸을 바쳐 악인을 벌하는 또 하나의 미친 짓, 제정신으로 할 수 없는 슬프지만 거룩한 미친 짓이다. 눈먼 자들에게 총을 쏘는 군인, 아내가 지켜보는지 모르고 검은 안경을 낀 여자의 침대에 들어가는 의사, 토끼와 닭을 잡아 날고기를 먹고 생명을 유지하는 노파, 이들의 이기적인 미친 짓과는 구별되는 숭고한 미친 짓이다.

이 불은 격리 정신병원 전체로 번지고, 의사의 아내는 초인적인 힘으로 남편과 검은 안경을 쓴 여자, 안대를 한 노인, 첫 번째 눈먼 남자와 아내, 사팔뜨기 소년과 함께 살아남는다. 생존을 위해, 자유를 얻기 위해 누군가는 해야 할 일들이었지만, 그 미친 짓을 할 수 있는 용기가 있는 자이기에 한 행동들이다.

"우리가 살아가야 하는 이 지옥에서, 우리 스스로 지옥 가운데도
가장 지독한 지옥으로 만들어 버린 이곳에서,
수치심이라는 것이 지금도 어떤 의미를 가지고 있다면,
그것은 오로지 하이에나의 굴로 찾아가
그를 죽일 용기를 가졌던 사람 덕분이기 때문이오."

용감하게 행동한 이들 덕분에 수용소에서 탈출하지만, 현실은 암울하다. 도시 전체가 눈이 멀게 되었을 때 과연 어떻게 될지, 유일하게 볼 수 있는 의사 아내와 6명은 어떻게 살아낼지 이후 스토리는 주제 사라마구의 『눈먼 자들의 도시』를 통해 궁금증을 해소할 수 있다.

300 ——— 301

무 영

계절이 바뀌면 옷을 갈아입듯
다른 생각을 해 보려 하지만 다시 망설임
고마운 마음으로 사람들과 함께 시작할 때.

2

『눈먼 자들의 도시』
주제 사라마구 지음, 정영목 옮김(해냄, 1998)

자기 자신을 잃지 마시오

"우리가 어떤 행동을 하기 전에
먼저 그 결과를 생각해 본다면,
곧 즉각적인 결과, 확률이 높은 결과, 가능한 결과,
상상할 수 있는 결과를 차례대로 진지하게 생각해 본다면
우리 머리에 처음 떠오른 생각에 가로막혀
절대 어떤 한계 이상으로 나아가지 못하리라는 것 또한 사실이다."

공포의 시작

교차로의 신호등 앞에서 갑자기 아무것도 보이지 않게 된다면, 어떻게 해야 하는가? 눈이 보이지 않는다고 아무리 외쳐도 차 안에는 들어 줄 사람이 없다. 바닷속에 들어온 것 같고, 우유 속을 헤엄치는 듯한 백색의 물결 속에 발버둥 친다. 이상을 감지한 사람들이 하나둘 다가와 저마다 다른 이야기를 하지만 싸늘하게 몰아치는 공포 외에는 어떤 느낌도 없다. 그렇게 도시를 휩쓰는 공포가 시작되었다.

그것이 전염병으로 정의되는 시점, 분명 처음 겪는 상황임에도 응대는 과거의 방식을 벗어나지 못한다. 정부는 통제와 격리로 눈먼 자들을 수용소로 모은다. 전염의 공포 앞에 사랑하는 사람을 떠나보내지만, 다른 선택을 한 사람이 있다. 실명한 남편을 보호하기 위해 구급차에 함께 탄 아내. 혼자만 눈이 보이는 그녀의 시선에서 기록하고 판단하고 행동하게 된다.

수용소 사람들

수용소의 사람들에겐 이름이 없다. 그저 눈먼 사람일 뿐. 첫 번째 눈먼 남자, 그의 아내, 그의 차를 훔친 도둑, 선글라스를 낀 여자, 그들을 진료한 안과 의사와 그의 아내, 그리고 노인과 사팔뜨기 소년까지. 궁금한 것은 그들의 이름이 아니고 거기 모이게 된 사연이다. 이름도 없이 함께하게 된 이들은 서로를 판단할 수 없다. 선한 자와 악한 자, 추한 자와 귀한 자를 구분할 수 없다. 실명의 공포와 생존을 위한 본능만 있을 뿐이다.

"우리는 지금 냉혹하고, 잔인하고, 준엄한
장님들의 왕국에 들어와 있는 거야.
내가 봐야만 하는 걸 당신도 볼 수 있다면,
당신은 차라리 눈이 머는 게 낫다고 생각할 거예요."

그녀는 두렵다. 어느 순간 자신도 눈이 멀까 두렵고, 다른 사람들이 사실을 알게 될까 두렵고, 자신을 신뢰하는 사람들을 책임지는 것도 두렵다. 남편의 부정을 보는 것도 역겹고 수용소의 황폐한 환경에 구역질 난다. 그래도 그들을 위해 계속 움직이며 조금 더 나은 생활이 되도록 돕고 싶다.

그런데 그놈들이 나타났다. 권총을 든 악당 무리가 나타났다. 식량을 독점하고 폭력과 약탈, 심지어 성 상납까지 요구하며 수용소의 왕으로 군림한다. 그들의 횡포에 굴복하고 먹을 것을 위해 자존심을 버렸던 사람들은 눈이 보이는 여자가 깡패 두목을 찔러 죽인 일에 자극받고 두려움을 이기고 바리케이드를 쌓는다.

"하지만 우리는 우리 분수에 맞지 않은 마지막 한 조각의
존엄성 외에는 아무것도 가진 것이 없소.
이제 우리에게도 마땅히 우리 것이어야 하는 것을 찾기 위해
싸울 능력 정도는 있다는 것을 보여 줍시다."

그렇게 약한 자들의 연대와 항거가 시작된다. 용기 있는 자는 항상 존재한다. 깡패 일당과 끈질긴 항전에 승리하고, 용감한 여자가 수용소에 불을 질러 문을 연다. 눈먼 자들에게 말하라. 너희는 자유다. 정문은 넓게 열려 있다. 사람들이 탈출하지만 어떤 사람들은 가지 못한다. 겁에 질린 그들은 어디로 가야 할지 모른다.

수용소를 벗어난 일행을 기다리는 것은 더욱 큰 아수라였다. 황폐한 도시, 배설물로 오염되고 식량을 차지하기 위한 폭력과 썩어가는 시체뿐이다.

눈이 보이는 여자는 이제 눈먼 자들을 돕는 조력자에서 그들을 이끄는 선도자로 역할을 바꿔야 한다.

돌아온 자리

수용소를 나온 일행들은 각자가 살던 곳을 찾아간다. 맨 처음 눈먼 남자와 아내가 살던 아파트에 사는 남자를 만난다. 모두가 실명하여 읽을 사람이 없는 세상에서 손으로 더듬어 글을 쓰고 있던 남자는 '주제 사라마구' 본인일 수 있다. 언론인과 사회운동가로 살아온 그가 세상에 던지고 싶었던 진심일지도 모른다.

자기 자신을 잃지 마시오. 자기 자신이 사라지도록
내버려 두지 마시오.

시력을 잃고, 가진 것을 모두 잃었고, 먹을 것에 굴복했다고 포기하지 말라 말하고 싶었을 것이다. 수수께끼 같은 말의 뒤에는 어떤 상황에도 굴복하지 말라는 격려가 있다. 회복에 대한 희망을 버리지 말라고, 인간의 자존심에 기대하면서, 다시 행동하라고 충고한다.

그들은 집으로 돌아간다. 현재의 어려움을 견디는 중에도 복원에 대한 희망을 잃지 않았고, 자기가 돌아갈 자리를 미리 계획한다. 비록 눈이 멀고 이름도 모르지만 살던 집에 가 보고, 가족들을 기다리며, 새로운 인연을 맺기도 하며 삶을 준비한다. 의사의 집에서 포크와 나이프로 식사하고 샴페인 한 잔을 나누며 희망을 공유한다. 세 여인은 베란다에서 모든 더러움과 쓰린 기억들을 씻어내며 부활의 의식을 갖는다. 그리고 그날이 왔을 때, 각자가 기약했던 자리로 돌아갔다. 눈이 보이는 한 사람을 통해 얻는 희망이 그들을 버티게 했다.

진정 눈먼 자들은 누구인가?

실명 전염병의 원인도 복원의 과정도 설명하지 않는다. 오로지 도시 안에서 벌어진 일을 기술한다.

더럽고 야비한 풍경과 인간성 상실의 순간들, 먹을 것을 앞에 두고 벌어지는 집단 폭행, 지하 창고로 내려가는 계단에 가득 찬 시체, 오물로 덮인 도시와 인육을 먹는 들개떼, 이런 것들을 보고 견디기보다는 눈먼 상태로 살고 싶다. 작가가 말하고자 하는 인간존엄성에 대한 질문을 외면하려 한다.

기아와 난민, 전쟁의 폭력과 범죄, 지구 어딘가에서 인간존엄성이 훼손되고 있음에도 우리는 애써 외면하며 일상을 영위한다. 치명적 전염병이라는 극단적 설정하에 인간 윤리가 파괴되고 그 위에 군림하는 권력의 욕망을 비판한다. 최근 몇 년간의 팬데믹 상황에서 인류가 보여 준 이기적인 행태를 기억하며 눈을 뜨고 있지만 제대로 보지 못하는 사람들에게 다시 한번 경종을 울린다. 보기 싫어도 보아야 한다. 그래야 제대로 된 것을 생각하고 바꿀 수 있다.

의사의 아내가 처음부터 모든 상황을 고려했거나, 자신은 끝내 눈이 멀지 않을 것이라 알고 있지는 않았다. 처음에는 구급차에 오르는 남편과 함께하고 싶었고, 수용소에서 남편을 보호하고 싶었고, 어려움에 부닥친 다른 사람을 돕고 싶었고, 그렇게 결정의 순간마다 자신의 양심과 주어진 책임에 따라 행동했을 뿐이다. 그렇게 자기 자신을 지키는 사람이 많은 사회가 좋은 사회다.

“나는 우리가 눈이 멀었다가
다시 보게 된 것이라고 생각하지 않아요.
나는 우리가 처음부터 눈이 멀었고,
지금도 눈이 멀었다고 생각해요.
볼 수는 있지만 보지 않는 눈먼 사람들이라는 거죠.”

복원의 날

맨 처음 눈먼 남자를 시작으로 한 사람씩 시력을 찾았다. 아침 식탁은 보잘것없지만 행복했다. 각자 준비한 생활을 찾아 거리로 나갔다. 눈을 뜨고 다시 본다는 것만으로도 모든 것이 이해되었다. 불결한 거리도, 생각보다 늙고 초라한 연인도, 모두 인정하며 즐거운 비명으로 가득 찼지만 의사의 아내는 알고 있다. 지금의 행복감은 오래가지 못할 것이다. 지나간 시련의 시간이 순간으로 기억되고 사람들은 다시 자신의 욕망을 채우기 위해 눈을 감을 것이다.

신이 있다면 심판을 내려야 한다. 모두 눈멀었을 때 나쁜 짓을 한 놈들은 골라내서 시력을 돌려주지 말아야 한다. 그러나 이미 인간들은 신의 시력마저 파괴해 버렸다. 도시를 다시 만드는 과정에서 나쁜 놈들은 다시 앞자리를 차지할 것이다. 수용소에서 차라리 눈감고 싶었던 순간들이 재현될 것이다. 자신의 욕망을 채우기 위해 권력의 총을 들이대고, 더러운 것을 먹이고, 약한 자를 기만하는 자들.

단 한 명, 눈뜬 사람의 용기와 약한 사람들의 연대로 다시 찾은 도시는 그렇게 욕망에 눈먼 자들의 차지가 될 수도 있다. 이젠 더 많은 사람이 그녀 대신 눈을 부릅뜨고 그녀의 자리를 지켜나가야 한다. 희망과 자부심으로 자기 자신을 지키는 사람들이 더 많아진다면 의사의 아내도 두려움을 버리고 다시 눈을 뜨게 된다.

『미겔 스트리트』

V. S. 나이폴 지음, 이상옥 옮김(민음사, 2003)

V. S. 나이폴(Vidiadhar Surajprasad Naipaul, 1932~2018)

카리브해 남쪽에 위치한 영국령 트리니다드 섬에서 인도계 이민자 출신 3세로 태어났다. 1948년 트리니다드 정청의 해외 유학 장학금을 취득, 1950년에는 영국 옥스퍼드대학교에 입학하여 영문학을 전공했다. 1957년 첫 소설 『신비로운 안마사』를 시작으로 소설가로서 활동하기 시작했다. 1959년 『미겔 스트리트』를 발표하며 작가로서 명성을 얻었다. 1971년 『자유 국가에서』로 맨부커상을 수상하였고 이후 『게릴라』(1975), 『인도-상처받은 문명』(1977), 『도착의 수수께끼』(1987) 등을 발표하며 활발하게 활동하였다. 1994년 영국 최고의 문학상인 데이비스 코언상을 받았고, 2001년에는 노벨문학상을 수상하는 영광을 안았다. 백인 문화권 중심의 문학적 풍토에서 벗어나 제3세계를 배경으로 다채로운 인간 군상을 보여 주었다는 평가를 받았다. 꾸준히 논쟁적인 작품을 발표해 온 그는 2018년 여든다섯의 나이로 타계하였다.

박혜나

책 속에서 인간의 삶이
얼마나 고통스러운 것인지 확인할 때면
실제로 가슴을 짓누르는 듯한
아픔을 느끼곤 한다.
그리고 내가 살아가는 세상,
현재의 상황들을 성찰해 보게 된다.
언제나 결론은 같다.
올바르게 살자.
그것이 힘겨울 때도 노력해야 한다.

3

『미겔 스트리트』
V. S. 나이폴 지음, 이상옥 옮김(민음사, 2003)

삶이라는 시(詩)

"만약 어떤 외부 사람이 차를 타고 미겔 스트리트를 지나간다면
그는 '빈민굴이구먼!'이라고 말할지 모른다.
그도 그럴만한 것이 그의 눈에는 빈민굴밖에
보이지 않을 것이기 때문이다. 그러나 거기서 살고 있던 우리는
그 거리를 하나의 세계로 여기고 있었다.
이 세계에서는 모든 사람이 각기 특유의 개성을 지니고 있었다."

『미겔 스트리트』는 작가 나이폴의 유년 시절 경험을 바탕으로 한 자전적 소설로 1930년대 카리브해의 섬 트리니다드의 수도 포트 오브 스페인(Port of Spain)에 있는 빈민가 미겔 스트리트를 배경으로 하고 있다. 이 소설은 소년 '나'의 시점에서 진행되며 미겔 스트리트에서 살아가는 17명의 이야기를 연작 소설 형식으로 서술하고 있다.

배경이 되는 트리니다드섬은 스페인, 프랑스, 네덜란드, 영국 등 열강의 식민지를 거쳐 왔다. 또 제2차 세계대전 당시에는 미군이 주둔하기도 한 복잡한 역사를 가지고 있다. 거주민들은 아프리카계와 인도계 이주민이 다수를 차지하고 있지만 작품 속에서 이런 역사적인 내용과 인종적인 설명이 구체적으로 그려지고 있지는 않다. 이에 대해 작가는 의도적으로 인종과 사회의 복합성을 무시하였고 거리에 사는 사람들의 모습을 있는 그대로 보여 주려 했음을 밝힌 바 있다.

그러나 작품 속에 등장하는 인물들의 이야기를 따라가다 보면 인종의 차이에서 오는 갈등, 식민 지배의 영향으로 체화된 패배주의적 태도, 사회 불안으로 인한 폭력과 도덕적 타락 등이 여실히 보인다. 실제로 트리니다드는 거주민들을 하나로 통합시킬 수 있는 민족적 정체성이 없어 식민 지배를 겪은 다른 나라들과는 다른 특성을 보이기도 한다.

식민 지배 아래 빈민가 사람들의 일상은 객관적으로 바라보면 고통과 비극으로 가득 차 있다. 그러나 이 소설이 마냥 어둡고 우울하게만 느껴지지 않는 것은 이들을 바라보는 소년 '나'의 순진무구한 시선 때문이다. 아직 다 성장하지 않은 '나'의 세계는 트리니다드에 머물러 있고 그곳에서 함께 살아가는 이웃들을 호기심과 애정 어린 시선으로 관찰하고 있다. 미겔 스트리트 사람들이 겪는 절망적인 사건과 사고 그리고 무력감과 좌절의 감정들은 소년의 시선에선 때로 우스꽝스럽게 보인다. 또 그 의미를 제대로 이해하지 못하기에 사소한 것처럼 생각되기도 한다. 그로 인해 소설을 읽는 독자들 역시 납득되지 않는 인물의 행동에 선과 악, 옳고 그름으로 판단하기보다는 공감과 연민의 노력을 먼저 건네게 되는 것이다.

다양한 인간 군상

『미겔 스트리트』 속에는 다양한 인간 군상이 등장한다. 이름 없는 물건을 만들던 목수였으나 절도죄로 감옥에 다녀오게 된

'포포'. 좋은 머리를 가지고 한때 의사를 꿈꾸었으나 위생 검사관 시험에 여러 번 낙방해 청소차를 운전하게 된 '엘리아스'. 고정된 직업은 없지만 빈둥대지는 않았던, 그러나 십자가의 수난을 모방하고 정신병원에 갇히게 된 '맨맨'. 아름다운 꽃불을 만드는 데 몰두했지만, 사람들에게 인정받지 못하고 화재 사고로 더 이상 꽃불을 만들지 않게 된 '모건'. 수레를 밀며 생활하다 베네수엘라로 탈출을 결심하지만 결국 사기를 당하고 돌아와 세상에 대한 불신으로 자신의 복권 당첨 사실도 믿지 않는 '볼로'. 이들의 공통점은 나름의 목표와 꿈을 가지고 삶을 변화시킬 시도를 하였으나 결국에는 좌절되었다는 데 있다.

미겔 스트리트에는 뚜렷한 직업이 없고 생산적인 노동 활동에 종사하지 않는 많은 사람들이 살고 있다. 그러나 식민지 빈민가에서 제대로 교육받지 못한 이들이 가난을 벗어나 지위 상승의 꿈을 이루는 것은 굳은 결심만으로 되는 일은 아니다. 환경적 한계가 명확한 상황에서 반복되는 실패로 자조하는 것밖에 남아 있지 않은 사람들의 선택을 어떻게 효율성 하나만으로 판단할 수 있을까. 일견 쓸모없어 보이기까지 한 그들의 노력은 인생을 허비하는 것이 아니라 어떻게든 인생을 살아내려는 애잔한 몸부림이다.

고단한 여성들

미겔 스트리트에 사는 여성들의 삶은 더 고달프다. 일곱 명의 남자에게서 여덟 명의 아이를 출산하고도 늘 활기를 잃지 않았으나 맏딸의 임신과 출산 그리고 죽음으로 늙고 조용해진 '로라', 사납고 불쾌한 남자인 '토니'와 사랑에 빠져 남편을 떠나왔지만 계속되는 폭력에 결국 남편에게로 돌아간 '에레이라 부인', 기계 엔진을 분해하기만 하고 다시 제대로 조립하지는 못하는 남편을 건사하며 생활하는 '바쿠 부인' 그리고 남편 없이 아들을 홀로 키우며 살아가는 '나의 어머니'까지 이들은 약자를 향한 폭력이 일상화된 미겔 스트리트에서 여자로서 많은 것들을 감내하며 묵묵히 살아가고 있다.

식민지 트리니다드는 도덕적으로 타락한 곳이다. 그리고 그 타락의 가장 큰 피해는 약자인 여성과 아이들을 향한다. 미겔 스트리트의 여성들은 어려서부터 가난과 부모의 폭력에 노출된 채 자기 삶에 대한 선택권 없이 자란다. 결혼 후에는 남편을 위해 헌신하도록 길들여진다. 그렇기에 언뜻 보면 '로라'와 '에레이라 부인'은 자기 욕망에 충실한 주체적인 여성으로 보이기도 한다. 하지만 '로라'는 결국 남자를 만나 아이를 낳는 일을 계속 반복했고, '에레이라 부인'은 남자의 폭력에 저항하지 않고 감내하려 했으며 마지막에는 남편의 울타리 안으로 돌아간다.

소설 속 여성들의 고단한 삶이 그리 낯설게 느껴지지 않는 것은 불과 얼마 전까지 한국 여성의 삶도 그리 다르지 않았기 때문일 것이다. 여성들에게 배움은 사치였고 가난한 가정이라면 더더욱 빨리 꿈을 접어야 했다. 결혼은 선택이 아닌 필수였고 살림과 육아의 의무는 여성들에게 더 무거운 짐을 지게 했다. 현실에서든 소설에서든 여성들에게 보다 더 가혹한 상황을 마주할 때면 안타까움도 연민도 더 크게 느껴지는 것은 어쩔 수가 없다.

삶이라는 시(詩)

『미겔 스트리트』 속 소년 '나'에게 큰 영향을 준 인물 중 한 명은 스스로 이 세상에서 가장 훌륭한 시인이라고 자처한 'B. 워즈워스'이다. 그는 한 달 내내 경험한 내용을 순화하여 한 줄의 시가 되게 할 것이고, 앞으로 이십 년이면 모든 인류를 상대로 노래할 한 편의 시가 완성될 것이라고 말한다. 그러나 죽음을 앞두고선 자신이 말한 세상에서 가장 위대한 시에 대한 말들은 모두 거짓이었다고 고백한다.

미겔 스트리트에 사는 많은 인물들은 거짓인지 진심인지 모를 말들을 끊임없이 늘어놓는다. 상대에 대한 이해와 애정보다는 힐난과 폭력에 더 가깝다. 서로를 죽도록 미워하면서도 동시에 너무나 사랑한다. 그래서 미겔 스트리트에는 그곳에 머물렀던 사람들의 수만큼이나 많은 삶의 시(詩)들이 존재한다.

소설 속 '나'는 이제 소년이 아닌 어엿한 성인이 되었고 그의 시(詩)는 미겔 스트리트를 떠나며 끝마친다. 그러나 미겔 스트리트에서 보냈던 시간은 어떤 식으로든 '소년'의 삶에 큰 궤적으로 남아 있을 것이다.

『설국』

가와바타 야스나리 지음, 유숙자 옮김(민음사, 2002)

가와바타 야스나리(Yasunari Kawabata, 1899~1972)

오사카에서 태어났다. 어려서 부모를 잃었고 곧 조부모와 하나뿐인 누이와도 사별했다. 그의 생을 둘러싼 죽음이라는 굴레는 작품 전반에 녹아들어 있다. 생의 무력함과 허무함, 그럼에도 찬란하게 아름다운 자연과 인간의 깊은 내면이 서정적 문체에 담겨 있다. 그의 작품 구조와 의미는 난해하기로 유명하다. 그렇기에 다양한 해석의 문이 열리기도 한다. 작품의 의미는 모호하게 가려져 있으나 야스나리의 독특한 문체는 독자를 일순간 감각의 세계로 초대한다. 그의 표현대로 찌르듯 독자에게 와 닿는다. 작가 자신이 가장 마음에 드는 작품으로 꼽는 『설국』은 1968년 노벨문학상 수상에 가장 큰 영향을 미친 작품이다. 노벨 위원회는 "자연과 인간의 운명이 가진 유한한 아름다움을 우수 어린 회화적 언어로 묘사했다"는 헌사를 남겼다. 『천우학』과 『산소리』 『잠자는 미녀』 『고도』 등의 작품을 집필했다. 1972년 급성 맹장염으로 수술을 받고 한 달 후 자택에서 스스로 생을 마감하였다.

조소연

'잘 지내?'라는 물음에 담긴 여러 의미를 안다.
일을 그만두고 백수가 되어
외롭거나 심심하진 않는지,
밥은 먹고 사는지,
후회는 없는지,
혹시나 행복한지.
이 책은 나 자신에게 할 수 있는
가장 성실한 대답이다.

4

『설국』

가와바타 야스나리 지음, 유숙자 옮김(민음사, 2002)

무용(無用)한 아름다움의 세계 속으로

"고마코의 애정은 그를 향한 것이었음에도 불구하고, 이를 아름다운 헛수고인 양 생각하는 그 자신이 지닌 허무가 있었다. 하지만 오히려 그럴수록, 고마코의 살아가려는 생명력이 벌거벗은 맨살로 직접 와 닿았다. 그는 고마코가 가여웠고 동시에 자신도 애처로워졌다."

비호감의 남자, 시마무라

『설국』을 연애소설로 생각하는 독자가 많다. 최고의 로맨스라고 평하는 소설가도 있다. '노벨문학상을 받은 삼각로맨스라니 어쩐지 어울리지 않는걸?' 하는 우려와 기대가 뒤섞인 마음으로 책을 펼쳤다. 『설국』에는 세 명의 남녀가 나온다. 부모에게 물려받은 재산으로 무위도식을 즐기는 서양무용 연구가 시마무라, 한적한 산촌에서 게이샤로 살아가는 아름답고 가엾은 고마코, 순수하고 지고한 순정의 요코이다. 시마무라는 부인과 자식이 있는 중년의 재력가다. 가족이 있는 도쿄를 떠나 눈의 고장 설국을 여행하며 두 여자를 만난다.

로맨스 관점으로 읽다 보니 시마무라가 참 꼴불견이다. 시작부터 진입장벽이 높다. 처자식이 있는 남자의 연애라니, 아무리 '그 시절엔 다 그랬어'라고 변명해 보아도 탐탁지 않다. 그는 "고마코를 기다리는 것이 어느새 버릇이 되고 말" 정도로 깊이 빠져든다. 고마코도 마찬가지다. "1년에 한 번이라도 좋으니 와 달라"고 애원하며 잡힐 듯 잡히지 않는 사랑에 애태운다. 그가 진짜 비호감인 이유는 스치듯 만난 요코를 본 후의 반응이다. "뭐라 형용하기 힘든 아름다움에 가슴이 떨렸"다고 고백하는 시마무라. 그는 요코에게 육체를 뛰어넘는 감정을 느낀다. 두 여자가 가진 상대적 매력이야 이해하지만, 동시에 그토록 빠져들다니. 마음이 참 가볍다. 그렇게 고까운 마음이 드니 시마무라가 하는 말들이 목구멍의 생선 가시처럼 걸린다.

헛수고군, 헛수고야

어린 접대부였던 고마코는 일을 마치고 돌아와 매일 일기를 썼다. 소설의 제목과 주인공, 줄거리를 정리해 놓은 잡기장 더미를 보여 주니, "헛수고군" 하고 내뱉는 시마무라. 소설과 연극에 대해 굶주린 듯 재잘대는 고마코를 바라보며 그는 헛수고라는 감상에 빠진다. 고마코가 약혼자의 치료비를 벌기 위해 게이샤로 나섰다는 것과 그 약혼자의 새 애인이 요코라는 사실을 알게 된 시마무라는 같은 단어를 반복해 떠올린다. 죽을병에 걸린 남자를 위해, 몸을 팔아 요양시킨 고마코와 온갖 정성을 쏟으며 곁을 지키는 요코의 노력이 헛수고가 아니고 무엇이냐고 질타한다.

얼마 전 TV에서 본 실랑이가 떠올랐다. 엄마가 다 큰 아들에게 이불 정리 정도는 스스로 하라고 잔소리했더니 아들은 "어차피 밤에 와서 잘 건데, 왜 해야 하냐"고 따진다. 엄마는 소리친다. "그렇게 따지면 비빔밥은 왜 먹는데!" 누군가에게 이불 정리가 쓸데없는 일이듯 게이샤가 쓰는 글, 죽을 병자를 돌보는 일, 헤어지게 될 사랑은 헛일이 되고 마는 걸까? 아이들이 어지럽힐 것을 알면서도 깨끗이 청소해야만 속이 편한 고마코의 성정 역시 그에겐 헛수고로 여겨질 뿐이다.

그는 정말이지 로맨스의 남주인공으로 적합하지 않다. 고마코에 대한 애착이 깊어질수록 이별할 때가 되었다고 말하는 꼴이라니, 비빔밥은 왜 먹느냐는 소리가 나온다. 이럴 거면, 설국에는 왜 가는가? 고마코는 좋은 사람이니 잘 대해 주라는 요코의 부탁에도 냉정하다. 그의 대답은 "나로선 아무것도 해 줄 수가 없어." 이렇게 『설국』은 내게 실패한 로맨스로 남는 것일까?

낭비와 헛수고의 소산

불호(不好)로 남을 소설이었다. 그런 소설이 심폐 소생되어 특별한, 하물며 가장 좋아하는 소설 중 하나로 남게 된 건 한 줄의 문장 덕분이었다. 가와바타 야스나리가 후배들과 가진 술자리에서 한 발언이다.

문학이라고 하는 것은 낭비와 헛수고의 소산이다.

낭비와 헛수고라 말하는 이가 느낀 허무와 슬픔이 마음을 찔렀다. 작가가 일생을 바쳐 투신했던 세계, 문학을 그 무엇보다 사랑했을 터이다. 설국의 로맨스를 문학으로 치환하자 모든 말들이 다르게 다가왔다.

고마코의 애정은 그를 향한 것이었음에도 불구하고
이를 아름다운 헛수고인 양 생각하는 그 자신이 지닌
허무가 있었다. 하지만 오히려 그럴수록,
고마코의 살아가려는 생명력이 벌거벗은 맨살로 직접 와 닿았다.
그는 고마코가 가여웠고 동시에 자신도 애처로워졌다.

"그럼, 인연이 있으면 다시 봄세."
처녀에게 말을 남기고 기차에서 내렸다.
시마무라는 왈칵 눈물이 쏟아질 것 같아 자신도 깜짝 놀랐다.

그래서 더욱 여자와 헤어지고 가는 길임을 실감했다.

무쇠같이 강한 생의 의지를 가져도 죽음을 피할 수 없다. 학문과 지성이 예술의 경지에 올라 사라지지 않을 업적을 남긴 자도 소멸되고 만다. 인간이라면 누구나 무력하고 무용해지는 형벌에 처한다. 필멸해 가는 존재에게 삶의 의지란 얼마나 애처로운 것인가! 끝내 어쩔 수 없는 이별 앞에 서 있는 비호감의 남자 시마무라가 인간적인 한 사람으로 이해되었다.

죽어가는 것은 왜 이토록 아름다운가?

"나방이 알을 스는 계절"을 지나 "곤충들이 고통스럽게 죽어가는" 계절이 되었다. 그는 다다미방 위에서 조용히, 그러나 다리나 촉각을 떨며 몸부림치며 죽어가는 벌레들을 보며 생각한다. "어째서 이토록 아름다운가!" 마지막 장면, 요코가 죽는 순간을 목격하며 그는 말한다. "위험도 공포도 느끼지 않았다." "생명이 사라진 자유로움으로 삶도 죽음도 정지한 듯한 모습이었다." 벌레들과 마찬가지로 요코의 장딴지도 경련을 일으켰다. 동시에 시마무라의 발끝까지 차가운 경련이 지나갔다.

발에 힘을 주며 올려다본 순간,

쏴아 하고 은하수가 시마무라 안으로 흘러드는 듯했다.

『설국』 속엔 결국 사라져 없어질 것들로 가득하다. 밤새 쌓인 눈, 추워지면 죽을 나방들, 고마코와 요코의 헛수고 그리고 먼 은하수까지. 이 무용한 것들을 경탄의 경지로 묘사한 가와바타 야스나리의 글을 보고 있자면, 이런 말이 절로 나온다. '어째서 이토록 아름다운가.'

무용한 것들에 문학을 넣어 본다. 마흔 넘은 전업주부가 밤새 책을 읽고 글을 쓰는 일. "밥도 쌀도 안 되는 소용없는 일이라"고 스스로 꾸짖다가도, 그렇기에 더 애틋하고 소중하다고 고마코의 심정으로 변명해 본다.

"매해 겨울, 이 책을 다시 읽는 사람들이 많아요." 누군가 『설국』을 추천하며 이렇게 말했다. 그때만 해도 내가 그 사람 중 한 명이 될 거라고는 상상하지 못했다. 다시 겨울이 되었고 나는 『설국』을 두 번째 읽었다. "국경의 긴 터널을 빠져나오면" 눈의 고장, 설국이다. "눈보라가 휘몰아치면 길이 사라지고 터널도 가로막힌다." 돌아오는 겨울엔 무용하고도 아름다운 눈(雪)의 세계 속으로 함께 들어가 보자.

전홍희

사람이

동물이

식물이

모두 애처롭게 보인다.

5

『설국』
가와바타 야스나리 지음, 유숙자 옮김(민음사, 2002)

언어로 그린 풍경 속으로

"달은 없었다.
거짓말처럼 많은 별은, 올려다보노라면
허무한 속도로 떨어져 내리고 있다고 생각될 만큼
선명하게 도드라져 있었다.
별 무리가 바로 눈앞에 가득 차면서
하늘은 마침내 저 멀리 밤의 색깔로 깊어졌다."

일본 문학사상 최고의 서정 소설이라 불리는 이 책을 처음 읽을 때 '소설이 뭐 이래'라는 생각이 들었다. 명확한 플롯이 없이 모호한 전개가 낯설게 다가왔다. 허무한 주인공의 모습은 공감하기 어렵다. 밀어내고 싶은 마음을 가누며 책장을 넘겼다. 소설 속 남, 여는 서로의 내면을 읽어 내면서 한쪽은 유혹하고 한쪽은 외면한다. 인물 간의 닿지 못하는 관계가 안쓰럽다. 여기저기 쓰인 작품의 해설에서 "등장인물의 심리 추이에 따라 상징의 세계를 형상화한다"고 하는 풍경도 와 닿지 않았다. 시마무라를 통해 보이는 '고독하고 허무한 작가의 내면'도 공감하기 어려워 감정이입이 되지 않는다.

읽고 또 읽어 본다. 나만의 방식으로 이 책을 이해하기로 하고 다시 읽어 본다. 여러 번 읽으면서 낯선 풍경이 조금씩 익숙하게 다가온다. 눈 지방의 자연 풍경과 풍습, 사람들의 살아가는 모습이 정교하게 아로새겨져 있다. 자연과 대비되는 유한한 인간 존재를 주인공의 내밀한 의식의 목소리로 형상화하고 있다는 것을 알 수 있었다. 변함없이 그대로인 자연에 비해 유한한 인간 존재를 자각하게 하는 허무의 세계가 보였다.

작가는 12년(1935~1947)에 걸쳐 일본 산간 지방을 돌아다니며 '설국'이라는 새로운 세계를 만들었다. 작가의 심정이 내면화된 풍경은 한 폭의 수묵화 같다. 눈 덮인 아름다운 자연 풍경을 작가 특유의 감각이 잘 묻어난 문체로 섬세하게 그려 내고 있다는 점이 매력이었다.

여전히 소설의 인물은 이해하기 어렵다. 소설 속 인물의 관계는 본 책에 수록된 조소연 님의 「무용(無用)한 아름다움의 세계 속으로」를 읽고 이해의 폭을 넓혀 보기로 한다. 자, 이제 소설 속 주인공 고독한 여행자, 시마무라와 함께 특별한 정취에 눈길을 보내 보자.

은빛 세계와 '지지미' 눈바래기

국경의 긴 터널을 빠져나오자,
눈의 고장이었다. 밤의 밑바닥이 하얘졌다.

어둑하고 긴 터널을 나오는 순간 온 천지가 눈으로 뒤덮여 눈부신 은세계로 들어온 듯 환한 기분을 맛보게 한다. 소설의 주인공 시마무라는 삼나무가 무성한 산촌 지방에 머물며 먼 산을 바라본다.

적갈색 단풍이 날마다 짙어지는 먼 산은
첫눈으로 선명하게 되살아난다.
엷게 눈을 인 삼나무 숲 나무 하나하나가 또렷이 드러나,
찌를 듯 하늘을 향한 채 눈 위에 서 있다.

삼나무가 있는 눈 내린 산촌은 시마무라가 여름에 시원하게
입으려고 사치를 부리는 '지지미' 옷감이 나는 지역이다.

눈 속에서 실을 만들어 눈 속에서 짜고
눈으로 씻어 눈 위에서 바랜다.

헌옷 가게를 찾아다니며 구한 지지미 옷감을 여름옷으로 사용하는 시마무라는 자신의 지지미를 지금도 '눈바래기'에 내놓는다. 흰 지지미는 다 짠 후에 바래기를 하고, 색깔 있는 지지미는 실을 실패에 내다 걸어서 바랜다. 흰 지지미는 눈 위에 직접 널어 바랜다. 음력 1월부터 2월에 걸쳐 바래기 때문에 논밭을 온통 하얗게 뒤덮은 눈이 바래기 터로 쓰이게 된다.

깊게 쌓인 눈 위에서 바래는 흰 모시 가득

아침 해가 비쳐,

눈도 천도 모두 다홍빛으로 물드는 광경을

떠올리기만 해도

여름의 때가 말끔히 씻겨 나는 듯했고,

제 몸을 바래기 하는 양 기분이 상쾌해졌다.

『설국』의 구체적 무대는 눈이 많이 내리기로 유명한 일본 니가타(新瀉)현 에치고(越後)의 유자와(湯澤) 온천이다. 가와바타 야스나리가 머물며 집필했다. "내 소설의 대부분은 여행지에서 써졌다. 혼자만의 여행은 모든 점에서 내 창작의 집이다"라고 할 정도로 여행은 작가에게 매우 중요한 창작 요소였다.

쌀쌀하고 찌푸린 날이 계속된다. 눈 내릴 징조다.

멀고 가까운 높은 산들이 하얗게 변한다.

이를 '산돌림'이라 한다.

또 바다가 있는 곳은 바다가 울리고,

산 깊은 곳은 산이 울린다.

먼 천둥 같다.

이를 '몸울림'이라 한다.

산돌림을 보고 몸울림을 들으면서 눈이 가까웠음을 안다.

눈에 파묻힌 산골의 자연 그대로의 모습과 눈 지방에서만 볼 수 있는 독특한 서정과 분위기가 한데 어우러진 소설 속 배경이 멋지다. 이를 읽노라면 어릴 적 눈 내려 소복이 쌓인 시골 밤길을 걷던 정취가 살아난다. 종아리까지 빠질 정도로 푹푹 쌓인 눈과 밤하늘에 금가루가 뿌려진 듯 넓게 펼쳐진 별을 보며 동네를 혼자 걸을 때면 신비하게 푸르스름하고 고요한 세계였다.

달은 없었다.

거짓말처럼 많은 별은, 올려다보노라면

허무한 속도로 떨어져 내리고 있다고 생각될 만큼

선명하게 도드라져 있었다.

별 무리가 바로 눈앞에 가득 차면서

하늘은 마침내 저 멀리 밤의 색깔로 깊어졌다.

강기(がんぎ·雁木), 태내 건너기 그리고 핫테

눈이 많은 마을에 지어진 집의 독특한 형태인 강기(雁木)를 상상하기 어렵다. 머릿속으로 그려지지 않는 세계를 알기 어려운 순간이다. 90년생 일본인에게 물어보니 책에 나오는 강기나 핫테를 모른다고 한다. 오래전에 나온 소설이라 내용이 어렵고 일본 풍습을 말하는 용어를 잘 모른다고 한다. 인터넷 사이트에서 검색해서 몇몇 사진을 보고 이해할 수 있었다.

집집마다 차양을 길게 내걸고
그 끝을 떠받치는 기둥이 도로에 나란히 서 있었다.
이 고장에서는 예부터 강기(雁木)라고 하며
눈이 높이 쌓였을 때 통로가 되는 것이었다.
한쪽은 처마를 가지런히 하여 이 차양이 잇달아 이어져 있었다.
(중략)
지붕에서 길에 쌓인 눈 둑으로 던져 올려야 한다.
맞은편으로 건너가기 위해선 눈 둑을 여기저기 뚫어 터널을 만든다.
이 고장에서는 '태내(胎內) 건너기'라고 불렀다.

눈 지방의 이색적인 풍경이다. 지금도 그 고장은 태내 건너기를 하고 있을까 궁금하다. 소설의 배경이 된 장소인 니가타현으로 가고 싶어진다. 지지미 바래기도 여전하다면 거기 그곳에 서서 시마무라가 가진 허무의 눈길이 어떻게 다가올지 궁금하다.

이젠 눈길에서 벗어나 다른 길로 간다.

나무줄기와 줄기 사이에 대나무나 나무 막대를 장대처럼
몇 단이고 연결해서 벼를 걸어 놓고 말린다.
그래서 마치 높은 볏단이 병풍을 세워 놓은 듯 보이는 것을
이 고장 말로 '핫테'라 부르는데……
멍석이 아닌 볏단으로 마치 간이 극장을 꾸며 놓은 것 같다.

쌀을 주식으로 하는 한국이나 일본은 벼농사를 한다. 지금은 벼농사의 처음과 끝이 기계화다. 기계화되기 전에는 쌀을 만드는 과정의 한 부분인 벼의 건조를 위해 길가나 논, 집 주변에서 벼 말리기를 하였다. 글로 설명하는 벼 말리기 작업 '핫테'는 모양은 다르지만, 한국의 가을날 분위기와 닮아서 정겹다.

어린 시절 논에 볏단이 가로세로 여러 줄이 세워져 있으면 친구들과 미로에 들어간 것처럼 그 사이를 왔다 갔다 걸었다. 길

가에는 볏단이 줄지어 세워져 있으면 벼 이삭을 건드리며 지나 갔다. 손끝에 와 닿는 감촉은 까슬까슬했으나 하늘하늘한 이삭은 작은 구슬을 만지작거리는 놀이 같았다. 볏단으로 휘장을 친 '핫테'를 손으로 가르고 지나간다면 그 느낌일 것으로 상상이 된다. 공중에서 찰랑거리는 벼 이삭 위로 밤사이 맺힌 이슬에 아침 햇살 반짝이면 어느 옥구슬보다 더욱 영롱하게 빛날 것이다. 저녁이면 집 안마당에 빙 둘러쳐 있는 '핫테' 안은 방에서 비추는 불빛으로 아늑한 나만을 위한 무대처럼 여겨질 수도 있겠다. 비록 혼자 열연하는 무대이지만 '핫테' 안에서 엄마 품 같은 따스함을 느끼고 잠시나마 허무한 세상을 잊을 수 있을 것이다. 고독한 존재에게 보내는 자연의 위로라고 여겨진다.

천상의 유혹, 은하수

아아! 은하수,

하고 시마무라도 고개를 들어 올려다본 순간,

은하수 속으로 몸이 둥실 떠오르는 것 같았다.

은하수의 환한 빛이 시마무라를 끌어 올릴 듯 가까웠다.

……

은하수는 밤의 대지를 알몸으로 감싸 안으려는 양,

바로 지척에 내려와 있었다.

두렵도록 요염하다.

……

끝을 알 수 없는 은하수의 깊이가 시선을 빨아들였다.

깜깜한 밤하늘의 은하수를 본 적이 있다면, 시마무라의 시선은 곧 나의 시선이 된다. 고교 야간 학습을 끝내고 밤 10시에 도착한 시골의 한적한 버스정류장에서 집까지 200여 미터였다. 하늘을 올려다본 순간, 짧은 외침이 저절로 나왔다. '오! 은하수'. 하늘을 올려다보는 고개가 내려올 줄 몰랐다. 하늘을 걷고 있는지 땅을 이고 있는지 구분 못 하고 별 무리의 유혹을 받으며 별세계를 걸었다. 별 속을 헤매고 별이 되기도 하였다. 별 무리 속에 있는 별 하나는 스스로 빛난다. 인간의 무리 속에 사는 각각의 인간도 고독하지만 별처럼 빛나는 존재이다.

이 소설을 여러 번 읽으면서 조금씩 풍경이 내 속으로 들어왔다. 아니 오히려 자연과 더불어 살았던 잠자고 있는 어린 시절의 풍경을 되살렸다. 또한, 자연의 품 안에서 다양한 감정을 느끼는 인간은 한순간 왔다 가는 아주 작은 자연의 한 부분임을 일깨웠다. 억겁의 세월 속에, 어느 순간 인간으로 왔으나 스러져 또 다른 자연 일부로 우주 속에, 아니면 지구상에 와도 좋지 않을까 생각한다. 사는 내내 고독한 인간 존재이지만 자연의 품 안에서 위로받다 다음 세상에 한 줄기 따스한 봄바람, 낙엽 떨구는 나무, 흩날리는 눈송이, 혹은 하나의 별이 되어도 좋겠다고 생각하며 책의 마지막 장을 넘겼다.

「어두운 상점들의 거리」

파트릭 모디아노 지음, 김화영 옮김(문학동네, 2010)

파트릭 모디아노(Patrick Modiano, 1945~)

현대 프랑스 문학의 거장으로 볼로뉴 비양쿠르에서 태어났다. 열여덟 살 때부터 글쓰기를 시작해 1968년 소설 『에투알 광장』으로 로제 니미에 상, 메네옹 상을 받으며 화려하게 데뷔했다. 『외곽 순환도로』로 1972년 아카데미 프랑세즈 소설 대상을, 『슬픈 빌라』로 1976년 리브레리 상을, 1978년에는 『어두운 상점들의 거리』로 프랑스의 가장 권위 있는 문학상인 공크르 상을 수상했다. 데뷔 이후 발표하는 작품마다 평단과 독자들의 찬사를 받았으며 주요 작품으로는 『청춘 시절』 『추억을 완성하기 위하여』 『팔월의 일요일들』 『잃어버린 젊음의 카페에서』 등이 있다. 2014년 노벨문학상을 수상했다.

변명숙

잃어버린 내 기억의 조각들을 되찾는다.

온전한 내 삶으로 살아가기 위해

6

『어두운 상점들의 거리』

파트릭 모디아노 지음, 김화영 옮김(문학동네, 2010)

나를 찾아 떠나는 여행

"나는 아무것도 아니다.

그날 저녁 어느 카페의 테라스에서 나는 한날

환한 실루엣에 지나지 않았다."

『어두운 상점들의 거리』는 기억상실증에 걸린 주인공이 여러 장소를 다니면서 사람들을 만나 자신의 과거를 찾아가는 과정을 그린 소설이다. 2차 세계대전의 참화 속에서 태어나 자신의 지난 모습을 상실한 세대로 자란 작가는 이 작품을 통해 기억상실로 상징되는 프랑스 현대사의 비극을, 나아가 '인간 존재의 소멸한 자아 찾기'라는 보편적인 주제 의식을 명징하게 보여주며 프랑스 문학이 배출한 가장 탁월한 작가 중 하나로 평가받는다. 지나간 과거, 잃어버린 삶의 흔적, 악몽 속에서 잊어버린 대전의 경험을 주제로 프루스트가 말한 존재의 근원으로서의 '잃어버린 시간'을 특이한 본인만의 방법으로 탐색한다.

잃어버린 기억을 왜 되찾아야 하는가?

주인공 기 롤랑은 어떤 이유인지 기억을 잃어버린 삶을 살고 있다. 과거의 기억을 떠올릴 때마다 흐릿한 기억, 사라진 많은 것들이 있다고 추정한다. 불확실하게 증언하는 많은 사람들의 이야기에 의구심을 갖게 된다. 세상에 확실한 것은 아무것도 없다. 모두 불확실하다.

지금까지 모든 것이 내게는 너무나도 종잡을 수 없고
너무나도 단편적으로 보였기에...... 하기야 따지고 보면
어쩌면 바로 그런 것이 인생일 테지요.
이것이 과연 나의 인생일까요? 아니면 내가 그 속에 미끄러져
들어간 어떤 다른 사람의 인생일까요?
흥신소를 접으면서 위트는 말한다. "당신이 언젠가는 과거를
되찾을 그거로 생각하는데 그것이 그럴만한 가치가 있는지
모르겠어요."
오랜 시간 고향인 니스에서 생활하며 깨닫는다. 인생에서
가장 중요한 것은 미래가 아니라 과거라고 한 당신의 말은
옳았다고, 어린 시절의 경험이 곳곳에 서려 있는, 오랜 추억이
간직된 고향에 머무르며 지금 자신의 정체성을 만든 귀중한
재산이 과거였다고 깨닫는다.

깜깜하던 기억이 여러 사람을 만나 찾아가는 과정에서 놀랍게도 꿈틀거린다. 므제브로 떠나기 전 일어난 일들이 단편적으로 어슴푸레하게 되살아난다. 나에게 과거에 대한 기억이 아무것도 없다면 어떻게 나를 정의할 수 있는가? 나는 누구인가? 현재의 나에게 가장 큰 영향을 미친 것은 내가 살아온 지난 날

이다. 미래가 아니라 현재가 중요하다. 과거는 현재를 구성한다. 구멍 뚫린 과거. 존재는 했으나 나의 머리에서 완전히 사라진, 그래서 허망해 더욱 간절해지는 자신의 흔적을 찾아서 간직하고 싶은 유혹에 빠진다. 지난하지만 지금의 나를 찾아(정체성) 주인공은 막막한 기억 여행을 떠난다.

과거로 떠나는 험난한 여정

우리는 살면서 때때로 기억하고 싶은 것은 쉽게 사라지고, 기억하고 싶지 않은 것은 뇌리에 오래 남아 잠 못 이루는 밤을 보낸다. 오랜 기간 나와 함께 하며 지금의 나를 구성해 온 아름다운 기억들이 어느 날 갑자기 사라진다면 얼마나 혼란스러울까!

자신의 정체성*을 찾아 무모하지만, 단편적인 기억 조각들을 들고 여행을 떠난다. 나의 기억을 간직하고 죽은 사람들로부터는 더 이상의 정보를 얻지 못한다. 살아 있는 사람들의 기억도 가물가물하다. 진짜 중요한 정보를 전해 줄 사람은 이 세상에 없음에 당황한다. 살아 있는 사람들마저도 불안전한 기억들로 의문투성이다. 난관 앞에서 잠시 발걸음 멈추고 생각에 잠긴다.

---

* 변하지 아니하는 존재의 본질을 깨닫는 성질, 또는 그 성질을 가진 독립적 존재.(표준국어대사전)

영지 관리인으로부터 받은 사진을 자세히 들여다본다. 어린
소녀가 어머니와 함께 해변에서 돌아오는 모습, 더 놀고
싶은데 뜻대로 되지 않아 울고 있다. 아이가 시야에서
흐려지며 멀어져 간다. 아이는 길모퉁이를 돌아서 빛으로
들어간다. 우리들의 삶 또한 그 어린아이의 슬픔만큼이나
과거와 기억이 재빨리 사라져 버리는 것이다.

아무도 기억하지 않는다

기이한 사람들. 지나가면서 기껏해야 쉬 지워져 버리는
연기밖에 남기지 못하는 그 사람들. 위트와 나는 종종
흔적마저 사라져 버린 그런 사람들의 이야기를 서로 나누곤
했었다. 그들은 어느 날 무로부터 문득 나타났다가 반짝 빛을
발한 다음 다시 무로 돌아가 버린다. 미의 여왕들, 멋쟁이
바람둥이들, 나비들, 그들 대부분은 심지어 살아 있는
동안에도 결코 단단해지지 못할 수증기만큼의 밀도조차
지니지 못했다. 위트는 '해변의 사나이'라고 불리는 한 인간을
그 예로 들어 보이곤 했다.

그 남자는 사십 년 동안이나 바닷가나 수영장 가에서 여름
피서객들과 할 일 없는 부자들과 한담을 나누며 보냈다.
수천수만 장의 바닷가 사진들 뒤쪽 한구석에 서서 그는
즐거워하는 사람들 그룹 저 너머에 수영복을 입은 채 찍혀
있지만 아무도 그의 이름이 무엇인지를 알지 못하며 왜 그가
그곳에 찍혀 있는지 알 수 없다. 그리고 아무도 그가 어느 날
문득 사진들 속에서 보이지 않게 되었다는 것을 알아차리지
못할 것이다. 나는 위트에게 감히 그 말을 하지는 못했지만
나는 그 '해변의 사나이'는 바로 나라고 생각했다. (중략)
'모래는 우리 발자국을 기껏해야 몇 초 동안밖에 간직하지 않는다.'

'나'란 존재는 무엇인가? 다른 사람들은 대부분 나에게 관심이 없다. 찾고자 하는 기억을 되살리기 위해 동분서주하며 여기저기 돌아다녔건만 허탈하다. 사진 저 너머 아무도 관심 기울이지 않는 희미한 모습이 나이다. 누구도 나의 과거를 기억하려 하지 않는다. 허공 속으로 흔적도 없이 사라져 버리는 허망한 것이다. 연기 같은 존재, 대기 속에서 흩어지며 하늘로 머리 풀고 올라가는 기체를 누가 기억하려 할 것인가? 떠난 후 누구의 기억 속에도 남아 있지 않다.

나는 누구인가?

주인공은 기억을 더듬는 과정에서 중간중간 자신을 성찰한다. 나는 누구인가를 생각하며 상념에 젖는다. 두 눈을 감는다. 한 인간의 삶으로부터 남는 것은 무엇일까? 저마다 세계의 중심이라고 외치건만 빈 과자 상자 속 색이 바랜 희미한 사진들, 불확실한 증언을 하는 사람들의 허무한 사라짐, 진실은 어디에 있는지 모두가 의혹투성이다. 모호한 기억 속에 남아 있는 지난날, 이마저도 매일 하나둘 사라져간다. 코끝을 스치는 향기는 언젠가 맡아본 냄새 같고 지나온 골목길에서는 그 옛날 사람들 웅성거리는 소리가 어렴풋하게 들린다. 뿌연 안개 속을 답답하게 걷는다. 나의 잃어버린 시간은 지금의 나를 만든 삶의 편린이다. 어두운 기억은 주인공을 슬픔 속으로 깊이 빠져들게 한다. 오래된 것들은 사람들의 기억 속에서 서서히 사라져 간다.

세상에 완벽한 기억은 없다. 시종일관 흐릿한 안개 속에서 헤맨다. 무채색의 덤덤한 흐름이다. 답답하고 지루하다. 줄거리도 단순하다. 흥미롭기보다는 기억을 찾아가는 따분함이 전체적인 느낌이다. 극적인 흥미나 갈등 관계가 배제된 오로지 희미한 기억만을 찾아서 이야기를 집중시킨다. 만나는 사람들의 이야기도 추측이거나 어슴푸레하여 답답함을 달래가며 읽는다. 지나온 과거에 대하여 명백하게 기억하는 사람은 없다. 어떻게 보면 우리는 희미한 기억을 안고 살아가므로 주인공과 같이 기억상실자일 수 있다.

마지막으로 기억을 분명하게 하고자 중요한 단서를 가지고 있는 어릴 적 친구 프레디를 찾아 남태평양 섬으로 간다. 얄궂게도 그는 이미 15일 전 바다로 나가 돌아오지 않았다. 허탈한 운명 앞에 사라져 망연자실한다. 예전에 살았던 어두운 상점들의 거리를 가리라 다짐하며 쓸쓸하게 발걸음을 옮긴다. 프레디를 만나 그토록 간절하게 원했던 자신의 정체성을 만나길 기대했건만 삶은 흐릿하게 남는다. 애매모호한 기억으로 알려 주는 불확실한 정보는 귀한 과거를 찾아가는 중요한 자료이다. 지나온 날들은 점점 기억에서 멀어져간다. 과거가 왜 그토록 중요하고, 잃어버린 내 기억을 반드시 되찾아 온전한 삶을 살아가고 싶은 사람에게 이 도서를 추천한다.

조상리

영원과 영원 사이를

걷

는

시간 여행자

혼자서는 안 읽었을 책들 두 번째 이야기

7

『어두운 상점들의 거리』
파트릭 모디아노 지음, 김화영 옮김(문학동네, 2010)

어두운 거리에서 계속되는 존재에 대한 탐색

"나는 벌써 나의 삶을 다 살았고
이제는 어느 토요일 저녁의 따뜻한 공기 속에서
떠돌고 있는 유령에 불과했다. 무엇 때문에 이미 끊어진
관계들을 다시 맺고 오래전부터 막혀 버린 통로를
찾으려 애쓴단 말인가."

영화 〈오펜하이머〉의 감독 크리스토퍼 놀란의 초기작품 중 하나인 〈메멘토〉는 단기기억 상실증에 걸린 한 남자의 이야기를 다루고 있다. 자신의 아내를 살해한 범인을 찾아 복수하겠다는 일념 하나로 살고 있는 이 남자는 아내의 죽음 이후 10분마다 기억이 리셋되는 자신의 병을 뛰어넘기 위해 고군분투한다. 그래서 범인을 추적해 찾은 단서들을 사진과 메모, 그리고 몸에 새긴 문신 등을 통해 10분 뒤의 자신에게 끊임없이 남긴다. 영화는 주인공의 기억을 현재에서 시작해 과거로 향하는 역순으로, 실제 벌어진 과거 이야기는 시간순으로 교차시키면서 혼란한 남자의 기억과 실제를 짜깁기 한다. 영화 속에서 남자는 "기억이 없다고 의미가 없는 건 아니"지만, "현재의 나를 알려면 기억이 필요"하다고 말한다.

파트릭 모디아노의 소설 『어두운 상점들의 거리』 속 주인공도 이와 비슷하지만 다른 상황에 처해 있다. 기억상실증에 걸린 주인공이 흥신소 직원으로 일한 경력을 살려 자신의 잃어버린 과거를 찾아 나선다. 현재 기 롤랑이라는 이름으로 살고 있는 그는 자신과 연결고리가 있을 법한 사람들을 만나서 찾은 여러 단서들을 조합해 자신이 2차 세계대전 당시 도미니카 공화국 파리 영사관에서 일했던 페드로 맥케부아라는 사실을 밝혀낸다. 또한 나치를 피해 자신의 연인과 함께 스위스로 탈출하는 과정에서 그녀와 헤어지고 어떤 이유로 기억을 잃게 되었음을 알게 된다. 다만 진짜 자신을 기억해 줄 사람들은 모두 죽거나 사라진 상태에서 그는 수많은 가명들로 신분을 위장했던 과거 속 인물 페드로가 진정 자신이 맞는지 확신하지 못하고 마지막 남은 단서인 과거의 주소, 이탈리아 로마의 어두운 상점들의 거리 2번지를 찾아보고자 한다.

이런 과거와 기억에 대한 끊임없는 탐색은 이 작품의 작가 파트릭 모디아노의 삶과 멀지 않다. 그는 1945년 유대계 이탈리아인 아버지 알베르 모디아노와 벨기에 출신 배우 루이사 콜팽 사이에서 태어났다. 불확실한 신분 때문에 이름을 숨긴 채 잠적한 아버지와 끊임없는 순회공연으로 부재한 어머니로 인해 어린 시절 대부분을 기숙학교에서 보냈다고 한다. 부모의 부재와 그들로부터 버려졌다는 공포로 그의 어린 시절은 늘 불안했다. 더구나 유일하게 함께했던 가족인 두 살 어린 동생 루디가 열 살의 나이로 갑자기 세상을 떠난 것은 그에게 큰 충격을 안겨주었고 그나마 남아 있던 행복한 시절의 종말을 가져왔다. 이후

대학을 포기하고 소설가의 길을 걷게 된 모디아노는 대부분의 작품에서 자신의 삶을 투영하는 듯 불안한 시선으로 과거를 바라본다. 그는 조각난 시간, 잘려진 기억들을 직조함으로 혼란스러운 시간을 그려 내고 그 너머의 자아를 찾아 떠나는 여정을 그려 내어 20세기 후반 프랑스 문학을 대표하는 작가로 평가받고 있다. 2014년, 모디아노가 노벨문학상을 수상했을 때 스웨덴 한림원은 다음과 같이 시상 사유를 밝혔다. "붙잡을 수 없는 인간의 운명을 기억의 예술로 환기시키고 나치 점령 당시의 생활세계를 드러냈다." 이에 본론에서는 모디아노가 『어두운 상점들의 거리』 속에서 사용한 이름, 기억, 시간, 공간 그리고 역사라는 도구들을 철학적으로 접근해 분석하면서 그가 이 작품 속에서 어떻게 '기억의 예술'을 빚어냈는지 살펴보려 한다.

1. 이름

주인공 기 롤랑이 자신의 과거를 찾아가는 과정은 자신의 잃어버린 이름을 찾아가는 과정이기도 하다. 하지만, 신분을 감추기 위한 목적으로 사용한 수많은 가명들로 인해 그 과정은 결코 쉽지 않다. 특히 서로 다른 국적을 가진 이방인들의 이름은 불분명하고 낯선 정체성들을 더욱 강화한다.

예로부터 이름은 존재를 나타내는 중요한 요소로 중시되었다. 사회 속에서 개인은 이름으로써 그 고유성을 인정받게 된다. 특히 현대사회에서 이름은 곧 정체성을 부여해 주는 요소다. 철학자 이규호는 그의 책 『언어철학』에서 이름을 이렇게 정의한다.

> "사람이 가지고 있는 이름, 곧 다른 사람들이 나를 부르는 이름도 우리의 사람됨을 위해서 중요한 의미를 가진다. 우리는 한 사람을 하나의 이름으로 부름으로써 그를 동일성에 있어서 붙들 수 있게 된다. 그러므로 자기의 이름이 아닌 가명으로 행세하는 사람은 자기의 동일성을 부인하는 것이다. 사람들이 과거에 대한 책임을 회피하기 위해서 흔히 이름을 버려서 과거의 자기와 현재의 자기의 동일성과 정체성을 없애 버리려고 하는 것은 이 때문이다. 이름을 가지지 않은 사람은 자아의 동일성이 없는 사람으로서 몸도, 마음도, 환경도 떠도는 구름처럼 흘러가는 사람이다. 그는 참다운 의미의 '존재'하는 사람이 아니다. 왜냐하면 그는 사라져서 흔적도 남기지 않을 것이기 때문이다."*

* 이규호, 『언어철학』, 연세대학교출판부, 2005, p.242.

이에 따르면 주인공 기 롤랑은 참다운 의미의 존재하는 사람이 아니다. 그는 한때 상사였던 위트가 이야기한 '해변의 사나이'가 바로 자신이라고 생각한다. 사십 년 동안이나 바닷가에서 여름 피서객들과 섞여 지내고 수많은 바캉스 사진 속에 배경처럼 등장하지만, 아무도 그의 이름을 알지 못하고 왜 그가 그곳에 있었는지도 알지 못하며 어느 날 그가 사라져도 아무도 알아차리지 못하는 그런 사람처럼 말이다. 그는 *"심지어 살아 있는 동안에도 결코 단단해지지 못할 수증기만큼의 밀도조차 지니지 못했"*고, *"어느 날 무(無)로부터 문득 나타났다가 반짝 빛을 발한 다음 다시 무로 돌아가 버린"* 존재다.

그러나 하나하나 그의 낯선 이름들을 찾아갈 때마다 그것은 어떤 의미로서의 그의 존재를 일깨운다. *"나는 마음속으로 태어났을 적에 내가 얻은 이름들, 내 생애의 오랜 세월 동안 사람들이 나를 가리켜 불렀던 이름을, 어떤 사람들에게 내 얼굴을 환기시켜 주었던 그 이름을 스스로 되뇌어 보았다."* 이름을 통해, 또한 그 이름이 기록된 문서들을 통해 그는 어딘가 살아 숨쉬고 있었던 자신을 희미하게나마 마주하게 된다.

2. 기억

이 작품의 첫 문장은 다음과 같다. *"나는 아무것도 아니다. 카페의 테라스에서 나는 환한 실루엣에 지나지 않았다."* 작중 화자가 '아무것도' 아닌 이유는 그가 기억을 상실했기 때문이다. 그러나 그 기억을 찾는 여정을 통해 재구성된 그의 과거는 여전히 불완전하다. 때때로 그는 자신으로 추정되는 다른 이의 기억을 신기루처럼 자신의 기억으로 착각하기도 한다. 실제로 기억이 인간의 정체성을 이야기하는 데 중요한 요소임에는 틀림없다. 그럼에도 기억이란 시간과 함께 희미해지고 결국에는 사라지고 마는 것이다. 그래서 기억에 의지한 정체성은 망각에 의해 사라진 부분을 자신이 원하는 대로 재창조하고 재편집할 가능성이 높아지게 된다. 또한 주인공이 기억상실증 환자이기 때문에 과거에 대한 접근은 타인의 기억에 의존하게 되는데 이 또한 망각으로부터 자유롭지 않고 진실과 허구의 경계에 서 있게 마련이다.

그래서 주인공은 끊임없이 자신이 찾은 기억에 대해 의심하게 된다. *"과연 이것은 나의 인생일까요? 아니면 내가 그 속에 미끄러져 들어간 어떤 다른 사람의 인생일까요?"* 이것은 장자가 나비가 되는 꿈을 꾸었는데 깨고 나서도 그의 꿈에서 나비가 된 것인지, 나비의 꿈에서 그가 된 것인지 알지 못하였다는 호접지몽(胡蝶之夢)을 연상시킨다. 이 우화는 마치 인생은 한 폭의 꿈이라는 허무주의적 뉘앙스를 풍기지만 사실은 물질세계에 참된 자기를 잃어버리고 허상인 나비의 정체성과 혼동하는 정체성 상실의 상태를 인식하고 참된 자아를 찾아야 한다는 뜻을 품고 있다. 정체성 상실의 상태를 인식하는 것만으로도 자아를 찾는 첫걸음이 시작되었다는 것이다.

3. 시간

철학자 하이데거는 "현존재의 의미는 시간성"이라고 피력한 바 있다.* 시간성이 나와 나를 둘러싼 세계를 유기적으로 연결하여 계속 운동하며 나를 존재하게 만든다는 것이다. 시간의 근원적 흐름 자체가 우리의 삶과 맞닿아 있기 때문에 인생에서 *"생애의 한 부분이 단 한 가닥의 실마리도, 아주 작은 연결점도 남기지 않은 채 문득 송두리째 사라져 버렸"*다고 해도 우리는 본질적으로 '존재'하게 된다. 그럼에도 작중 화자가 단지 흘러가는 시간 속에 머무르는 것에 만족하지 않고 그의 과거를 찾아

---

* 마르틴 하이데거, 전양범 번역, 『존재와 시간』, 동서문화사, 2016.

나서는 여정을 택한 것은 왜일까? 하이데거는 이를 능동적인 삶을 되찾는 여정으로 설명한다. 사람들은 대부분 자신을 그저 세상에 내던져진 존재로 생각하기 때문에 세상의 시선에 맞춰 인정받기 위해 고군분투하며 끊임없이 사람이나 사물에 집착하고 욕망하지만 정작 그것들을 추구하는 주체인 자신을 깊이 생각하지는 않는다고 보았다. 그러나 작중 화자가 기억을 잃은 것처럼 시간의 수평적이고 선형적인 흐름이 끊어지는 순간, 존재의 유한함과 불안함을 인식하는 순간이 올 수 있다. 이때 현재의 내가 과거로 진입하여 과거의 삶을 반추하는 시간을 가지면 수동적으로 선형적인 시간의 흐름에 나를 맡기던 것에서 벗어나 수직적인 시간을 열어 그 수동성을 멈춰 세울 수 있게 된다. 그 속에서 실존적인 주체로서의 자신을 발견하고 가능성으로서의 미래를 기획할 수 있게 되는데 그 시간성을 하이데거는 '존재'라고 말한다. 작중 화자가 과거의 자신을 찾아 떠난 여행은 결국 선형적 흐름이라는 시간의 통속성에서 벗어나 자신만의 고유한 시간, 진정한 시간(authentic time)과 능동적인 존재로서의 자신을 만나는 시간이다.

4. 공간

작가 모디아노는 이 작품 속에서 파리의 거리 명칭과 주소들 그리고 공간 묘사에 대해 집요하다고 할 정도로 집착한다. 이것은 기억을 잃어버린 데서 오는 시간의 불확실성을 공간개념으로 대신 보상하려는 작가의 집념이 드러나는 부분이며 기억을 대신하여 존재의 진정성을 나타내는 지표로 사용하기 때문이다. 따라서 독자들은 종종 시간성으로는 길을 잃을지라도 마치 당시의 프랑스 파리를 주인공과 함께 누비는 듯 생생함을 느끼게 된다. 에드워드 S. 케이시는 그의 책 『장소의 운명』에서 "무릇 존재한다는 것은, 즉 어쨌거나 실존한다는 것은 어딘가에 존재한다는 것이고, 어딘가에 존재한다는 것은 어떤 종류의 장소 안에 있다는 걸 말한다"**고 설명했다. 모디아노는 실재하는 공간들을 묘사하는 데 그치지 않고 공간이 가진 기억 또한 존재가 될 수 있음을 보여 준다.

그 건물들의 입구에서는 아직도
옛날에 그곳을 건너질러 가는 습관을 익혔다가

** 에드워드 S. 케이시, 박성관 옮김, 『장소의 운명』, 에코리브르, 2016, p. 13.

그 후 사라져 버린 사람들이 남긴 발소리의 메아리가
들릴 것이라고 여겨진다. 그들이 지나간 뒤에도 무엇인가
계속 진동하고 있는 것이다. 점점 더 약해져 가는 어떤 파동,
주의하여 귀를 기울이면 포착할 수 있는 어떤 파동이
따지고 보면 나는 한 번도 그 페드로 맥케부아였던 적이
없었는지도 모른다. 나는 아무것도 아니었다.
그러나 그 파동들이 때로는 먼 곳에서 때로는 더 세게
나를 뚫고 지나갔었다. 그러다 차츰차츰 허공을 떠돌고 있던
그 모든 메아리들이 결정체를 이룬 것이다.
그것이 바로 나였다.

5. 역사

이 작품의 시대적 배경은 2차 세계대전이 벌어지던 시기, 나치 점령하의 유럽, 특히 프랑스 파리이다. 자유, 평등, 우애의 가치를 표방하는 역사에 대해 유달리 자부심 넘치는 프랑스 국민들이 가장 잊고 싶어 하는 어두운 시기이기도 하다. 이 시기에 그들이 겪었던 공포와 모멸감 그리고 도덕적 압박감은 그 세대에 큰 상처를 입혔다. 유대인들은 가난과 핍박을 피해 몸을 숨기거나 신분을 위장하여 생명을 부지했다. '어두운 상점들의

거리'는 실제로 유대인들이 몰래 운영하던 상점들이 몰려 있는 골목 상권을 뜻하는 별칭이라고 한다. 비유대인들 중에는 나치 체제에 반발하는 이념주의자들, 프랑스의 자유를 쟁취하기 위하여 지속적인 저항운동을 벌이던 레지스탕스들이 암흑 속에서 활동하기도 했지만, 반면 다수의 부역자들이 나치를 도와 유대인들을 고발하고 색출하여 재산을 착복한 뒤 죽음의 수용소로 내몰기도 하였다. 나치 점령 당시 프랑스 파리 경찰청에는 자신의 이웃이 유대인이라고 고발하는 익명의 투서들이 물밀듯이 몰려들었다고 한다. 한나 아렌트가 그녀의 책 『예루살렘의 아이히만』에서 서술했듯이 악은 이렇듯 평범한 우리 이웃들의 민낯으로 어두운 시절에 더욱 환하게 드러난 것이다. 이러한 시대에 대한 프랑스인들의 부끄러움은 '기억의 상실'이라는 장치를 통해 이 작품 속에서 드러나고, 모디아노는 기억하고 싶지 않은 이 과거에 끊임없이 천착함으로 더욱더 이 시대를 기억해야 한다고 말하고 있는 듯하다.

이 시기의 철저한 감시와 가혹한 처벌이 일상화된 공포는 작중 사진작가인 장 미셸 망수르를 통해 고백된다.

"나는 혼자다. 다시 공포감이 나를 사로잡는다.

내가 미라보 가를 내려갈 때마다 느끼는 그 공포감.

누가 나를 알아보고 나를 세워서 증명서를 보자고 할 것만 같은

공포감. 목적지를 십여 미터 앞두고

그렇게 된다면 억울할 것이다. 특히 뛰어가서는 안 된다.

규칙적인 걸음으로 끝까지 걸어야 한다."

또한, 이런 역사의식은 작가 자신의 개인사와 맞물려 있기도 하다. 당시 반 유대인 법으로 규정된 '노란 별 착용'을 거부한 채 가족을 버리고 잠적했던 아버지의 부재와 그에 대한 불안, 아끼는 동생 루디의 죽음 등은 모디아노가 평생 잃어버린 어린 시절과 시대를 파고드는 원인을 제공한다. 이 책이 아버지와 동생 루디에게 바쳐진 것도 작가 스스로가 이 고통스러운 과거에 내민 화해의 시도일지 모른다.

작중 화자는 흩어진 점 같은 단서와 기억들을 하나로 잇는 작업을 통해 그의 잃어버린 과거를 재구성해 보려고 하지만 이마저도 뚜렷하지 않다. 이런 답답함을 작가는 작품 곳곳에 짐짓 *"지나가면서 기껏해야 쉬 지워져 버리는 연기밖에 남기지 못하*

는" 인생이라고 안개 속 같은 공허한 톤으로 표현한다. *"우리들의 삶 또한 그 어린아이의 슬픔과 마찬가지로 저녁 속으로 빨리 지워져 버리는 것은 아닐까?"* 그럼에도 정작 화자는 마지막 단서인 이탈리아 로마에 있는 부티크 옵스퀴르 가 (어두운 상점들의 거리) 2번지를 찾아가기로 한다. 그것으로 과거의 퍼즐이 완성되고 자신의 삶을 되찾을 수 있다고 믿기 때문인가? 그렇지 않을 것이다. 개인의 역사 속 한 단서이자 시대의 역사로 남아 있는 그 거리로 그가 떠나는 자아 탐색 여행은 또 다른 시작일 뿐이다. 또한 작가 자신에게도 다시 빚어낼 기억의 예술을 위한 희망이다.

결국 인생은 모래 위의 발자국처럼 스러져 갈 뿐이지만 누군가에게 불렸던 이름, 타인들의 기억 속에 남겨진 조각들, 자신만의 진정한 시간과 장소에 메아리처럼 남아 돌아오는 우리들의 파동, 역사 속에 남아 있는 자취들은 지층처럼 쌓여 사라질 것이 분명한 존재를 어딘가에 머물게 만든다. 그리고 정체성 상실에 대한 인식과 더불어 시간 속에서 능동적으로 자아를 찾는 끝없는 탐색과 탐구는 인간 존재의 근원으로 우리를 인도해 결국 무용함과 허무함을 이겨 내고 시간 안에 불멸로 존재하게 한다.

『황금 물고기』

J. M. G. 르 클레지오 지음, 최수철 옮김(문학동네, 2009)

르 클레지오(Jean Marie Gustave Le Clezio, 1940~)

영국인 아버지와 프랑스인 어머니 사이에서 태어났다. 프랑스에서 태어났으나 군의관이었던 아버지를 따라 아프리카를 비롯한 수많은 나라를 방문했다. 영국 브리스틀대학과 프랑스 니스대학에서 문학을 공부했고, 멕시코에서 멕시코 초기 역사에 대한 논문으로 박사학위를 받았다. 미국에서 교사 생활을 했고, 태국에서 군 복무를 했으며, 한국 등 세계 여러 대학에서 강의를 했다. 이런 그의 다채로운 경험이 작품에도 잘 녹아 있다.

1963년 23세에 첫 작품 『조서』로 르노도 상을 수상하며 화려하게 데뷔했고, 이후 『홍수』 『사막』 등을 발표했다. 『황금 물고기』는 1997년에 발표한 작품이다. 2008년 노벨문학상을 수상했다.

장자은

말하고 글 쓰는 일을 잠시 했다.
선명함에 도취되어 정의하고 재정의하는 것을 즐겼다.
성급한 판단과 서툰 표현이 얼마나 무례할 수 있는지,
책을 읽으며 이제 깨닫는다.

혼자서는 안 읽었을 책들_두 번째 이야기

8

『황금 물고기』

J. M. G. 르 클레지오 지음, 최수철 옮김(문학동네, 2009)

뿌리째 뽑힌 사람들

"저길 봐, 라일라. 그자들이 모든 것을 베껴 오고 훔쳐 왔어. 저 조각상들, 가면들을 훔쳐 왔고, 영혼까지도 도둑질했어. 저 가면들을 잘 봐, 라일라. 우리를 닮았잖아. 모두들 포로야. 그래서 아무 말도 할 수 없어. 뿌리째 뽑힌 셈이지."

미국에 체류할 때 본 인상적인 장면 하나. 푸른 풀밭에서 걸음마를 막 시작한 아기가 아장아장 걸어가다 앞으로 고꾸라졌다. 땅바닥을 짚고 고개를 숙인 채 울고 있는 아기를 부모는 일으켜 주지 않았다. 손뼉을 치면서 넌 일어날 수 있다고, 말로만 달래며 기다리고 있었다. 무릎을 털어 주고 호호 불어 주던, 때로는 땅을 쿵 구르며 "때찌" 해 주던 내 어린 시절의 부모와 대조되어 더욱 인상에 남았다. 미국 사람들은 '자립(自立)'이 매우 소중한 가치라고 한다. 그래서 일종의 교육적 행위로 넘어진 아이를 잘 일으켜 주지 않는다고. 멋져 보였다. 나도 이다음에 아이를 낳으면 저렇게 해야지, 생각했다.

그런데 말이다. 만약 걷기는커녕 일어서지도 못하는 아기가 바닥에 엎어져 있다면? 또는 그곳이 부드러운 풀밭이 아니라 미끄러운 얼음판 위라면 어떨까? 그때도 자립이 소중한 가치이니 스스로 일어서 보라고, 그것이 우리의 신념과 교육관이라고 할 수 있을까? 여기 미끄러운 얼음판 위에 힘없이 쓰러진 아이가 있다. 소설 『황금 물고기』의 주인공 '라일라'다.

뿌리째 뽑힌 아이

아프리카 어느 나라에서 예닐곱 살 여자아이가 유괴당했다. 진짜 이름과 엄마 아빠, 태어난 장소조차 알지 못한다. 유괴당해 여주인과 만난 시각이 밤이라서, 밤이라는 뜻의 라일라가 그녀의 이름이 되었다. 그 어떤 의지도 행사하지 못할 때 내던져진 것이다. 라일라는 하인으로 일했고, 때로는 양녀처럼 교육을 받았으며, 후에는 간병인 역할을 하면서 주인의 임종을 지켰다. 이미 여주인의 아들과 며느리로부터 여러 폭력을 경험했기에 라일라는 그 집에서 도망간다. 사창가에서 보호를 받기도 하고, 특이한 성적 취향을 가진 부유한 프랑스인 부부에게 보호와 희롱을 동시에 받기도 한다. 『황금 물고기』는 라일라가 여러 위험으로부터 도망가는 이야기다. 어느 날 알 수 없는 곳으로 옮겨졌고 살기 위해 도망가다 더 큰 위험을 만나지만, 결국은 모든 고난을 이겨낸다는 이야기다. 아프리카를 떠나 유럽으로 그리고 미국으로, 다시 유럽으로 또다시 아프리카로. 도망의 여정은 귀향의 여정으로 바뀌어 험난하고도 가슴 뛰는 인생사가 펼쳐진다.

매력적인 아이

라일라는 외모와 재능을 모두 갖춘 아이다. 겉모습이 아름답고 분위기가 매력적이라 이성, 동성, 외국인, 지식인 등 다양한 부류의 사람들이 라일라에 끌리는 마음을 어쩌지 못한다. 셈과 흥정에 능하며, 용기와 재치가 있고, 사람을 대하는 심리적 감각까지 뛰어나다. 심지어 도둑질도 잘하는데 순진한 외모와 탁월한 심리전으로 웬만해서는 잡히지도 않는다. 체구는 작고 체력은 약하지만 그를 능가하는 의지와 생활력이 있다. 틈틈이 외국어와 문학 철학을 공부하는데 가르치는 이들의 마음을 사로잡을 만큼 뛰어난 성과를 보여 준다. 타고난 음악가다. 유랑하며 만난 친구들에게 노래와 피아노를 배워 호텔과 재즈바에서 공연을 하고 음반까지 내게 된다.

영웅전의 주인공 같다. 다방면에 뛰어난 주인공의 성격이 읽는 내내 납득되지 않았다. 이 때문에 이야기에 빠져들기보다는 작품 밖으로 나와 인물 설정에 어떤 의도가 있지 않을까 고민하게 되었다. 비현실적으로 매력적인 라일라. 라일라는 어떻게 이것이 가능할까? 그리고 작가는 왜 이런 인물을 창조했을까?

아프리카를 향한 애정

이런 매력과 재능은 그녀가 아프리카인이기 때문이라는 것이 내 생각이다.

내 머리카락에 붉은 실을 섞어 정수리에서부터
땋아내리기 시작했다.
"얘가 얼마나 예쁜지 좀 봐. 정말 공주님 같아!"

내게서 가장 아름다운 데가 이마와, 놀라울 정도로 길고
활처럼 휜 눈썹, 그리고 아몬드 모양의 눈이라고 했다.

"세상에, 네 머리카락은 정말 멋지구나!"
그녀는 고무 머리띠에 눌린 빳빳한 머리털 타래를 손으로
만져 보고는, 다른 것은 아무것도 묻지 않고 나를 등록시켜 주었다.

라일라의 아름다운 외모를 설명하는 장면이다. 붉은 실과 어울리는 빳빳한 머리카락, 아몬드 모양의 눈, 외양을 묘사한 것이니 인종 특성이 들어갈 수밖에 없겠으나 무엇보다도 아프리카적인 미를 강조했다는 생각이 든다.

나는 엘 하즈와, 도덕과 폭력과 교육과 사회이념과 자유 등등의
문제에 관해 이야기를 나누었다. 그때마다 그는 멋진 생각을
들려주었는데, 마치 시간의 저 깊은 곳에 들어 있는 생각들을
기억 속에서 재생해 내는 듯했다.

라일라가 친구 하킴의 할아버지 엘 하즈와 만나는 장면이다. 엘 하즈는 아프리카 출신으로 지혜와 사랑이 충만한 노인으로 묘사된다. 그는 아프리카의 오랜 역사와 문화, 철학, 종교, 경험에서 나온 아름다운 이야기들을 들려주며 라일라의 생각을 넓혀 준다. 서양 철학이나 기독교 세계관과는 다른, 민속적이면서도 특유한 지혜와 경륜을 느낄 수 있다.

통로 저 멀리에서 울려오는 북소리를 들었을 때 나는 몸을 떨었다.
나는 내가 그 소리를 얼마나 그리워했는지 모르고 있었다.

말하는 북 라다와 준 - 준을 손가락 끝으로 두드렸다.
그러면 그 둥둥거리는 울림은 레오뮈르 - 세바스토폴 역의 통로에서처
럼 내게로 스며들어 내 속에 자리를 잡고 나를 완전히 채웠으며
바다 저편까지 울려 퍼지는 아프리카의 노래를 불렀고

음악에 빠져드는 라일라의 모습이다. 정규교육을 받은 적 없는 그녀가 뛰어난 실력을 발휘할 수 있는 것은, 아프리카 주민들이 지닌 독특한 리듬감과 신비한 가락, 맑고 깊은 목소리 때문이 아닐까.

아프리카가 선하거나 아름다운 존재라는 말이 아니다. 라일라의 매력을 아프리카가 가진 특성에서 잘 뽑아 형상화했고, 이에 작가가 아프리카에 대한 어떤 애정을 가진 것이 아닐까 하는 생각에 이르게 된 것이다. 선악이나 미추를 가리는 판단이 아니라, 애정 말이다.

라일라는 아프리카다

라일라가 결코 도덕적인 인물은 아니다. 영악하고 되바라진 모습도 보인다. 물건을 훔치고 어린 나이에 술과 담배에 빠지고, 불량한 사람들과 어울리며 사람들의 호의를 이용하기도 한다. 독자로서 주인공을 바라보는 마음이 혼란스럽다. 마냥 응원할 수도 없고 그렇다고 비난할 수도 없다. 책을 어렵게 읽었다. 비현실적이고 불분명한 라일라의 캐릭터가 이해되지 않았고, 서구인이 프랑스어로 쓴 소설임에도 이상하게 아프리카 소설로 읽혔다. 그런데 라일라를 아프리카로 바꿔 읽으니 조금은 이해가 간다.

라일라는, 작가가 바라보는 아프리카 또는 제3세계의 모습이 아닐까 싶다. 작가 르 클레지오는 영국인 아버지와 프랑스인 어머니에게서 태어났다. 대표적인 서구 선진국, 제1세계다. 유럽에서 유럽인으로 태어났지만, 식민지였던 아프리카 국가에서 청소년 시절을 보냈다. 현지인 친구들을 만나고 같이 생활했던 것이다. 판단은 유보하되 애정만큼은 부인할 수 없는 라일라 캐릭터는, 지배국가 출신 지식인이 느끼는 부채 의식, 민망함의 표현이 아닐는지.

뿌리째 뽑힌 아프리카

라일라는 빼앗기고 내던져졌다. 육체와 정신을 유괴당했고, 타인에 의해 운명이 결정되었다. 아프리카나 제3세계도 어느 날 갑자기 점령당했다. 사람들은 자유를 잃었고 다른 나라로 끌려가기도 했으며, 자연스럽게 먹고살던 방식을 빼앗기고 강제로 바꾸어야 했다. 그리고 지배국들이 만들어 놓은 '국제 질서' '세계 경제'라는 처음 보는 얼음판으로 끌려 나왔다. 동의하지도 않았고 적응할 시간도 없었다. 그런데 제3세계를 대하는 선진국들의 모습은 어떤가. 뿌리째 뽑혀 육체와 정신을 유괴당했던 그들에게 같은 기준을 들이대며 재촉해도 되는 것일까? 무역 규칙을 지키고 탄소 배출을 줄이라고, 민주주의를 실행하라고, 인권을 지키라고.

사실 이런 말을 하는 게 몹시 어렵다. 환경과 인권, 민주주의와 지적재산권 등은 나에게도 너무나 소중한 가치이며, 현재로서는 최선의 대안 체제라고 생각하기 때문이다. 그래도 제3세계를 함부로 비난하거나 몰아세워서는 안 된다는 것이 내 생각이다. 얼음판을 만들고 강제로 이주시킨 자들이, 이제 세상이 변했다며 스스로 일어서라고 그것이 인류의 신념이자 교육관이라고 해서는 안 될 것이다.

프란츠 파농

이 책의 미덕은 '프란츠 파농'이다. 프란츠 파농은 실존했던 인물이자, 소설 속에서 라일라로 하여금 아프라카인의 정체성을 깨닫게 해 준 책『자기 땅에서 유배당한 자들』의 저자이기도 하다. 주인공의 고난 극복 서사인 이 소설이, 파농을 언급함으로 식민지 국가와 제3세계에 대한 담론으로까지 확장된 느낌이다. 나는 파농을 이 책에서 처음 발견했고, 아프리카 역사에 관심을 갖게 되었으며, 인종차별에 대한 새로운 시각을 품게 되었다. 프란츠 파농을 알게 된 것으로 충분히 고마운 책, 식민지 국가에 대한 염치와 예의를 표현한 책, 착취당한 영혼들을 긍정하는 책으로 『황금 물고기』를 평하겠다.

384 —— 385

변명숙

지금까지 지나온 삶이 근원을 찾기 위한 항해였음을 깨닫는다.
힘들 때마다 위로를 주며 따스한 숨결로 어루만져 주는
아름다운 소리를 듣는다.

9

『황금 물고기』

J. M. G. 르 클레지오 지음, 최수철 옮김(문학동네, 2009)

내 쉴 곳은 바로 여기

"오 작은 새들에게는 끔찍한 밤이다.

싸늘한 바람이 몸서리를 치면서 가로수 길을 내달린다.

작은 새들, 요람 속의 나무 그늘 드리워진 안식처를 잃고서

언 발을 동동거리며 잠 못 이룬다."

매력적인 아이, 기구한 운명에 맞서다

『황금 물고기』는 주인공 라일라는 어느 날 알 수 없는 사람에게 팔려 커다란 자루 속에 들어간다. 여러 사람을 만나며 고통으로 점철된 긴 세월을 살다가 다시 자신이 태어난 아프리카로 돌아가는 과정을 감동적으로 서술한 소설이다.

이 소설은 "예닐곱 살 무렵에 나는 유괴당했다"란 독특한 문장으로 시작된다.

그때 일은 잘 기억나지 않는데, 너무 어렸던데다가
그 후에 살아온 모든 나날이 그 기억을 지워버렸기 때문이다.
그 일은 차라리 꿈이랄까, 아득하면서도 끔찍한 악몽처럼
밤마다 되살아나고 때로는 낮에도 나를 괴롭힌다.
햇살에 눈이 부시고 먼지가 날리는 텅 빈 거리,
푸른 하늘, 검은 새의 고통스런 울음소리, 그때 갑자기 한 남자의
손이 나를 잡아 커다란 자루 속에 던져 넣고,
나는 숨이 막혀 버둥거린다. 나를 산 사람은 릴라 아스마이다.(p.9)

기구한 운명으로 태어난 여주인공인 만큼 살아가는 여정도

녹록지 않다. 이름마저 없이 노파의 집으로 밤에 팔려 와 밤이라는 의미의 '라일라'라는 이름을 얻는다. 착한 노파의 잔심부름을 하며 삶의 지혜와 방법을 터득하나 폭력적인 며느리로부터 갖은 학대를 받는다. 아들마저 라일라를 향한 분별없는 욕정을 보이자 노파가 물려준 귀걸이만 가지고 집을 뛰쳐나와 험한 세상에 몸을 담근다. 출렁이는 파도와 사나운 풍랑을 만나며 홀로 자유롭게 떠돌이 생활을 전전하며 삶을 헤쳐 나간다. 떠나고 머무르기를 거듭하며 정착할 수 없는 생활 속에 인생을 알아간다.

자밀라 아줌마와 여섯 공주가 사는 여인숙에서 지금까지 경험하지 못했던 행복한 시절을 맞이한다. 환대와 사랑을 받으며 여인숙 사창가 언니들을 돕는다. 자밀라 아줌마는 공주님들의 지나친 애정과 거친 환경이 라일라를 비뚤어진 성격으로 만들까 염려한다. 기본적인 삶의 예절을 존중하지 않는 여인숙에서 기숙학교로 보내졌다가 그만두고 릴라 아스마의 며느리인 조라에게 다시 넘겨져 쓰라린 고생을 한다. 여인숙 언니 중 막내인 후리야와 파리로 와서 병원 일을 하다가 프리메제아 여의사를 만난다. 처음에는 다정한 그의 사랑을 받으며 집안일을 도우나 어처구니없는 일이 벌어진다. 어느 날 여의사가 로입놀을 탄 차를 마시고 정신을 잃고 만다. 여의사는 팔다리를 움직일 수 없는 라일라에게 성추행을 한다. 걷잡을 수 없는 분노를 안고 집을 나선다. 자신의 의지와 관계없는 어처구니없는 일에, 세상의 또 다른 모습에 감정이 폭발한다.

거리를 떠돌다가 권투선수 노노와 사랑하며 함께 지낸다. 그의 친구 하킴을 만나 인생 반전을 꾀한다. 독서를 열심히 하며 지성의 세계에 접근한다. 하킴의 할아버지는 라일라가 손녀딸 마리마를 닮았다며 "라일라야 너는 아직 어리니까 조금씩 세상을 알아나가기 시작할 거다. 이 세상에는 도처에 아름다운 것들이 많다는 걸 알게 될 테고, 멀리까지 그것들을 찾아 나서게 될 거야" 하며 세상에 대한 희망의 메시지, 축복의 말을 건넨다. 손녀를 대하듯 친절과 사랑을 베푸는 할아버지는 아프리카에서 보낸 일들을 이야기해 준다. 라일라의 관심이 집중되며 마음이 동요한다. 스스로가 차츰 아프리카에서 나고 자란 마리마를 닮아 가는 듯했다.

할아버지가 만들어 준 여권을 받아 미국 보스턴으로 간다. 세라의 남편 저프가 성폭행을 하려 하자 뛰쳐나온다. 두려움 없이 호시탐탐 선량한 사람을 노리는 짐승만도 못한 인간을 잊고자 친구의 노래를 들으며 음악에 깊이 빠져든다. 본능적인 사람들, 삶의 기본적 예의도 없는 무례한 사람들과의 상처를 가슴에 안고 기억에 의존해 단순하게 노래에 집중한다. 카페에서 그릇을 닦으며 허드렛일을 하다가 우연한 기회에 공연을 한다. 돈을 벌어 다시 유괴되었던 아프리카로 향한다. 파란만장한 삶의 표류를 마무리하고 여행의 끝에 다다른다. 물살을 거슬러 올라가는 연어처럼 고향의 땅을 밟는다.

영리하고 똑소리 나는, 검은 피부의 매혹적인 라일라, 어찌할 수 없는 어둠 속에서 정처 없이 떠돌아다닌다. 제어할 수 없는 외부의 압력에 휘청거린다. 그러나 워낙 뛰어난 지혜와 영리함으로 중심에서 크게 벗어나지 않는다. 선천적으로 다방면에 탁월한 능력을 타고난 덕분에 어떤 상황에 처하든지 역할에 충실하며 팔방미인이다. 미인이 팔자가 드세다는 옛말이 있다. 처참한 운명이 줄기차게 다가온다. 두 눈이 밤하늘의 별처럼 반짝반짝 빛나는 여자아이, 타고난 황금비늘을 발휘하지 못하고 홀로 거친 물살을 헤쳐 나가면서 수없이 많은 좌절을 경험하며 삶을 배운다. 꿋꿋하게 자신을 지키고자 처절하게 상황에 대처하며 어른이 되어 간다.

뿌리 찾아 아프리카로 향하다

공포와 두려움으로 얼룩진 삶, 삶이라고 하기에는 너무 초라하다. 무의식의 기저에 있는 고향에 대한 그리움이 나를 인도한다. 살아생전에 밟고 싶었던 땅, 그토록 간절히 원했던 곳에 운 좋게 도달한다. 오로지 생존하며 세계 여러 나라를 전전하다가 최초로 나고 자란 원시의 땅 아프리카를 밟는다.

힘들 때마다 위로받은 아프리카의 오래된 심장 소리를 들으며 평화를 마주한다. 얼었던 마음이 녹아내린다. 원시의 숨결이 흐르는 아프리카에서 진정한 자유의 삶을 만난다. 환희가 부풀어 오른다. 내가 태어난 땅을 만지며, 온유함이 스며 있는 부드러운 냄새를 맡는다. 따스한 자연이 살아 숨 쉬는 아프리카에서 생각한다. 지나온 삶이 그곳에 도달하기 위한 항해였음을 깨닫는다.

"참다운 나 자신에게로 이르는 길은 왜 이다지도 힘들었을까"라고 데미안은 말한다. 무수한 사람을 만나며 감당할 수 없는 역경 속에서 최선의 방법을 선택한다. 많은 밤을 번민하며 지새운다. 고통으로 얼룩진 삶을 통해 생각의 폭을 넓히며 지적인 모험을 한다. 인간은 누구를 만나고 어떤 경험을 하느냐에 따라 내면이 알록달록 변화한다. 고통은 축복이라 했던가! 고난 속에서 실수도 하고 지혜도 터득하며 새로운 나로 성장한다. 세월이 흐르면서 고통 속에서 자아가 완성되어 간다. 연륜이 쌓이고 부족한 부분을 갈고 닦으면서 스스로를 알아간다. 경험은 진정한 자아를 만든다.

지금까지 지나온 삶이 근원을 찾기 위한 항해였음을 깨닫는다. 힘들 때마다 위로를 주며 따스한 숨결로 어루만져 주는 아름다운 소리를 듣는다.

드디어 황금 물고기로 다시 태어나다

넘어지고 일어서기를 수없이 반복하며 흙탕물 속에서 궁핍한 시간을 보냈다. 거친 바다에 표류하며 정체성을 찾으려 끊임없이 탐색하다가 어느 날 문득 고향이 부르는 소리가 들렸다. 한 발짝 한 발짝 영혼의 부름에 가까이 다가간다. 반짝이는 생동감으로 거친 파도를 헤치며 라일라가 찾아간 것은 고향, 아프리카다. 많은 시간과 노력을 들여 험난한 길을 헤쳐 온 것이다. 고통 속에서 피어난 스스로를 바라보며 위대함을 느낀다. 그동안 숨겨져 있던 자신의 모습을 마주한다. 황금 물고기는 이제 번쩍이는 비늘을 흐르는 물결 따라 아름답게 출렁인다. 매혹적인 나를 바라본다. 지금까지 살아온 과정이 자신의 근원을 찾아가는 힘든 여정이었음을 깨닫는다.

이 책은 '인간의 본성이란 무엇인가?', '나는 누구인가?', '어떻게 살아야 하는가?'를 끊임없이 질문하며 삶의 의미와 가치에 대하여 전면적으로 성찰한다. 우리는 모두 자아를 찾아 끝없이 여행한다. 라일라는 종착지에 도착하여 드디어 자신의 내부에서 들려오는 은은한 소리에 귀 기울인다. 행복감이 샘솟으며 얼굴에 환한 미소가 피어오른다. '지금까지 내가 찾던 곳이 여기구나'를 느끼며 흡족한 표정을 짓는다. 올가미와 그물들이 호시탐탐 노리는 굴레 속에서 새로운 모습으로 탄생한다. 뒤늦게나마 자신을 찾아 웃음 짓는 황금 물고기는 따사로운 태양 아래 이제는 부드러운 물살을 가른다. 화사한 웃음소리가 허공에 울려 퍼진다.

394 —————— 395

혼자서는 안 읽었을 책들 _두 번째 이야기

초판 1쇄 인쇄 2024년 06월 25일
초판 1쇄 발행 2024년 07월 05일
지은이 송도글캠
권은영, 김소영, 김지훈, 무영, 문베리, 박헤나, 변명숙, 양동신, 이영미,
장자은, 전홍희, 조상리, 조소연, 최선혜, 황명덕

펴낸이 김양수
책임편집 이정은
교정교열 연유나

펴낸곳 휴앤스토리
출판등록 제2016-000014
주소 경기도 고양시 일산서구 중앙로 1456 서현프라자 604호
전화 031) 906-5006
팩스 031) 906-5079
홈페이지 www.booksam.kr
이메일 okbook1234@naver.com
블로그 blog.naver.com/okbook1234
페이스북 facebook.com/booksam.kr
인스타그램 @okbook_

ISBN 979-11-93857-08-3 (03800)

* 파손된 책은 구입처에서 교환해 드립니다.　* 책값은 뒤표지에 있습니다.

* 이 도서의 판매 수익금 일부를 한국심장재단에 기부합니다.

휴앤스토리, 맑은샘 브랜드와 함께하는 출판사입니다.